www.lenos.ch

Joseph Incardona

One-Way-Ticket ins Paradies

Roman

Aus dem Französischen
von Lydia Dimitrow

Lenos Verlag

Der Autor
Joseph Incardona, geboren 1969 in Lausanne. Der Schriftsteller und Drehbuchautor veröffentlichte zahlreiche Romane, Kurzgeschichten, Theaterstücke und Comics, für die er mehrfach ausgezeichnet wurde. 2014 führte er zusammen mit Cyril Bron Regie beim Film *Milky Way*. Sein Roman *Asphaltdschungel* erschien 2019 in deutscher Übersetzung im Lenos Verlag. Joseph Incardona ist Dozent am Schweizerischen Literaturinstitut in Biel und lebt in Genf.
www.josephincardona.com.

Die Übersetzerin
Lydia Dimitrow, geboren 1989 in Berlin. Studium der Allgemeinen und Vergleichenden Literaturwissenschaft in Berlin und Lausanne. Autorin von Theatertexten und Prosastücken (u. a. Stipendiatin in der Autorenwerkstatt Prosa des Literarischen Colloquiums Berlin) und Übersetzerin aus dem Englischen und dem Französischen (u. a. Isabelle Flükiger, Bruno Pellegrino, Valérie Poirier).
www.lydia-dimitrow.de.

Die Übersetzerin und der Verlag danken der Schweizer Kulturstiftung Pro Helvetia für die Unterstützung.

prohelvetia

Der Lenos Verlag wird vom Bundesamt für Kultur mit einem Strukturbeitrag für die Jahre 2016–2020 unterstützt.

Titel der französischen Originalausgabe:
Aller simple pour Nomad Island

Erste Auflage 2020

Satz und Gestaltung: Lenos Verlag, Basel
Umschlagabbildung: paulahelit/Pixabay
Printed in Germany
ISBN 978 3 03925 002 8

»Und wie sieht für Sie das Glück aus?«

Club Med

Prolog

Am Anfang war das Internet

Der Signalton kündigte ihr den Eingang einer neuen E-Mail an.

Sie schloss die »Club Med«-Seite, die sie sich gerade ansah – »Sie wollen einen Vorgeschmack auf Ihre nächsten Ferien? Kommen Sie mit auf eine virtuelle Entdeckungstour durch unsere Club-Resorts!« –, griff mechanisch nach ihrem Glas auf dem Couchtisch und nahm den letzten Schluck Orangensaft.

Sie tippte mit dem Zeigefinger auf das Mail-Icon ihres iPads, klickte auf die neue Nachricht, und schon öffnete sich die verheissungsvolle Meldung:

Vergessen Sie alles, was Sie meinen über Ferien zu wissen.
Die Insel Ihrer Träume hat Sie längst in ihr Herz geschlossen, Iris.
Nomad Island Resort

Jemand anderes hätte sich vielleicht über eine solche Spamattacke geärgert, zumal wenn man sich just in diesem Moment über Urlaubsangebote informierte – aber nicht so Iris. Hier lag keine globale Verschwörung gegen sie oder ihre Familie vor. Ihr wurde lediglich ein kleiner, von den Suchmaschinen der verschiedenen Websites auf gut Glück konfigurierter Schubs gegeben. Das Internet war eine grossartige Sache, dank der sie von zu Hause aus ihre Einkäufe erledigen, Veranstaltungstickets reservieren oder mit ihren inzwischen über die ganze Welt verstreuten Freundinnen von früher kommunizieren konnte. Im Netz war alles zu haben, was man wollte, solange man nur über eine Kreditkarte und ein pralles Konto verfügte. Und eben bereit war, im Tausch gegen all diese Annehmlichkeiten ab und zu ein bisschen Spam in Kauf zu nehmen; das hiess ja nicht etwa, dass da ein böser Big Brother an der Wohnzimmertür lauschte.

Iris stand auf und nahm eine Zigarette aus der Packung vom Blumentisch. Mit dem Feuerzeug in der Hand hielt sie kurz inne, ein warmer Sonnenstrahl streifte ihre Finger. Durch das offene Fenster sah sie auf das glitzernde Wasser des Pools. Hinter dem Becken fiel der Garten sanft zum Seeufer hin ab. Seit die Sonne hinter den Wipfeln der Linden hervorgekommen war, kletterte das Thermometer draussen immer weiter in die Höhe. Mit der Hitze stieg der Geruch von frisch gemähtem Rasen auf.

Am besten ging es ihr, wenn sie das Haus ganz für sich hatte. Was sie nie zugegeben hätte, aber so war es eben seit ihrer Rückkehr aus der Klinik. Paul bei der Arbeit. Lou und Stanislas beim Schwimmen. *Bye-bye, family!* Ein Lachen verzerrte ihre Lippen, die sich stumm wieder schlossen. Die Erinnerung an den Klinikaufenthalt begann zu verblassen. Aber nicht das Unwohlsein.

Iris zündete sich die Zigarette an und setzte sich wieder aufs Sofa. Sie griff nach dem iPad, las noch einmal den Betreff der Nachricht, die mit dem Foto einer paradiesischen Insel unterlegt war.

Noch drei Wochen, bis die Schule wieder anfing, die letzte Chance, sich richtige Ferien zu gönnen, Abstand zu gewinnen von dieser elenden Sache, die sie mehr und mehr von allem entfernte.

Last-Minute-Angebot.

Iris knetete den kleinen Elefanten aus Elfenbein an ihrer Kette. Die Nachricht hatte ihre Firewall durchbrochen. Ein bisschen wie diese schamlosen Menschen, die völlig unverfroren beim Chef anklopfen, obwohl eigentlich genug Stufen zwischen ihnen und dieser Tür liegen, um derartige Attacken abzuwenden.

Und was sagt dann der Chef in neun von zehn Fällen?

Sie haben fünf Minuten, um mich zu überzeugen.

Iris hatte einen guten Tag.

Iris hatte Zeit.

Und sie war das schwache Glied.

Tag 1

1

Ankommen

Von oben besehen, sind die Nomad Islands eine Kette mitten im Indischen Ozean zurückgelassener Felsen. Wie ein Schneckenhaus aus kleinen Punkten rollen sich etwa ein Dutzend sattgrüne Atolle zu einer wunderbar geometrischen 9 und schirmen so eine ausgedehnte Lagune gegen die Nordwestwinde ab. Landzungen aus strahlend weissschimmerndem Sand scheinen in dem türkisfarbenen Wasser zu schweben, unter dessen Oberfläche sich schillernde Korallen wiegen.

Das Paradies, dachte Paul, als er diese Landschaft durch das Fenster der Cessna erblickte. Er drehte sich zu Iris, die keinerlei Regung zeigte. Das Flugzeug flog inzwischen auf weniger als sechstausend Fuss und nahm eine Hundertachtzig-Grad-Kurve, um gegen den Wind die Landebahn anzusteuern. Paul hob die Sonnenbrille seiner Frau an und sah, dass sie fest schlief. Auf der Rückbank waren Stanislas und Lou, angeschnallt in ihren Sitzen, ineinander zusammengesunken. Ein Spuckefaden hing aus dem halbgeöffneten Mund seiner Tochter und wand sich in die blonden Locken seines Jüngsten. Paul lächelte und drehte sich wieder zu seinem Fenster, auch wenn er ein wenig enttäuscht war, dass er diesen Ausblick nicht mit ihnen teilen konnte.

Die Maschine überflog den Kratersee von Nomad First; er stellte die unerschöpfliche Wasserreserve für die

Bevölkerung der Hauptinsel dar, der grössten und einzigen bewohnten von den insgesamt dreizehn zu dem Archipel gehörenden Inseln. Der Pilot – ein gewisser Jamar – bremste, hoch konzentriert, auf neunzig Knoten ab, hielt die Maschine stabil, die nun in leichter Schräglage flog. Paul, der hinter ihm sass, richtete sich auf. Er konnte nicht das ganze Cockpit einsehen, der massige braungebrannte Nacken des Piloten versperrte ihm die Sicht. An der Verschlussschnalle seines Helms ragte ein Büschel schwarzer Haare hervor, gefärbt, wie Paul vermutete. Er hatte keine einzige seiner dreihundert Flugstunden in den Robin- und Piper-Maschinen vergessen; das Fliegen war für ihn ein echtes Vergnügen gewesen. Kein Flug glich dem anderen: Dort oben, allein in seinem Cockpit, war er ganz aufs Navigieren fokussiert und gleichzeitig völlig in Gedanken verloren gewesen. So konnte er sich frei fühlen, frei von Sorgen und Pflichten. Aber auf Iris' Drängen hin hatte er schliesslich diese Leidenschaft aufgegeben, die seine Frau für teuer und gefährlich hielt: Lous Geburt setzte seinem Hobby ein Ende, und die Fluglizenz verschwand in der Kiste mit seinen Erinnerungen. Jetzt beneidete er den Piloten, der in diesem Moment dazu ansetzte, die Maschine vor dieser atemberaubenden Kulisse mitten im Ozean zu landen.

Windböen rüttelten am Flugzeugrumpf, Iris schreckte auf und gab ein missmutiges Grummeln von sich.

»Wir landen gleich, Schatz«, beruhigte sie Paul.

Iris gähnte und fuhr sich mit trockener Zunge über die Lippen. Sie seufzte, lehnte ihren Nacken an die Kopfstütze, ohne die Landschaft eines Blickes zu würdigen.

Paul drehte sich um und sah den Kontrollturm des Flugplatzes; daneben war ein winziges Fahrzeug abgestellt.

*

Die Räder berührten den Boden, das Flugzeug setzte mehrmals auf der Sandpiste auf, Staub wirbelte hoch. Jamar drosselte den Motor und fuhr die Luftbremsen aus. Jetzt waren sie alle wach.

»Sind wir schon da, Papa?«, fragte Stan und rieb sich die Augen.

»Fuck, das wurde aber auch Zeit!«, sagte Lou seufzend.

Iris liess die Bemerkung durchgehen, und auch Paul – todmüde, mit pappiger Zunge und beissendem Schweissgeruch unter den Achseln – sagte nichts. Von Genf über Paris nach Saint-Denis de La Réunion plus zwei Stunden Flug in der Cessna Stationair von Jamar, das machte fünfzehn Stunden Reisezeit, die Zwischenstopps nicht einberechnet. Da kann man als eher kleines Zugeständnis in der Erziehung einer Vierzehnjährigen ein »Fuck« schon mal ohne allzu schlechtes Gewissen überhören.

Der Pilot steuerte das Flugzeug in Richtung des Hangars nahe dem Kontrollturm, einem zweigeschossigen Massivbau, auf dem (absurderweise, dachte Paul) zu lesen war: »Nomad First International Airport«. Die Propeller machten eine letzte lautlose Umdrehung, bevor sie endgültig zum Stillstand kamen. Jamar löste seinen Anschnallgurt und setzte seine Kopfhörer ab. Er öffnete die Tür des Cockpits und stützte sich auf die Leiter, die genauso wie die vorschriftsmässigen Absperrkegel unter der Flugzeugnase und den beiden Flügeln gerade von einem Mann in einem ausgeblichenen orangefarbenen Overall aufgestellt worden war. Da die Cessna die einzige Maschine auf dem Rollfeld war, musste Paul über diese aus seiner Sicht unnötigen Sicherheitsvorkehrungen schmunzeln. Aber ein Flugplatz, so klein er auch sein mag, darf sich »international« nennen, solange es nur zutrifft, und dann gelten dort dieselben Vorschriften wie überall sonst.

Der Bodenmitarbeiter mit den Ohrenschützern um den Hals öffnete die Tür zur Kabine und half den Jensens nacheinander beim Aussteigen. Er trug eine Ray-Ban Aviator – oder eine Sonnenbrille, die so aussah – und schien seine Arbeit sehr ernst zu nehmen. Der Pilot sprach mit ihm in einer Sprache, die wie Tamil klang; dann wandte er sich zu Paul, um sich zu verabschieden.

»Fliegen Sie schon wieder los?«, fragte dieser verwundert.

»Sobald ich vollgetankt und die Maschine gecheckt habe, ja«, antwortete Jamar.

»Machen Sie viele solcher Shuttleflüge?«, fragte Paul noch.

Die Frage war absurd: Alle waren müde, niemandem stand der Sinn nach Small Talk. Iris zog ihn entnervt zu sich heran.

»Mein Part endet hier«, sagte Jamar. »Ich wünsche Ihnen, Mister Jensen, und Ihrer Familie einen angenehmen Aufenthalt auf Nomad First.«

Der Pilot zog sich höflich zurück und verschwand mit seinem Flugplan auf dem Klemmbrett in Richtung des Gebäudes.

Paul schloss zu Iris auf, die mit den Kindern schon losgelaufen war. Der Mann im orangefarbenen Overall hatte ihre Koffer auf einen Gepäckwagen geladen und ging vor ihnen über das behelfsmässige Rollfeld, verschwommene Silhouetten in der flirrenden Hitze.

2

Warten

»Scheisse, wie lange dauert das denn?«

Iris' Arm schnellte zur Seite, ihr Handrücken prallte auf Lous noch geöffneten Mund. Der goldene Ehering traf auf die zahnspangenummantelten Schneidezähne ihrer Tochter.

»Au! Fuck!«

Lou schlug die Hände vors Gesicht und sank wimmernd zusammen.

Paul war gerade darauf konzentriert, mit dem Blick dem Verlauf des Kabelkanals zu folgen, der den Deckenventilator mit einem Solarmodul ausserhalb des Gebäudes verband – er drehte sich um. Als er dem düsteren Blick seiner Frau begegnete, beschloss er, das Ganze nicht zu kommentieren.

Stan bekam nichts mit, er war mit seinem iPad beschäftigt und damit, diverse Vögel auf wacklige Konstruktionen zu katapultieren.

»In diesem Scheissland gibt es nicht mal Empfang!«, sagte Lou und pfefferte ihr Smartphone auf den Sitz neben sich.

»Ich habe Durst, Mama«, sagte Stan, ohne den Blick von seinem Bildschirm zu lösen.

Iris sprang auf und durchquerte mit ein paar langen Schritten die Halle. »Was ist hier los, Paul? Warum bitte holt uns niemand ab?«

Paul sah sich um: ihre hinter der dreckigen Scheibe aufgetürmten Koffer, der von Zigarettenstummeln überquellende Standascher, die Staubschicht auf den Fliesen. Das alte Hygrometer neben der Tür zeigte eine unfassbar hohe Luftfeuchtigkeit an, die Wartehalle war eine einzige Sauna.

»Ich weiss es nicht, Schatz, es muss irgendein organisatorisches Problem geben, ich …«

»Schon klar, dass es ein Problem gibt, ich frage mich nur, was du unternehmen willst, um es zu lösen! Ob du es glaubst oder nicht, ich habe genau jetzt meine Tage bekommen, und ich hab weder Tampons noch Binden dabei!«

»Schatz, du hast deine …?«

»Yes, Mister. Ob du es glaubst oder nicht, nach all den Monaten ist es so weit! Hier und jetzt! Und dein ›Schatz‹ kannst du dir sparen, ich bin fertig, ich kann nicht mehr! Ich brauche eine Dusche!«

Iris machte auf dem Absatz kehrt, schnappte sich das Samsung ihrer Tochter und steckte es sich in die Gesässtasche ihrer Jeans.

»Das war das letzte Mal, dass ich dich das Ding durch die Gegend werfen sehe«, sagte sie zu der schmollenden Lou, die demonstrativ in die andere Richtung guckte.

Paul ging zum zigsten Mal durch die Glastür und trat unter das Vordach des Kontrollturms. Diese Reise war Iris' Idee gewesen, aber jetzt war auf einmal er verantwortlich. Er war zwar einen Meter neunzig gross – bei den Wutausbrüchen seiner Frau fühlte er sich trotzdem immer klein.

Er klopfte noch einmal an die Tür, auf der »Privat« stand, versuchte, sie zu öffnen, aber sie blieb verschlossen. Er ging über das Rollfeld und winkte in Richtung der verspiegelten Scheiben: Nichts rührte sich. Dabei hatte er den Piloten in dieses Gebäude gehen sehen, das hatte er doch verdammt noch mal nicht geträumt! Bestimmt gab es einen anderen Ausgang, und Jamar war mit einem Mitarbeiter der Flugsicherung wieder rausgegangen … Paul lief die Landebahn entlang: Der staubige Ford Pick-up stand noch an derselben Stelle.

Er ging ein paar Schritte weiter, beschirmte mit der Hand seine Stirn gegen die Sonne, blickte in Richtung Hangar. Auch der Mann in dem orangefarbenen Overall war verschwunden, nachdem er ihr Gepäck in der Wartehalle abgestellt hatte. Paul zog sein Blackberry aus der Tasche seiner Tarnhose, wobei es ihm fast aus den feuchten Fingern glitt. Lou hatte recht, ein Blick auf das Display bestätigte: kein Empfang.

Als er plötzlich das Knattern der Cessna hörte, hob er den Kopf. Er sah, wie das Flugzeug den Hangar verliess und über das Rollfeld rumpelte. Von dem Geräusch angezogen, kamen auch Iris und die Kinder nach draussen und stellten sich zu ihm.

Paul legte seinen Arm um die Schultern seiner Frau und seiner Tochter. Stanislas rückte an seine Mutter heran, Iris drückte ihn an sich.

Das Flugzeug wendete. Der Motor lief auf Hochtouren, die Maschine beschleunigte, stiess sich mehrmals mit den Rädern vom Rollfeld ab und löste sich schliesslich vom Boden.

3

Erdnuss

»Koffer im Auto, wir können los jetzt.«

Die Jensens drehten sich alle mit einer einzigen Bewegung um, perfekte Choreographie einer verdutzten Familie.

Ihnen gegenüber stand eine Person mit dunkler Haut; ihre kurzen Haare, die bemerkenswert feinen Züge und das deutliche Übergewicht machten es schwierig, sie dem einen oder dem anderen Geschlecht zuzuordnen. Die dünne Stimme und die unvermeidliche Pilotenbrille trugen ein Übriges zur Geschlechterverwirrung bei.

Stan und Lou unterdrückten ihr Lachen, als sich das androgyne Wesen auf sie zubewegte – das bestimmt mindestens einen Meter achtzig mass, aber für seine Fülle erstaunlich agil und leichtfüssig wirkte. *Ein Sumoringer,* dachte Paul. An dem Einstecktuch seiner Uniform – dunkelgrünes Hemd, weisse Hose, weisses Foulard – war ein Namensschildchen befestigt: »Ulita«. Paul schloss von dem a am Ende auf einen weiblichen Vornamen, aber der kräftige Händedruck – ein richtiger Schraubstock! – ordnete für ihn Ulita in die Kategorie »queer« ein.

Iris war die Erste, die sich dem seltsamen Aussehen des Fahrers zum Trotz wieder fasste. »Wir warten hier verdammt noch mal schon über eine Stunde! Wie kann das sein?«

Ulita neigte den Kopf zur Seite, als würde er auf einem Ohr schlecht hören. »*Please?* Was Sie haben gesagt?«

»*Ich haben gesagt,* dass es wohl das mindeste wäre, dass Sie sich für die Verspätung entschuldigen«, zischte Iris. »Wir haben hier wie die letzten Idioten auf Ihrem sogenannten *internationalen* Flughafen gewartet, ohne jede Erklärung, ohne jeden Service!«

Ulita verzog keine Miene und tat, wie ihm geheissen: »Im Namen von Nomad Island Resort bitte ich Sie, die Verspätung wegen dem Verkehr zu entschuldigen.«

»Verkehr?«, wiederholte Paul.

»Na bitte!«, schloss Iris. »Dann ist ja alles bestens! Gehen wir!«

Ohne den Sarkasmus herausgehört zu haben, bat Ulita die Familie, ihm zu dem Ford Pick-up neben dem Kontrollturm zu folgen.

»Warten Sie mal«, sagte Paul, »wo waren Sie vorhin?«

»Wo ich sein?«

»Als wir gewartet haben, Grundgütiger! Wo waren Sie da?«

Ulita zeigte auf irgendeinen nicht näher bestimmbaren Punkt der Insel. Paul liess den Sumoringer vorgehen und rieb sich kopfschüttelnd die geröteten Augen.

*

Iris und die Kinder kletterten auf die Rückbank, Paul setzte sich neben den Fahrer. Die glühend heissen

Kunstledersitze verströmten einen leichten Benzingeruch. Das Armaturenbrett war von Rissen überzogen.

»Hier drinnen sind bestimmt fünfzig Grad! Haben Sie keinen Parkplatz im Schatten gefunden? Das ist doch abartig!«, fluchte Paul, während er sich anschnallte.

Der Fahrer ging darauf nicht weiter ein und drehte den Zündschlüssel um. Er betätigte den Hebel der Automatikschaltung und steuerte den Geländewagen in einer grossen Staubwolke auf die unbefestigte Strasse. Paul dachte an ihre Koffer auf der Ladefläche, sagte aber nichts, um nicht den nächsten Konflikt vom Zaun zu brechen. Er wischte sich mit dem Handrücken über die nasse Stirn, sein Hemd klebte ihm an der Brust. Er wollte das Fenster herunterlassen, aber der Knopf funktionierte nicht.

»Elektronik kaputt«, sagte Ulita.

»Na wunderbar! Ich glaube, ich werde wohl ein Wörtchen mit Ihrem Chef zu reden haben ...«

»Ja, Mike Sie begrüssen. Mike *very cool.*«

Je weiter sie sich vom Flugplatz entfernten, desto dichter wurde die Vegetation am Strassenrand – hauptsächlich Kokospalmen und Schraubenbäume. Anders, als man es sich vielleicht vorstellen würde, dominierte die Farbe Grün, Blumen waren eher selten. Das Paradies war weniger bunt, als das Panorama aus der Vogelperspektive hatte vermuten lassen. Paul fragte sich, was für Flora und Fauna es auf der Insel gab. Bis zum letzten Moment hatte er jede Menge Arbeit gehabt und keine Zeit gefunden, sich zu informieren. Er hatte das im Flieger nachholen wollen, sich dann aber doch nicht aufraffen können, in den von der Reiseagentur zur Verfügung gestellten Prospekten zu blättern – und ausserdem: Was war mit den Geräuschen, den Gerüchen? Er hatte ein gutes Viertel des Globus überquert, aber abgesehen von dem Rollfeldintermezzo eben nur geschlossene Räume gesehen – Wartesäle, Lounges, Druckkabinen. Nun in diesem überhitzten Wagen wieder eingesperrt, dachte Paul, dass seine Befreiung bis zu ihrer Ankunft im Resort nur eine Hypothese blieb.

Stanislas verputzte auf seinem Sitz die Reste einer Maxipackung M&M's. Er warf die schokolierten Nüsse in die Luft und versuchte, sie mit dem geöffneten Mund zu fangen. Lou erwischte eine von ihnen und steckte sie sich unter Protest ihres Bruders in den Mund.

»Lou, lass das!«

»Igitt, die Schokolade ist ja ganz weich!«

»Schluss jetzt!«, brüllte Iris.

Paul zuckte zusammen, denn auch wenn er nicht selbst fuhr, hatte er sich doch ganz auf die Strasse konzentriert. Die schraubte sich immer weiter in die Höhe. Ulita reizte unbekümmert die Manövrierfähigkeit des Ford Ranger aus.

»Das Hotel liegt auf der anderen Seite des Vulkans?«, fragte Paul.

»Das *Resort*«, berichtigte Ulita.

»Denken Sie nicht, wir sollten etwas langsamer fahren?«, setzte Paul hinzu. »Auf eine halbe Stunde kommt es doch jetzt nicht mehr an …«

Wie zur Antwort beschleunigte Ulita nach der Kurve.

»Mein Mann hat Sie gebeten, langsamer zu fahren!«, schaltete sich Iris ein. »Wir sind hier Gäste, Sie arbeiten für uns, also machen Sie, was wir sagen, ist das klar?«

Ulita legte wieder den Kopf schief, als würde er einen Moment überlegen, bevor er die Geschwindigkeit verringerte.

»Was für ein Schwachkopf!«, blaffte Iris.

»Oder eine Bitch«, ergänzte Lou.

»Okay, ihr zwei, kommt wieder runter. Das ist kein Grund, gleich …«

Paul kam nicht mehr dazu, seinen Satz zu beenden: Das Ungetüm tauchte plötzlich mitten auf der Strasse auf.

Es handelt sich wie beim Krokodil um eins der oviparen Tiere, die Hunderttausenden Jahren an Evolution standgehalten haben; es gehört zu den letzten Überlebenden einer weit zurückliegenden Ära, als der Mensch noch nicht in Erscheinung getreten war. Der Mensch, der, an der Entwicklung der Erde gemessen, innerhalb eines Wimpernschlags die gesamte Hierarchie von Fressen und Gefressenwerden auf den Kopf gestellt und den Pick-up Ford Ranger erschaffen hat: Dieser ist durchaus in der Lage, es bei einem Aufprall von mehr als sechzig Stundenkilometern mit einem Nashorn aufzunehmen – und es umzuwerfen.

Aber nicht mit einer zweihundert Kilo schweren Landschildkröte, die mehr als ein ganzes Jahrhundert Leben hinter sich hat.

Über Zeitalter hinweg konnte sie überdauern dank einer einzigartigen atomaren Zusammensetzung und ihrem Schutzinstinkt: zelebrierte Langsamkeit, die sich beim kleinsten Anzeichen von Gefahr in einen dicken Panzer aus Knochen, Horn und Schuppen zurückzieht.

Der *bull bar* des Geländewagens, der dafür gedacht ist, Büffel oder sonstige Vierbeiner von einer gewissen Robustheit aus dem Weg zu räumen, erwies sich in diesem Fall als völlig nutzlos: Der konvexe Panzer blieb unbeweglich und fest mit dem Boden verbunden, er liess den Ford abheben und auf zwei Rädern balancierend weiterfahren, bis dieser nach etwa zehn Metern zurückplumpste. Ulita bremste und lenkte gegen, konnte gerade noch verhindern, dass sie über den Strassenrand direkt den Abhang hinuntergeschleudert wurden. Während die Jensens noch starr vor Schreck waren, setzte der Wagen seine Fahrt fort. Ulita drehte sich zu Paul, lächelte ihn an und legte dabei eine Zahnreihe frei, die so weiss war, als wäre sie aus Porzellan.

Wenn einen der nervöse Gasfuss des Fahrers einen Abgrund entlangschlittern lässt – und für einen Moment die Zeit stillsteht –, kommt es manchmal dazu, dass die ungewöhnlichsten Umstände zusammentreffen. So erscheint es doch abwegig, dass ausgerechnet die letzte Erdnuss einer Packung M&M's Ihrem Sohn in den falschen Hals gerät, und dann auch noch als Folge einer statistisch gesehen nicht sehr wahrscheinlichen Begegnung zwischen einem in Detroit gebauten Ford Pick-up und einer Riesenschildkröte auf den Nomad Islands.

Iris und Lou standen noch unter Schock, aber als Paul einen Blick nach hinten warf, erkannte er den kritischen Zustand seines Sohns. Das gerötete Gesicht und die glasigen Augen waren die ersten Anzeichen des drohenden Erstickens.

»Anhalten! Stopp! Anhalten habe ich gesagt!«, brüllte Paul.

Ulita reagierte nicht. Unter den schreckgeweiteten Blicken seiner Frau und seiner Tochter zog Paul die Handbremse. Der Wagen schlingerte, prallte gegen eine Felswand und schabte mit der rechten Seite noch ein Stück daran entlang.

»Papa?!«, schrie Lou.

»Bist du übergeschnappt?«, brüllte Iris.

Der rechte Frontscheinwerfer blieb an dem Stamm eines Schraubenbaums hängen, der Wagen kam quer auf der Fahrbahn zum Stehen, der Kühlergrill hing schon über dem Abgrund. Paul löste seinen Anschnallgurt und sprang zwischen die Vordersitze, dabei stützte er sich mit dem Fuss am Armaturenbrett ab. Er rammte seinem Sohn die Faust in den Bauch. Dann versetzte er ihm einen kräftigen Schlag oberhalb des Zwerchfells. Stan hustete, spuckte. Die Erdnuss flog gegen Ulitas Kopfstütze und rollte über den staubigen Teppich im Fussraum. Iris starrte verdattert auf die ihrer Schokoladenummantelung beraubte Nuss, während Stan wieder zu sich kam und hektisch die heisse Luft einzog.

Während die Stossdämpfer den Ausblick auf den Abgrund genossen, liess sich Paul zurück auf seinen Sitz fallen. Er musste sich beherrschen, um nicht als Nächstes seine Faust in Ulitas Visage zu versenken, und sagte: »Wollen Sie den Rückwärtsgang einlegen, oder sollen wir hier endgültig in der Schlucht landen?«

Ulita lächelte und stellte den Schalthebel des Automatikgetriebes auf R. Der Pick-up setzte zurück. Iris, stumm vor Schreck und leichenblass, hielt den immer noch zitternden Stan in den Armen.

»Scheissferien«, sagte Lou.

Aber da war kein Hauch von Aufmüpfigkeit, nur pure Angst in einer tonlosen Stimme.

Hinter ihnen war die Schildkröte im Gebüsch verschwunden; sie setzte ihren langen Weg fort, durch die Zeiten und über alle Katastrophen hinweg.

4

Nomad Island Resort

Der Geländewagen hielt vor einem hohen Automatiktor, das sich zu beiden Seiten im Dickicht verlor. Ein Häuschen mit getönten Scheiben wachte vor dem Haupteingang der Ferienanlage. Ulita zog ein Handy aus seiner Tasche und tippte auf eine Kurzwahltaste. Er stiess eine unverständliche Formel hervor, woraufhin die gummierten Räder des Tors ins Rollen kamen.

»Ist das hier Fort Apache?«, fragte Paul. Er hatte nichts gegen Sicherheitsvorkehrungen (ihre eigene Villa war mit einer Alarmanlage ausgestattet, die direkt mit einer Einsatzzentrale verbunden war), nur in dieser Abgeschiedenheit fand er das alles etwas befremdlich.

»Ich verstehe nicht«, sagte Ulita und fuhr den Wagen durch das sich lautlos öffnende Tor.

»Wovor haben Sie denn Angst, dass Sie hier solche Zäune haben?«

Sie passierten die Einfahrt, und sofort schloss sich das Portal wieder hinter ihnen.

»Dem Wild«, antwortete Ulita.

»Dem … *Wild?*«

Paul drehte sich zu seiner Familie um und schnitt eine entnervte Grimasse. Niemand fand das witzig.

*

Der Pick-up fuhr von Palmen und makellos gepflegtem Rasen gesäumte Alleen hinauf. Überall blühten Bougainvilleen und Frangipani, Orangenblüten, Ylang-Ylang und Vanille. Auf dem ganzen Gelände leuchteten die Blüten verschiedenster Büsche in den schillerndsten Farben. Das komplexe Netz aus sich in regelmässigen Intervallen aktivierenden Sprinklern klang wie der zirpende Chor aquatischer Grillen.

»Na, das ist doch schon besser«, sagte Paul.

Ulita hielt vor einem zaunlosen Häuschen. Auf einem Schild im Rasen stand die Nummer 27. Zu beiden Seiten konnte man in einiger Entfernung ähnliche Bungalows erahnen, immer von kleinen Garteninseln umgeben. Ulita entriegelte die Türen, und die Jensens sprangen aus dem Wagen, alle erleichtert, endlich angekommen zu sein. Betörende Düfte schlugen ihnen entgegen, Blumen, Gewürze, aber auch ein durchdringender Jodgeruch. Mit dem Tschilpen der unbekannten Vögel, das lieblich und unheimlich zugleich klang, machte sich eine gewisse Enttäuschung breit, denn der Ozean lag verborgen in der Ferne, aber er rief, rief, wie er nach allen Menschen ruft, auf dass sie sich dem Wasser nähern mögen und sich in seinem Anblick verlieren.

Der Fahrer lud die Koffer und Taschen aus. Perfekt aufeinander abgestimmt, erschienen drei Bedienstete in weissen Sarongs, um sich des Gepäcks anzunehmen. Sie waren so schmal und zierlich, wie Ulita gross und massig war; Paul fiel zwar auf, dass auch sie Pilotenbrillen trugen, aber das war dann auch ihre einzige Gemeinsamkeit mit dem Fahrer und seiner karamellfarbenen Haut.

»Mein Part endet hier. Ich wünsche Ihnen, Mister Jensen, und Ihrer Familie einen angenehmen Aufenthalt auf Nomad First.«

Ulita ging um den Pick-up herum und stieg ein. Mit einem schmatzenden Geräusch schloss sich die Wagentür. Der Ford wendete und rollte über den Asphalt davon, der so glatt dalag wie ein Billardtisch. Alles war perfekt, bis auf den schrottreifen Wagen, der durch ihren Stunt jetzt noch mehr Blessuren davongetragen hatte.

Die Bediensteten waren mitsamt ihren Habseligkeiten im Haus verschwunden. Iris, Stanislas und Lou warteten in der Tür auf Paul. Aber der fühlte sich plötzlich wie entfernt von ihnen, als würde er dabei zusehen, wie sich eine unsichtbare Mauer zwischen ihm und seiner Familie aufbaute.

»Na, dann wollen wir mal«, sagte er und rang sich ein Lächeln ab.

5

Bungalow

Wie getupft fiel der Schatten der vom Licht durchschienenen Frangipani auf die lange Pergola, die sie hinaufstiegen. Zu beiden Seiten hin erstreckte sich ein grosszügiger Garten, den man so angelegt hatte, dass in ihm die schönste Seite der Natur erblühte, ohne dass sie allzu wild wuchern konnte. Die Nachbarhäuser fügten sich in ausreichendem Abstand nahtlos in die Landschaft ein, nirgendwo störte ein Zaun das Bild. Der Palmenhain spendete wohltuenden, von der Meeresbrise zusätzlich erfrischten Schatten. Die Blätter der Kokospalmen, die sich unter ihren Früchten bogen, rauschten leise, wie eine flüchtige, aber immer neue Liebkosung im Reich der Ruhe und Erholung. Der Mensch ging hier im Schatten zu Werke: unsichtbare Gärtner und Bedienstete, Silhouetten, die nur in Erscheinung traten, wenn es unbedingt nötig war.

Die Jensens stiegen etwa ein Dutzend Stufen hinauf und folgten den einheimischen Angestellten in den Bungalow; diese huschten barfuss über das Parkett, um das Gepäck auf die verschiedenen Zimmer zu verteilen. Sie senkten jedes Mal ehrerbietig den Kopf, wenn sie mit stummer Geste präsentierten: Wohnzimmer, Essecke, Schlafzimmer, Bäder … Alles zweckmässig und komfortabel eingerichtet. Was nach einer eingehenderen Betrachtung auffiel, waren die eingesetzten Materialien: Von den Rohrleitungen abgesehen, schien alles aus Rohstoffen von der Insel gefertigt zu sein. Das Mobiliar war aus Holz, Rattan und Bambus. Für die Badewannen und Waschbecken hatte man einen marmorähnlichen, polierten schwarzen Stein verwendet. Die Kissen waren mit bunten, von Hand gewebten Patchworkstoffen bezogen. Die Moskitonetze glichen übergrossen Spinnweben. Die Kochnische schien von weitem auf das Wesentliche reduziert: eine einfache Theke mit Arbeitsplatte und einem doppelten, aus Stein gehauenen Spülbecken.

Iris war entzückt: »Kein Abwasch, kein Kochen, phantastisch!«

Paul erwiderte ihr Lächeln und sah sich um. Er wollte die Angestellten um eine Flasche Wasser bitten, aber da waren sie schon verschwunden.

»Papa, Mama! Kommt schnell, das ist ja der Wahnsinn!«, rief Lou.

Sie gingen zu ihrer Tochter nach draussen. Stan folgte ihnen. Auf hohen Pfählen überragte die Veranda die Lagune.

Zu dieser Uhrzeit, wenn die Sonne über dem Meer untergeht – die Nomad Islands liegen nahe am Äquator, die Sonne geht früh auf und früh unter –, bot die Bucht ein Bild von überwältigender Schönheit: das Schimmern der Korallen unter der Wasseroberfläche, die Blautöne des Meeres und des Himmels, der Kontrast zum strahlend weissen Sand, der sich am Fusse der wattig braunen Palmenstämme erstreckte. Und als wäre das noch nicht genug, als brauchte die Verzückung noch eine Steigerung, erhob sich ein Schwarm Flamingos in die Höhe und verlieh der elliptischen Perspektive der Lagune so ihren Fluchtpunkt, flirrende Tupfen, um das Gemälde zu vollenden, trunkener Blick, bis zur vollständigen Verwirrung der Sinne.

Paul. Iris. Lou. Stanislas.

Vierzig, siebenunddreissig, vierzehn und neun Jahre alt.

Zusammengenommen hundert Jahre. Ein Jahrhundert, in sprachlos-stummer Betrachtung versunken, ein waschechtes Klischee, leibhaftiges Standbild von wahrhafter Vollkommenheit. Zwanzig Stunden in Fliegern, in Wartehallen, mit künstlicher Beleuchtung, gedämpften Geräuschen, abgestandener Luft – zwanzig Stunden wie weggeblasen, ausradiert, die Müdigkeit, Ängste und Vorbehalte nur noch eine blasse Erinnerung.

Zusammengenommen hundert Jahre. Ein Jahrhundert, und zwar das vergangene, das sich so gut darauf verstanden hatte, den Ruin dessen voranzutreiben, was nun vor ihren Augen lag, wie eine Ausnahme, ein Wunder für Privilegierte. Was sie ungläubig bestaunten, worüber sie den eigenen Körper, das eigene Dasein vergassen. Denn jedes Wesen, jedes Ding trägt den eigenen Ursprung in sich. Jedes Wesen, jedes Ding behält eine Spur von seinem ersten Evolutionsstadium.

Sie drangen in diesem Augenblick in ein uraltes Territorium vor, das nur sehr wenige das Privileg haben jemals zu erblicken. Nur wenige noch erblicken werden. Denn all dies, der Himmel, das Meer, die Luft und das

Licht, war schon im Begriff zu vergehen, längst vergiftet, nur noch schöner Schein.

Und dieses uralte Territorium begann, sich ihrer zu bemächtigen, gänzlich, unmerklich und unheilvoll.

6

Mike

Mike war es, der die überwältigten Jensens aus ihrer stummen Starre gerissen hatte; eine solche Reaktion erlebte er jedes Mal, wenn Neuankömmlinge die Bucht und die Lagune erblickten. Mike, ihr »Ansprechpartner«, wie den Reiseunterlagen zu entnehmen war, war unverschämt schön: hochaufgeschossen, um die dreissig, blond, feine Züge, drahtige Glieder. Keiner dieser vulgären Bodybuilder-Körper. Authentische Kraft, vom Leben an der frischen Luft geformt und durch gesunde Ernährung gestärkt. Hemd und Hose aus weissem Leinen, Ledersandalen. Gott sei Dank keine Pilotenbrille, aber dafür Augen so blau wie die Lagune, die sich nur einen Steinwurf von der Veranda entfernt vor ihnen erstreckte. Das dunkelgrüne Seidentuch, das er sich locker um den Hals gebunden hatte, liess seine bernsteinfarbene Bräunung noch besser zur Geltung kommen.

Die Jensens waren hingerissen. In gewisser Weise war Mike die Fortsetzung des berückenden Panoramas. Eine sanfte Brandung untermalte ihre kleine Zusammenkunft, verlor sich in den von den Bediensteten herbeigebrachten Erfrischungsgetränken: eine Auswahl an frisch gepressten Säften (Papaya, Mango oder Ananas, je nach Wunsch), in Holzkrügen serviert.

Nach dem Begrüssungsgeplänkel kam Mike zu den praktischen Fragen ihres Aufenthalts. Sie hatten bis hierhin englisch gesprochen, als Mike ihnen plötzlich vorschlug: »Wenn Sie wünschen, können wir unsere Unterhaltung gern auf Französisch fortsetzen.«

»Ach, Ihre Aussprache ist ja phantastisch!«, erwiderte Iris.

»Ich habe in Ihrem schönen Land studiert; in Nizza, um genau zu sein.«

»Wir ... wir kommen aus der Schweiz«, erklärte Paul.

Mike warf einen Blick auf seine Notizen und fuhr zerstreut fort: »Aus Genf, in der französischen Schweiz. Ich bitte vielmals um Entschuldigung, Monsieur Jensen, es ist gar nicht so leicht, Switzerland geographisch einzuordnen. Das Land ist für viele Menschen ein Rätsel ...«

»Das Land ist behämmert!«

»Lou, also wirklich!«, fuhr ihre Mutter dazwischen. »Mike, stört es Sie, wenn ich mir eine Zigarette hole? Ich bin gleich zurück.«

Mike erhob sich aus seinem Sessel. Paul rührte sich nicht, Privileg des Ehemanns und Vaters, auch wenn es zu anderen Zeiten und an anderen Orten der Anstand geboten hätte, es Mike gleichzutun. Aber Paul war müde. Und ausserdem – wer kümmert sich nach fünfzehn Jahren Ehe noch um solche Details? Iris schon. Die wusste diese höfliche Geste besonders zu schätzen, nachdem sie in den letzten vierundzwanzig Stunden von allem möglichen Personal nur mit Kälte oder Aufgesetztheit abgefertigt worden war. Apropos, gerade hörte sie, wie Paul zu einer Beschwerde über Ulita ansetzte: »Er hat sich nicht mal bequemt ...«

»*Sie«*, berichtigte Mike.

»Siehst du: *eine* Bitch«, sagte Lou zu ihrer Mutter.

Mike überging die Bemerkung. Iris, die gerade nach dem Steinaschenbecher auf dem Tisch griff, hätte ihrer Tochter ebendiesen nur zu gern über den Kopf gezogen. Sie hatte ihre Masche längst durchschaut: wie sie die Brust vorwölbte (die durchaus schon ausgeprägt war für ihr Alter), wie sie in ihren Hot Pants lasziv die nackten Beine überschlug.

Aber du kriegst ihn nicht, Schätzchen, o nein, du kriegst ihn nicht, dachte Iris.

Und schämte sich sofort dafür, schnell schob sie den Gedanken weg, als wäre er ihr nie in den Sinn gekommen. Sie setzte sich wieder neben ihren Sohn, den Einzigen, der sich völlig unbeeindruckt von Mike zeigte oder sich zumindest nicht von dem Honig in dessen Stimme einlullen liess.

»Normalerweise«, erläuterte Mike, »landet unser Pilot direkt in der Lagune, so dass wir gar keinen Fahrer bemühen müssen, aber unser Wasserflugzeug ist noch für ein paar Tage zur Inspektion.«

»Ein Wasserflugzeug?«, fragte Paul. »Was ist das denn für ein Modell?«

»Ähm … da … da muss ich passen, bedaure. Wieso fragen Sie?«

»Ich habe ein Faible für Flugzeuge.«

»Mein Mann ist früher mal geflogen«, erklärte Iris.

»Zurück geht es dann also mit dem Wasserflugzeug?«

»Wieso zurück?«, fragte Mike.

»Na ja, ähm … wenn die Ferien zu Ende sind.«

»Ach so, natürlich. Wir setzen Sie dann über die Modalitäten in Kenntnis.«

»Das wollen wir doch hoffen!«, erwiderte Paul.

»Wir sind gerade erst angekommen, und du denkst schon an die Abreise?«, sagte Iris.

»Du hast recht. Verzeih, mein Schatz.« Und entschuldigend zu Mike: »Das ist meine Berufskrankheit, meine Geschäftsreisen sind immer so durchgetaktet … Sagen Sie, die Maschine, mit der wir gekommen sind, war das eine Cessna Stationair? Ich bin nicht mehr dazu gekommen, Ihren Piloten zu fragen.«

»Keinen interessiert das, Papa. Ich bin müde, und ich hab Hunger«, maulte Lou.

»Sie wollten eigentlich sagen?«, kürzte Iris ab.

»Ähm … ja, der Fahrer … nun ja, die … die Einheimischen machen manchmal Probleme«, erklärte Mike mit einem Blick auf Stan. »Das ist ein kleiner Wermutstropfen, würde ich sagen, unsere Achillesferse. Wir sind gesetzlich dazu verpflichtet, eine gewisse Zahl von lokalen Mitarbeitern zu beschäftigen.«

Stan schloss die Augen.

»Selbstverständlich«, fuhr Mike fort und biss sich auf das Innere seiner Lippe, »sind Schlüsselpositionen wie der Küchenchef oder die Animateure mit Profis besetzt, aber was die einfacheren Arbeiten angeht, sehen wir uns in der Tat gewissen Schwierigkeiten gegenüber.«

»Gesetzlich verpflichtet?«, fragte Paul.

»Die Nomad Islands sind ein Königreich mit ein paar hundert Einwohnern. Das Gelände des Resorts wird uns von Königin Bunuatù verpachtet.«

»Ach was? Ich dachte, es gibt nur die fünfzig Urlauber auf Nomad First.«

»Unsere *Resortbewohner,* ja. Das Personal nicht zu vergessen.«

»Und wie heisst die Insel in der Landessprache?«

»*Cholom'Laba.*«

»Aha … Und sprechen Sie denn … Wie nennt man ihre …?«

»Jedenfalls«, schaltete sich Iris ein, »lebt die hiesige Wirtschaft vor allem von Ihrem Resort?«

»Exakt«, bestätigte Mike und legte dabei seine weisse Zahnreihe frei.

»Und wo befindet sich die Hauptstadt des … *Königreichs?*«, fragte Iris amüsiert.

»Ich würde sagen«, unterbrach Mike, »es ist schon spät. Wo waren wir …«

Er warf einen Blick auf seine Notizen. Iris drückte ihre Zigarette im Aschenbecher aus.

»Das Essen wird zu jeder Zeit serviert«, fuhr er fort. »Stecken Sie Ihre Speisekarte in den Briefkasten draussen, und hissen Sie die kleine rote Fahne. Die Zimmer werden täglich gereinigt. Der umweltfreundlichen Politik unseres Hauses entsprechend werden Handtücher, die nicht auf dem Boden liegen, nicht ausgetauscht. Ich möchte Sie bitten, dem Personal kein Trinkgeld zu geben, das ist unnötig.«

»Unnötig?«, fragte Paul verwundert.

»Geld hat hier keine Bedeutung.«

»Und … wie werden dann die Angestellten bezahlt?«

»Das zu erklären würde etwas länger dauern, Monsieur Jensen. Und offen gesagt sind das vertrauliche Informationen.«

»Natürlich, ich … ich verstehe.«

»Übrigens, tragen eigentlich alle hier diese albernen Brillen?«, fragte Iris.

»Die sind hier sehr beliebt, ja«, antwortete Mike.

Lou nahm sehr deutlich den gereizten Unterton in seiner Stimme wahr. Unmöglich, dass der ihrer Mutter nicht auch aufgefallen war. *Und Gleichstand, Mama!*

»Sie verstehen sie als eine Art … Statussymbol. Um zu zeigen, dass sie zu denen gehören, die für das Resort arbeiten, und damit zu einer höheren sozialen Schicht«, führte Mike aus.

»Ein bisschen wie bei uns der Porsche Cayenne«, stellte Paul amüsiert fest.

»Porsche Cayenne?«, wiederholte Mike.

»Ja, das Auto.«

Mike zuckte mit den Schultern, er wollte zum Ende kommen. »Ich möchte Sie ausserdem bitten, die Ruhezeiten einzuhalten und auf die Privatsphäre Ihrer Nachbarn Rücksicht zu nehmen. Das wäre erst einmal alles … Ach, genau, wenn Sie eine Exkursion ausserhalb der Anlage unternehmen wollen, wenden Sie sich bitte direkt an mich. Ich kümmere mich dann um einen Wagen und einen Fahrer, der Sie auf einer markierten Route …«

»Mit Ulita und ihrer Ray-Ban? Cooool!«, rief Lou.

»Ich empfehle Ihnen ausdrücklich, das Resort nicht zu verlassen, ohne uns zu informieren«, fuhr Mike fort.

»Das … *Wild?*«, warf Paul ein und unterdrückte ein Lachen.

»Ganz genau«, antwortete Mike ohne eine Spur von Ironie. »Dieser Ort ist ein Paradies, und das Paradies will geschützt werden. Gut, ich lasse Ihnen noch unseren *Guide* hier, darin finden Sie sämtliche Informationen zu Ihrem Aufenthalt, insbesondere was den respektvollen Umgang mit Flora und Fauna angeht. Selbstverständlich gibt es darin ebenso einen Überblick über das Freizeitangebot sowie einen Plan der Anlage.«

Auf dem Cover sah man, wie eine Bilderbuchfamilie den Strand entlangrennt. Der Untertitel liess verlauten: *»Nomad Island Resort: it's you«.*

»Sehen Sie sich das in Ruhe an; ich stehe Ihnen zur Verfügung, sollten Sie irgendetwas benötigen. Wählen Sie einfach die 0, und Sie landen direkt bei der Rezeption.«

Er zeigte auf ein schnurloses Telefon, das in seiner Ladestation steckte.

»Haben Sie noch Fragen?«, schloss Mike seinen Vortrag.

»Wie funktioniert das mit dem Telefonieren?«, fragte Lou. »Der Empfang hier ist beschissen, aber ich will schon mit meinen Freundinnen in Kontakt bleiben.«

Iris verdrehte die Augen. Paul seufzte, sagte aber nichts dazu.

»Uns hat kürzlich ein starkes Unwetter getroffen«, erklärte Mike. »Der Mobilfunkmast wird gerade repariert, wir warten noch auf die Ersatzteile.«

»Ein Unwetter?«, warf Stan plötzlich ein. »Ausserhalb der Monsunzeit?«

Alle drehten sich zu Stan, der zwischen Iris und seiner grossen Schwester wie aus dem Nichts aufgetaucht schien.

»Ähm … Jamar wird uns sicher sehr bald alles bringen«, fuhr Mike fort. »Ausserdem: Wer braucht im Paradies schon sein Handy, nicht wahr?«

Dazu bedachte Mike Stan mit einem Lächeln, auch wenn sein Blick zu sagen schien: *Du kleiner aufgeblasener Klugscheisser, dir werde ich noch den Hals umdrehen, du wirst schon sehen.*

»Gut, ich denke, das wäre dann alles für heute?«, sagte er und erhob sich.

»Ähm, Mike, wie verfahren wir denn mit dem Schaden an Ihrem Wagen?«

»Was meinen Sie?«

»Na ja, wegen … des Vorfalls mit dem Ford heute Nachmittag …«

»Wissen Sie gar nichts davon?«, fragte Iris.

Mike kratzte sich im Nacken. »Der Wagen ist eh eine Schrottkiste«, murmelte er. Dann sah er auf und lächelte sie an. »Gut. Vergessen Sie nicht, Ihr Essen für heute Abend auszuwählen. Nachher wird jemand vorbeikommen und Ihre Bestellung aufnehmen.«

Paul drehte sich zu einer Frau, sie tauschten einen kurzen Blick, zuckten mit den Schultern. Iris erhob sich, strich ihre Jeans glatt und begleitete Mike zur Tür.

Es war inzwischen dunkel geworden. Die Beleuchtung der Anlage verströmte ein angenehm warmes Licht. Im Halbschatten sah Iris, wie Mike sich umdrehte und ihr zum Abschied zuwinkte. Gleichzeitig hätte sie schwören können, dass er sich mit der anderen Hand in einer obszönen Geste in den Schritt fasste und ihr die Zunge herausstreckte.

7

Instinkt

Paul stattete Stan einen Besuch ab; der sass auf seiner Bettkante und liess über dem geflochtenen Teppich seine Beine baumeln. Durch das geöffnete Fenster drang aus dem erleuchteten Garten das Zirpen der Grillen. Paul überprüfte, ob das Moskitonetz richtig fest war, und wandte sich seinem Sohn zu. »Meinst du, sie erobern die Welt?«

»Wer?«, fragte Stan.

»Die Grillen.«

»Es gibt sogar welche in U-Bahn-Tunneln. Wusstest du das?«

Paul lächelte. Sein Sohn war ein unerschöpflicher Quell an überraschenden Fakten.

»Wie fühlst du dich, mein Junge?«

»Es tut noch ein bisschen weh. Da, wo … da, wo du mich gehauen hast«, sagte Stan und blickte auf die Verletzung unter seinem T-Shirt. Genau unter dem Solarplexus schwoll ein bläulich violettes Hämatom an.

Paul ging vor seinem Sohn in die Hocke, schob sanft sein Kinn hoch. »Ich hatte keine Wahl, Stan. Wenn so etwas passiert, stellt man sich normalerweise hinter die Person und drückt kräftig aufs Zwerchfell, ungefähr so …« Paul wollte es ihm demonstrieren, aber Stan wich aus. »In dem Moment war das die einzige Sache, die mir eingefallen ist. Man muss eine Abwehrreaktion hervorrufen, um die Lungen freizukriegen. Das war einfach Instinkt, verstehst du? Und es hat zum Glück geholfen!«

Tränen rannen dem Jungen über die Wangen. Paul sagte sich, das war der Schreck, der ihm noch in den Gliedern sass. Es war gut, wenn er es rausliess.

»Was ist eigentlich Instinkt?«, fragte Stan schniefend.

Paul war überrascht, dass sein Sohn nicht wusste, was das Wort bedeutet. Er wollte es ihm erklären und stellte fest, dass das schwieriger war als gedacht. »Das ist, wenn … wenn du plötzlich etwas machst, ohne nachzudenken. Als würde … als würde dein Körper das Kommando übernehmen und für dich entscheiden …«

Paul dachte, dass seine Erklärung es noch nicht ganz traf; in Wirklichkeit war doch das Denken in der Handlung schon *enthalten,* als würde plötzlich alles ineinandergreifen. Er wusste nicht, ob das nun Gedeih oder Verderb bedeutete, das hing wahrscheinlich von den Umständen und der Veranlagung eines jeden Einzelnen ab … Paul schob seine Überlegungen beiseite und nahm seinen Sohn in die Arme.

»Ich hab dich lieb. Alles ist gut. Ab sofort wirfst du dir aber nicht mehr zum Spass irgendwelchen Quatsch in den Mund, verstanden? Und jetzt ab unter die Dusche und danach ins Bett!«

»Ich habe Hunger«, sagte Stan.

»Ach ja, natürlich. Nimm dir die Karte, such dir was aus, und leg sie zurück auf den Tisch. Ich werfe sie dann ein. Aber erst mal unter die Dusche, okay?«

Stan nickte. Er presste sich in das Hemd seines Vaters, murmelte etwas in seine Armbeuge hinein. Paul strich ihm übers Haar, aber konnte nicht verstehen, was er sagte: »Ich will hier weg, Papa.«

8

Wasser

Iris schloss sich in dem Bad ein, das sie für sich auserkoren hatte – das elterliche Schlafzimmer verfügte über zwei getrennte Bäder. Sie zog ihre Jeans und den durchtränkten Slip aus und liess beides auf den Boden fallen. Legte T-Shirt und BH dazu. Dann schob sie die Sachen mit dem Fuss in eine Ecke.

Sie ging unter die Dusche und zog die Schiebetür hinter sich zu. Sie stellte eine mittlere Temperatur ein, und das Thermostat tat sofort seinen Dienst. Der grosse Duschkopf liess das lauwarme Wasser wie einen wohltuenden Schauer auf ihren Körper hinabregnen. Mikes Begrüssung hatte diesen Moment, den sie herbeigesehnt und vor dem es sie gleichzeitig gegraut hatte, hinausgezögert. Jetzt gab sie sich ganz der Erleichterung hin. Sie hatte genug davon, ihren Geruch durch sukzessives Besprühen mit ihrem Eau de Toilette überdecken zu müssen. Das Blut lief ihre Beine hinab, vermischte sich mit dem Wasser und verschwand entgegen dem Uhrzeigersinn im Abfluss. Fasziniert von diesem ungewohnten Anblick, fiel ihr ein, gehört zu haben, dass das Wasser auf der Südhalbkugel in entgegengesetzter Richtung abläuft.

Mit Hilfe eines Duschhandschuhs seifte sich ausgiebig ein. Auch wenn die Fehlgeburt schon bald ein Jahr zurücklag, war ihr der direkte Kontakt mit ihren

Schleimhäuten noch immer zuwider. Das Herz des Babys hatte zwei Wochen vor dem errechneten Geburtstermin aufgehört zu schlagen. Den eigenen Körper nicht zu berühren war ihre Weise, diese noch immer frische Wunde zu meiden; ein hartnäckig anhaltender Ekel haftete an ihr, seitdem ein totgeborenes Kind an die Stelle des neuen Lebens getreten war.

Aber auch wenn Iris jeden Kontakt mit ihrem Intimbereich vermied, konnte sie doch nicht so tun, als würde sie das Blut nicht bemerken, das aus ihrem Körper strömte. Nach elf Monaten Amenorrhö fand der Kreislauf des Lebens wieder zu seiner Ordnung. Der Körper wehrte sich endlich gegen die auferlegte Trockenheit, gegen die unheilvolle Menopause, die doch nur von einem durchtriebenen Unterbewusstsein künstlich herbeigeführt worden war.

Iris konnte das Schluchzen, das in ihrer Brust aufstieg, nicht mehr zurückhalten. Scham, gepaart mit Erleichterung, überkam sie. Ihre Beine gaben nach, sie musste sich setzen. Zwischen ihren zitternden Schenkeln mischte sich weiter das Wasser mit ihren Körperflüssigkeiten. Sie warf den Handschuh gegen die Mattglasscheibe, legte die Hände aufs Gesicht und fügte ihrem zerfliessenden Körper noch ihre Tränen hinzu.

9

Empfang

Erst nach einem Dutzend Versuchen war die Nachricht endlich raus. Sie musste gerade einen vorbeikommenden Satelliten erwischt haben, ein Glückstreffer oder so; sie hatte keine Ahnung von Technik und interessierte sich auch nicht die Bohne dafür, sie wollte sie nutzen, das war alles.

Lou wurde klar, dass sie so wohl nicht mit Wendy und Sarah kommunizieren konnte. Der ganze Sinn von Highspeed-Kommunikation war doch die Geschwindigkeit; als würde die eine neben der anderen sitzen, auch wenn zehntausend Kilometer zwischen ihnen lagen. Sie gab die Idee auf, ein Foto von ihrem Zimmer und dem »megacoolen« Blick auf den beleuchteten Garten zu schicken. Wie sich die Sanduhr auf dem Display drehte, machte sie rasend. Fuck, sie wollte ihnen unbedingt von Mike erzählen.

Wendy und Sarah hatten es schon gemacht. Im Oktober würde sie fünfzehn werden. Sie wäre die Letzte in ihrem Trio, sicher, das konnte sie nicht mehr ändern, aber ihrer wäre der Hübscheste. Lou würde ihn in sich aufnehmen, am Strand oder in seinem Bungalow. Mike war heiss und doppelt so alt wie sie, eben ein Mann. Da werdet ihr Chicas vor Neid platzen. Euer jämmerliches Gefummel auf dem Rücksitz mit Fred oder Abdel ist ein absoluter Scheiss dagegen. Das erste Mal ist das erste

Mal. Das gibt es nur einmal. Ein erstes Mal für immer. Danach ist der Zug abgefahren.

Sie starrte auf das Display. Kein Nachrichtenton, keine Antwort. Die Empfangsbalken waren wieder verschwunden.

Lou zog sich bis auf den Slip aus und löschte das Licht. Sie war erregt, ihre Hormone brodelten. Sie lag im Bett und betrachtete im Halbdunkel des Spiegels ihren Körper. Einen nahezu perfekten Körper, wie sie fand (und was nicht ganz falsch war). Proportionen wie einem Traum entsprungen, eine Sinnlichkeit, die noch nicht ganz erblüht und doch unwiderstehlich war – und diesen Körper würde sie Mike hingeben, in einer Vereinigung, die eine Feier ihrer beider Schönheit wäre.

Lou wendete den Blick nicht von sich ab, sie hob den Hintern an und zog ihren knappen Slip aus. Sie drehte sich auf den Bauch und schob sich ein Kissen zwischen die Schenkel.

Das Hin und Her ihres Hinterns wogte im Spiegel wie der Schwanz einer Sirene. Lou schloss die Augen und stellte sich vor, da wären Männer, die ihr zuschauten. Und die Vorstellung, beobachtet zu werden, erregte sie noch mehr.

10

Nacht

Paul war eingenickt. Iris hatte Ewigkeiten geduscht, und jetzt wurde er im Dunkeln neben seiner schlafenden Frau wach. Er hatte eine trockene Kehle und stellte fest, dass er bis auf die Schuhe noch vollständig bekleidet war.

Er knöpfte sein Hemd auf, streifte die Leinenhose ab und behielt nur seine Unterhose an.

Er schob das Moskitonetz zur Seite, um die Sachen neben das Bett fallen zu lassen. Eine leichte Brise zog durch das geöffnete Fenster und kühlte seinen schweissbedeckten Körper. Paul war froh, dass es hier keine Klimaanlagen gab, denn die gehörten zu den wenigen Dingen, die er an seiner Arbeit hasste, da sie ihm immer wieder heftige Migräneanfälle bescherten. Mike hatte ihnen erklärt, dass man auf der Insel das ganze Jahr hindurch ausschliesslich auf natürliche Belüftung setze. Paul lehnte am Kopfende des Bettes und sah sich um. Zwischen zwei vorbeiziehenden Wolken tauchte der zunehmende Mond alles in sein metallenes Licht und warf die Schatten der wogenden Bäume in das Innere des Zimmers. Paul hatte schon vor Jahren aufgehört zu rauchen, aber in diesem Moment war er versucht, in Iris' Tasche nach einer Zigarette zu suchen.

Er betrachtete den Rücken seiner auf der Seite schlafenden Frau. Sie trug eine kurze Jogginghose, an deren

Bund der Gummizug ihrer Unterhose hervorschaute. Ihm fiel wieder ein, dass sie sich so immer zum Schlafen anzog, wenn sie ihre Tage hatte – als Zeichen, dass sie für Sex nicht zur Verfügung stand. Seitdem sie vorhin auf dem Flugplatz verkündet hatte, dass ihr Zyklus wieder eingesetzt hat, hatte sich noch keine Gelegenheit ergeben, das heikle Thema anzuschneiden. Vielleicht wollte Iris erst mal nicht darüber sprechen? Paul beschloss, ihr die Zeit zu geben, die sie brauchte. Er strich ihr sanft über die Schulter, schob seine Hand in den Ausschnitt ihres T-Shirts. Seine Finger streiften den kleinen Elefanten aus Elfenbein, den er ihr vor vierzehn Jahren zu ihrem ersten Hochzeitstag geschenkt hatte. Elefanten haben ein gutes Gedächtnis, sagt man. Und was ist die Ehe, wenn nicht, dass man sich immer und ewig an den anderen erinnert?

Paul schob den Anhänger zur Seite und legte eine Hand um ihre Brust – das Werk von Doktor Vaillant, perfekte Kugelform, bereit, den Gesetzen der Schwerkraft zu trotzen. Iris murmelte etwas im Schlaf. Paul zog seine Hand zurück, und sie rollte sich auf den Bauch. Ihr Atmen wurde wieder gleichmässig. Ihr schönes Haar, das sie den Kindern vererbt hatte, ergoss sich in blonden Locken auf die kopfkissenlose Matratze.

Paul seufzte, sein erigierter Penis pulsierte zwischen seinen Schenkeln, billiges Klischee in der tropischen Nacht. Seit fast einem Jahr hatte er mit seiner Frau keinen Sex gehabt – auch mit keiner anderen im Übrigen. Er hatte ein paarmal masturbiert, was für ihn höchstens rein physiologischer Ersatz war. Obwohl er nicht völlig verrückt danach war, würde er sich doch bei den Frustrierten einordnen. Als ohnehin schon sportlicher Typ hatte er sich also in ein intensives Trainingsprogramm gestürzt und innerhalb von zehn Monaten an drei Triathlons teilgenommen. Wenn er sich an der Startlinie aufstellte, konnte er oft nicht anders, als sich zu fragen, wie viele dieser Männer ihre sexuelle Energie in exzessivem Sport entluden.

Paul warf einen Blick auf seine Uhr, tippte auf das Ziffernblatt, aber der Sekundenzeiger stand still. Es war immer noch 16 Uhr 45; das entsprach ungefähr der Zeit, zu der sie im Resort angekommen waren. Er liess seinen Kopf zurück ins Kissen sinken, bereute es jetzt, seine Swatch mitgenommen und seine alte Rolex Submariner – Erbstück von seinem Vater – in ihrer grünen Originalverpackung in der Nachttischschublade gelassen zu haben. Der Selbstaufzug gehört zu den Erfindungen, die einen von der Last entbinden, Batterien aufzutreiben; er würde morgen Mike oder die Rezeption danach fragen müssen. Wie liefen solche Dinge überhaupt ab? Gab es irgendeinen Laden im Resort? Musste man einen Wagen und einen Fahrer organisieren, um hinunter ins Dorf zu kommen? Und was hatte es mit diesem »Wild« auf sich? Abgesehen von dieser monströsen Schildkröte waren sie auf ihrem Weg keiner einzigen Seele begegnet, weder Mensch noch Tier. Und da hatte Ulita wegen der Verspätung am Flugplatz irgendwas von Verkehr erzählt, von wegen Stau! Paul kamen plötzlich Zweifel, was das Verhältnis zwischen der Resortleitung und der einheimischen Bevölkerung anging, vielleicht war Letztere von diesen Luxusbungalows doch weniger begeistert, als Mike zugeben wollte …

Wenn es nach ihm gegangen wäre, hätte er auf diese Reise verzichten können. Paul war mehr der häusliche Typ; sein Pool und sein Garten reichten ihm. Schon nach London oder Brüssel zu fliegen, empfand er als Strapaze. Aber Iris hatte nicht lockergelassen. Er hatte ihr einen Gefallen tun wollen, und prompt bekam sie ihre Tage, und alles war im Eimer. Oder vielleicht ja auch nicht. Vielleicht war der gordische Knoten endlich zerschlagen?

Bis jetzt war die Reise anstrengend gewesen, aber wahrscheinlich hatte Iris recht, sie brauchten das, um sich endlich zu entspannen; so hatte sie es ihm gesagt und ihm damit gezeigt, dass sie bereit war, sich wieder anzunähern. Paul hoffte, dass sie bald wieder miteinander schlafen würden, wenigstens einmal vor ihrer Abreise. Dann würde er endlich wissen, dass seine Frau mit ihrer Trauer abgeschlossen und ein neues Kapitel aufgeschlagen hätte.

Am liebsten wäre er mit Iris allein verreist. Auf der anderen Seite verbrachte er wenig Zeit mit seinen Kindern. Er wusste längst, dass Lou ihm entglitt – sie wurde immer unerträglicher, und er hatte nicht die geringste Ahnung, wie er sich verhalten sollte, jetzt, da sie zu einer jungen Frau heranwuchs. Stan war noch jünger, bei ihm konnte man das Ruder noch herumreissen. Und schliesslich – Paul schämte sich ein bisschen dafür, aber es war einfach so, er konnte nicht anders – hatte er seinen Sohn lieber. Im Gegensatz zu Lou hatte Stan kein Problem damit, alleine mit ihm zu sein, sie konnten zusammen schweigen, sie hatten den gleichen Humor … Er fühlte sich Stan einfach nah. Paul lächelte und liess die alberne Lobhudelei. Er liebte Lou, natürlich. Er liebte Iris. Er liebte seine Familie aus tiefstem Herzen. Er war durch und durch ein Familienmensch. Paul Jensen war die Verkörperung eines Ideals, er war der Typ auf dem Foto, das den Prospekt zierte, der Mann, der mit seiner Frau und den Kindern den Strand entlangrennt: treu, verantwortungsbewusst, aufmerksam, aber immer mit gesundem Abstand zu allen Extremen oder spontanen Zuneigungsbekundungen. Es tat ihm nur leid, so oft nicht da zu sein, seitdem er in den Verwaltungsrat der Bank befördert worden war. Einer familiengeführten Privatbank. Als neuer Gesellschafter wurde er jetzt von Geschäftsessen in Atem gehalten, Abendveranstaltungen, Mittagessen, die sich auf dem Golfplatz fortsetzten, ganz zu schweigen von den Kurztrips quer durch Europa. Die Welt konnte doch noch warten, oder? Aber schon bald würde auch die Welt ihn in Beschlag nehmen. Eigenartigerweise machte ihm sein sozialer Aufstieg immer mehr Angst, je steiler es nach oben ging, dabei war es doch genau das, was Paul sich immer gewünscht hatte. Wäre er doch mit weniger zufrieden, als er glaubte? Ihm wurde klar, dass er sich in den letzten Jahren nie die Zeit genommen hatte, zu überlegen, was er wirklich wollte. Ja, die Jahre hatten ihre hübschen durchscheinenden Perlen aufgefädelt. Auf einen straff gespannten Faden, auf den sich rasch und lautlos eine Perle nach der anderen reihte. Und zum ersten Mal überkam Paul ein Gefühl der Unsicherheit, regten sich Zweifel in ihm, ob der Faden auch hielt, wie viel Gewicht und Spannung man ihm zumuten könnte.

Paul stand auf, er hatte schrecklichen Durst. Seine durchtrainierten Muskeln drückten sich mühelos aus dem bodennahen Futonbett ab, dessen Rahmen aus exotischem Holz einen süsslichen Geruch verströmte. Paul ging in sein Badezimmer, drehte den Wasserhahn auf, aber nichts kam. Er tastete sich im Halbdunkel des Bungalows zur Küchenzeile vor, versuchte es an der Spüle, aber auch hier ohne Erfolg. Er öffnete den Kühlschrank: leer. Dass es kein Wasser gab, schien seinen Durst noch schlimmer zu machen. Er trat auf die Veranda, versuchte, diese lächerliche Panik, die da in ihm aufstieg, abzuschütteln. Da fiel Paul die Wasserflasche in Lous Rucksack ein, und er ging zum Zimmer seiner Tochter.

Er war irritiert, sie nackt vorzufinden: zerzauste Haare, schweissglänzende Haut, kaum hörbares Schnarchen. Er trat an ihr Bett, griff nach der Decke. Bevor er sie über seine Tochter legte, betrachtete er noch diesen Körper: Wunderschön war er, tatsächlich schon fast der einer Frau. Waren die Jahre so schnell vergangen?

Paul durchsuchte den kleinen Rucksack, fand die noch volle Flasche und stürzte ihren Inhalt hinunter.

Er zog Lous Zimmertür hinter sich zu, zögerte einen Moment und dachte: Es schadete ja nichts, wenn er kurz nachsah, ob bei Stan alles in Ordnung war. *Apropos: Es würde auch nichts schaden, die nächsten Tage nicht jedes Mal das Abendessen zu verschlafen, mein Guter! Aber was soll's, so musst du morgen ein halbes Kilo weniger über den Strand schieben …* Er lächelte bei dem Gedanken. Es war ihm angenehm, unter seinen nackten Füssen die Holzbohlen zu spüren. Er mochte das, nichts verband er so sehr mit Ferien wie dieses Gefühl. Er hörte noch immer die sanfte Brandung in der Ferne rauschen, und das fast unhörbare Knacken des Bungalows schien wie ein Atmen, in vollkommenem Einklang mit der nächtlichen Brise.

Paul schob die Tür auf und erstarrte auf der Zimmerschwelle. Eine Kältewelle kroch seine Zehen hinauf und durchflutete sein Herz: Stan stand in seinem blau-roten »Cars«-Pyjama mit dem Rücken zu ihm am Fenster. Paul ging zu ihm und stellte fest, dass sein Sohn mit aufgerissenen Augen in den Garten starrte, er hatte seinen Daumen im Mund, wie, als er klein war.

»Stan?«, flüsterte er. »Stan, was hast du?«

Paul starrte ins nächtliche Dunkel, aber er sah nichts ausser den verlassen daliegenden Garten. Er schloss seinen Sohn in die Arme. Dessen Glieder waren ganz steif, sein Körper kalt.

»Stan?«, wiederholte Paul, und seine Stimme liess einen Anflug von Panik erkennen.

Stan löste sich aus seiner Starre, er blinzelte, und das aufflackernde Entsetzen verschwand aus seinem Blick. Er umschlang den Hals seines Vaters, wobei er ihn leicht mit seinen kleinen Nägeln kratzte.

»Hast du schlecht geträumt, ist es das?«, fragte Paul und löste sich ein wenig aus der Umklammerung, die ihm die Luft abschnürte. »Das war nur ein Albtraum, Kleiner«, sagte er mit ruhigerer Stimme. »Albträume können einem schreckliche Angst einjagen, aber sie sind nicht echt, verstehst du?«

Er zog seinen Sohn fester an sich. Stan schluckte, und Paul hörte ihn sagen: »Sie sind jetzt weg.«

»Genau, sie sind jetzt weg, Stan. Albträume gehen immer wieder vorbei.«

Paul strich ihm über den Kopf; doch was er für eine schlafwandlerische Episode hielt, war in Wahrheit der Schrecken im Urzustand.

Tag 2

1

Joggen

Als er aufwachte, war Stanislas noch immer an ihn geschmiegt. Tageslicht fiel durch das Bambusrollo. Paul warf einen Blick auf die Uhr an seinem Handgelenk, doch dann fiel ihm wieder ein, dass sie stehengeblieben war. Vorsichtig löste er sich von seinem Sohn. Er hatte Hunger, es war, als würde sein Magen ihn von innen heraus verschlingen wollen.

Er ging zurück in sein Zimmer. Iris lag noch genau so da, wie er sie zurückgelassen hatte. Möglichst lautlos kramte er in seinem Koffer nach seinen Nike, einer kurzen Jogginghose und einem Paar Socken. Paul zog sich an und knotete sich ein Bandana um den spärlich behaarten Schädel.

Er testete den Wasserhahn in der Küche, der jetzt einwandfrei funktionierte. Er befeuchtete Gesicht und Nacken, riss die Packung Cracker auf, die er in der Handtasche seiner Frau fand. Er trank noch mehr, spülte sich ein letztes Mal den Mund aus und ging.

Am Ende des Wegs sah Paul, dass das rote Plastikfähnchen am Briefkasten hochgestellt war. Die am Vorabend hineingelegten Speisekarten waren immer noch da. Die Versorgung hier im Resort schien weniger grosszügig bemessen zu sein als der Betrag, der am 28. des Monats von seiner Mastercard Gold abgebucht würde.

Paul sah einen der Bediensteten ein Tablett mit Frühstück in den Nachbarbungalow bringen; sein Kollege wartete unterdessen am Steuer eines Clubcars. Paul fing den Einheimischen ab; dieser blieb wie erstarrt stehen. Paul hatte keine Ahnung, ob es derselbe war, der am Vortag ihre Koffer getragen hatte, aber das war ihm auch völlig egal. Auf Höflichkeitsfloskeln verzichtete er. »Wir haben gestern Abend nichts gegessen«, sagte er. »Und wissen Sie, woran das liegt? Weil Sie vergessen haben, uns etwas zu bringen. Das nächste Mal sorge ich höchstpersönlich dafür, dass Mister Mike Sie sich vorknöpft!«

Paul konnte in den Sonnenbrillengläsern seines Gegenübers sein Gesicht anschwellen sehen.

»Haben wir uns verstanden?«

Der Angestellte blieb versteinert. Paul nahm ihm das Tablett ab und ging zurück zum Bungalow. Seine Hände zitterten. Diesmal hatte er sein sonst so ausgeglichenes Gemüt nicht kontrollieren können, dahin war die von seinen Kollegen so geschätzte Kraft der Gelassenheit, die in manchen Situationen auch für Gleichgültigkeit gehalten werden konnte. Nein, bei der Nichteinhaltung eines so einfachen Vertrags – »Ich zahle, also werde ich bedient« –, bei dieser hochmoralischen Frage von geldbestimmter Macht (deren Quintessenz lautet: »Das Geld verraten heisst, den Menschen zu verraten«) packte Paul die Wut. Die blanke Wut. Man hatte seine Familie angegriffen, man hatte sie vernachlässigt, sie hungern lassen. Er war selbst überrascht über seinen Furor – wie ein Echo aus der Ferne. Ein kaum hörbares Atmen in einem stockfinsteren Raum.

Paul stellte das Tablett auf den Wohnzimmertisch und suchte vergeblich nach einem Stift. Er wollte schreiben: *Bin laufen, endlich Ferien! Ich hab euch lieb, bis später!*

Auch ohne die Nachricht hatte sein Zittern aufgehört: Die Ordnung der Dinge war wiederhergestellt.

*

Paul ging direkt über die Veranda nach draussen und stieg die Treppe hinab, die zum Strand führte. Er folgte einem mit der Machete ins Dickicht geschlagenen Sandweg: Die undurchdringlichen Ranken trotzten mit ihrer urtümlichen Anarchie jeder funktionalen, rationalen Ordnung, jeder übergeordneten, alles vereinnahmenden Logik. Als Finanzanalyst war ihm das Konzept des Dschungels durchaus vertraut. Er selbst war wie so viele andere eine Liane, eine Wurzel, das fleischgewordene Streben nach Ausdehnung im Raum, soll heissen: nach Anhäufung und Vermehrung von Kapital. Die alles vereinnahmende Ordnung war der Markt, die übergeordnete Logik der Liberalismus. Und der Sand unter seinen Füssen? All die kleinen Lichter, anders gesagt, die neunzig Prozent der Menschheit, die sich wie kleine Insekten durch den Morast kämpfen; Sand, so fein, dass er durch die kleinsten Poren seiner Laufschuhe drang.

Paul erreichte das Ende des Pflanzentunnels, sah die Bucht und die Lagune vor sich und musste die Augen zusammenkneifen. Er blieb stehen, stützte die Hände in die Hüften und blickte hinaus auf den Ozean hinter dem Korallenriff, bis seine Augen müde waren, und er verfluchte sich dafür, seine Oakley vergessen zu haben.

Er atmete mehrmals tief in den Bauch. Vor dieser unendlichen Weite begann er sich mit geschlossenen Augen zu dehnen, wie er es immer tat, wenn er sich bereitmachte zu leiden.

2

Little Market

Iris wanderte durch die Gänge der Miniatur-Einkaufspassage, die – wie sollte es anders sein – von Einheimischen mit Ray-Ban Aviator betrieben wurde. Auch Iris setzte ihre Sonnenbrille auf – violette Gläser, Schmetterlingsform. Sie trug ein malvenfarbenes Top, das ihre Brust betonte und ihren flachen, sonnengebräunten Bauch freilegte. Die schwarzen Shorts brachten ihre langen Beine zur Geltung. Abgerundet wurde der Sommerlook von den auf einer früheren Reise nach Cancún gekauften Huarache-Sandalen. Iris hatte nach der Fahrt mit dem Ford ihre gesamte Garderobe entstauben müssen. Lou und Paul könnten sich selber mit ihrem Gepäck herumschlagen, aber um den Inhalt von Stans Tasche hatte sie sich wohl oder übel kümmern müssen.

Sie war mit einem bitteren Geschmack im Mund und einem von der Müdigkeit schweren Kopf aufgewacht. Ihre Gelenke strahlten immer wieder einen stechenden Schmerz aus, was sie ihrer Regel zuschrieb. Ihre Stimmung hatte sich noch weiter verfinstert, als sie aus der Dusche kam und feststellen musste, dass sich ihre Teenagertochter den gesamten Brötchenkorb einverleibt hatte. Lou war wieder wie so oft patzig geworden; mit einem Fuss auf dem Stuhl hatte sie sich die Zehen massiert, wobei ihr »Hello Kitty«-T-Shirt, das sie an Hals und Ärmeln ausgeschnitten hatte *(fünfundvierzig Euro, verdammt!)*, den Blick auf eine Brust freigab, mit der ihre Mutter in demselben Alter noch nicht hatte aufwarten können. Waren das die Hormone im Fleisch? Iris hatte in einer Zeitschrift gelesen, wie Östrogene auf skandalöse Weise die Körper der jungen Mädchen fetter und frühreifer werden liessen, während die der Jungs immer weiblicher wurden. Gott sei Dank ass man bei ihnen zu Hause bio, aber das Junkfood war ja auf dem Vormarsch, immer mehr Haushalte zu entern.

Stanislas' Problem dagegen war eher mangelnder Appetit: Er hatte sein Frühstück praktisch nicht angerührt, sondern sich damit begnügt, seinen Kakao zu trinken und ein bisschen Puffmais zu knabbern (das lokale Pendant zu Cornflakes), während er als stummer Schiedsrichter der hitzigen Auseinandersetzung zwischen Mutter und Tochter beigewohnt hatte. Kurz bevor das Gefecht seinen lautstärkemässigen Höhepunkt erreichte, war er vom Tisch aufgestanden und hatte sich in die Hollywoodschaukel auf der Veranda gesetzt, um dort zu warten, bis sich wieder jemand um ihn kümmern würde.

Iris versuchte, sich jetzt mit dem Rattankorb an ihrem Arm auf die im Little Market angebotenen Waren zu konzentrieren. Aus den Lautsprechern in der abgehängten Decke drang ein gedämpftes *Für Elise*. In den Regalen des Ladens fand man vor allem typisches Kunsthandwerk: Taschen, Körbe, bunte Stoffe, naive Malerei, kleine Figuren … Iris war nicht besonders überrascht, hier auf so wenige Dinge aus ihrer alten Welt zu stossen.

Die anderen Kundinnen, denen Iris begegnete, trugen leichte Kleidung aus Leinen oder Baumwolle, ohne

Chichi, ohne Markenlabel, Kleidung, die man direkt hier im Laden kaufen konnte. Sie waren Frauen wie sie: auf die vierzig zugehend, gepflegt, attraktiv, und ihr Lächeln erwiderte sie wie einem Spiegel. Als sie schliesslich vor dem Kosmetikregal stehen blieb – mit einer Auswahl an Cremes, Salben und diversen Naturprodukten, die auf der Insel hergestellt wurden –, wurde sie von einer Delegation wissbegieriger Ehefrauen umzingelt.

»Sie sind also die Neue?«, fragte eine.

»Woher kommen Sie denn?«, fragte die nächste.

Iris versuchte, die Fragenflut zu bewältigen. *Hatten Sie eine gute Reise? Wie finden Sie Ihren Bungalow? Wie heissen Ihre Kinder? Und wie heisst Ihr Mann? Fühlen Sie sich nicht gut?*

Iris wurde schwindlig, sie stützte sich auf die Auslage mit den Flakons und Tiegeln. Aus ihrem Körper blutete es immer weiter, als hätten sich über Nacht neue Follikel gebildet, nur um sie ab dem Morgen wieder zu quälen. Die Hände eines Sadisten wrangen ihren Bauch aus, Schweisstropfen traten ihr auf die Stirn. Iris wurde blass, sie versuchte, weiter zu lächeln, während die Frauen sie anfassten, ihr immer neue Ratschläge gaben, wie sie den Schmerz loswerden könnte, der sie dort in die Knie zwang. Bis eine von ihnen, ein wenig beherzter als die anderen, sagte: »Machen Sie sich keine Sorgen, da mussten wir alle durch. Das wird schon, nach und nach rückt sich alles zurecht, Sie werden schon sehen.«

Iris, die man angehalten hatte, sich auf den Boden zu setzen, hob erstaunt den Kopf. »Woher … woher wissen Sie, dass ich …?«

»Meine Damen, ich bitte Sie!«

Eine junge Frau mit weisser Bluse, weissen Shorts und einem geknoteten grünen Halstuch teilte die kleine Menge, die ihr sofort den Weg freigab.

»Ich bitte Sie, meine Damen, gehen Sie weiter, Sie werden bald noch Gelegenheit haben, mit Madame Jensen zu plaudern. Wenn ich Sie bitten darf, meine Damen!«

Die Gruppe löste sich widerwillig auf, die Frauen warfen neugierige Blicke hinter sich, als würden ihre Einkaufskörbe sie mit sich fortnehmen, während ihre Gesichter noch magisch angezogen blieben von dem, was da in ihrem Rücken passierte.

»Ich bin Vera. Ich arbeite hier. Wie fühlen Sie sich, Madame Jensen?«

Iris stützte sich auf den Arm der jungen Frau und stand auf.

»Es geht schon besser, danke. Sie wissen ja, wie das ist, wenn man … wenn man seine …«

»Dass der Mond gerade zunimmt, ist da nicht unbedingt hilfreich. In ein paar Tagen haben wir Vollmond.«

Iris konnte sich ein Lächeln nicht verkneifen. »Glauben Sie an solchen Unsinn?«

»Der Mensch besteht zu drei Vierteln aus Flüssigkeit, Madame Jensen. Wenn der Mond das Meer bewegt, wird unser Stoffwechsel davon nicht unbeeinflusst bleiben.«

Veras Gesicht hatte sich verdunkelt, ihre Freundlichkeit war einer kalten und resoluten Miene gewichen.

»Es ist erstaunlich, dass Sie sich als Frau in diesem Bereich so wenig auskennen.«

Jetzt, da sie sich wieder gesammelt hatte, sah Iris, dass Vera fast schmerzhaft schön war. »Schmerzhaft«, weil uns die Eitelkeit auf alles neidisch sein lässt, was wir nicht haben.

»Kommen Sie, Madame Jensen, ich zeige Ihnen, wo Sie alles finden, was Sie brauchen, um sich Ihrer Situation zu stellen.«

»*Mich meiner Situation zu stellen?* Finden Sie nicht, dass Sie übertreiben?«

»Ist Ihnen nie der Gedanke gekommen, dass es schon ein Kampf an sich ist, eine Frau zu sein, Madame Jensen?«

»Nennen Sie mich Iris, das ist weniger förmlich.«

Vera lächelte, Grübchen zeigten sich auf ihren zarten Wangen.

»Wir tragen alle Partikel des Universums in uns, Iris. Das sollten Sie nie vergessen. Wir *sind* das Universum.«

Iris liess sich führen. Die Hand der jungen Frau fühlte sich warm und weich an.

3

Schnorcheln

Mama hatte den *Guide* konsultiert, und der hatte einiges an Aktivitäten in petto, um Stanislas für den Grossteil des Tages aus dem Haus zu kriegen. Tatsächlich gab es genug Auswahl, um ihren Sohn die ganzen Ferien lang zu beschäftigen.

Aber um wen ging es dabei? Um die Mutter oder um das Kind?

Zwei Jahre nach Lous Geburt hatte Iris noch ein Baby gewollt, ohne Erfolg. Also hatte sie Paul überredet, es mit künstlicher Befruchtung zu versuchen.

Paul war ein Vorzeigeehemann, er trug alles mit Würde und unterstützte seine Frau. Obwohl sie schon ein Kind hatten, unterzog er sich der ganzen Reihe an Tests, vom Spermiogramm über eine Bestimmung seines Hodenvolumens bis zur Prostatauntersuchung. Der unangenehmste Teil war, sich in einem mit Waschbecken, Hocker und gynäkologischem Untersuchungsstuhl ausgestatteten senfgelben Raum einen runterholen zu müssen. Es gab einen (regelmässig aufgefüllten) Papiertaschentuchspender, aber kein einziges Erotikmagazin. Wahrscheinlich kam die Klinik nicht für die Zeitschriften auf, oder, ganz pragmatisch, vielleicht sah es schlicht niemand als seine Aufgabe an, sie zu besorgen. Wie auch immer, Paul war mit allem einverstanden gewesen. Ein ungewöhnlicher, aber sehr greifbarer

Liebesbeweis, so kann man das wohl mindestens nennen. Doch der Berg an Herausforderungen rund um die künstliche Befruchtung, emotionaler und finanzieller Natur, hatte sie im Laufe der Monate mehr und mehr unter sich begraben, das ganze Thema war immer tiefer in die Intimität ihrer Beziehung vorgedrungen und hatte dabei ein nicht unerhebliches Loch in ihre Finanzen gerissen. Denn auch wenn man die Jensens heute als wohlhabend bezeichnen konnte, war Pauls berufliche Stellung zehn Jahre vorher noch die eines typischen Mittelklasse-Angestellten.

Iris hatte sich an Pauls Hand geklammert, als Professor Mortier ihnen den Ablauf ihrer ersten IVF, also der In-vitro-Fertilisation, darlegte. Bei dieser letzten Massnahme waren sie inzwischen angekommen (der Trostpreis wäre sonst noch eine Adoption gewesen). Ein im Werden begriffener Stanislas, ein ungewisses Schicksal bei siebenunddreissig Grad im Inkubator, eins inmitten von Millionen Spermien, die sich bereitmachten zum Angriff auf die handverlesenen, für die Fortpflanzung am geeignetsten erscheinenden Eizellen. Die Begegnung würde in einer feuchtwarmen Umgebung stattfinden, Retortenbaby-Kultur. *Die einen bekommen Kinder, die anderen pflanzen sich fort,* hatte Paul es an einem trüben Abend beim Rauchen auf dem Balkon zusammengefasst. Ein Satz, von dem er nach Stanislas' Geburt behaupten würde, ihn nie gesagt zu haben.

Denn beim dritten Versuch klappte es, und der Embryo, aus dem ein Junge werden sollte, nistete sich im Mutterleib ein, um dort bis zum grossen Tag heranzuwachsen. Stanislas wusste noch nichts von dem klinischen Kontext seiner Zeugung. Paul fand, dass es nicht unbedingt nötig war, ihn darüber aufzuklären. Iris war da anderer Meinung. Früher oder später würde die ganze heikle Angelegenheit zurück aufs Tapet kommen. Bis dahin hatten sie sich beide darauf einigen können, dass er noch zu jung war, um es zu erfahren.

Jedenfalls hatte Mama an diesem Morgen den *Guide* konsultiert, und so war Stan nun auf sich gestellt, während eine hübsche, junge Betreuerin um die zwanzig namens Denise ihnen – also ihm, Stanislas, und zwei anderen Kindern in seinem Alter, Charlotte und Hugo – im Schatten eines Bambusdachs die Grundlagen des Tauchens mit Brille, Flossen und Schnorchel erläuterte. Manchmal kann der Wunsch, um jeden Preis ein Kind zu bekommen, ein paar Jahre später und unter den komplexesten und ungünstigsten Umständen zu einer unbewussten Ablehnung ebendieses Kindes führen. In Iris' Fall kam es dabei zwar nicht zur völligen Zurückweisung, aber sie legte doch eine gewisse Gleichgültigkeit ihrem Sohn gegenüber an den Tag. Der Kinderwunsch war nicht mehr ein Geschenk des Lebens, sondern erwies sich als blosse Laune. Iris hatte es gespürt, sobald der Mund des Babys ihre Brustwarze umschlossen hatte. Dass sie ihn nicht stillen wollte, war ein erstes Zeichen gewesen. Eine schmerzhafte Sitzung mit ihrer Psychotherapeutin hatte darin geendet, dass Iris, nachdem sie wirklich alles durchgekaut hatten, das mangelnde Interesse für ihr Kind im wortwörtlichen Sinne auf den Kelim von Madame Clémence George erbrach, Psychiaterin und höchst offizielles Mitglied der Ärztegesellschaft.

Stans Körper wiederum schien die mütterliche Gleichgültigkeit auch nicht gut zu bekommen. Trotz der stattlichen Erscheinung seines Vaters und der athletischen Figur seiner Mutter war er selbst schmächtig und »klein für sein Alter«. Blondes Haar und blaue Augen – viel mehr hatte er nicht von seiner Mama. Höchstens noch die von ihr effizient sichergestellte Grundversorgung – Schule, Impfungen, ausserschulische Aktivitäten, materieller Wohlstand –, wobei ihre calvinistischen Wurzeln vor allem eine kühle Distanziertheit mit sich brachten. Stan fehlte es an nichts ausser dem Essentiellen: gewöhnlicher Zuneigung, Liebe eben. Paul, der stummer Zeuge des Problems war (er hatte versucht, das Thema anzusprechen, aber Iris schoss den Ball jedes Mal ins Aus, sobald er ihn ihr zugespielt hatte), fing das auf, so gut er konnte, soll heissen: immer wenn er die Zeit fand. Stanislas hielt sich an seinen Vater und liess so das natürliche Einverständnis zwischen ihnen wachsen. So war am Ende derjenige, der am wenigsten gewollt hatte, der, der am meisten liebte.

Mama hatte den *Guide* konsultiert und einen Anruf getätigt: Man hatte ihr mitgeteilt, dass für Stanislas Jensen heute Vormittag noch die Aktivität »Schnorcheln« verfügbar sei, und Stan hatte ihr zuliebe zugestimmt, ohne auch nur den leisesten Zweifel daran zu hegen, dass Denise ihn auf dem Kieker haben würde.

»Also? Wie machen wir? Ja, mit dir rede ich!«

Stan stand verloren im Schatten des Bambusdachs und sah sich um. Seine Familie war im ganzen Resort verstreut, und das wiederum war furchtbar weit weg von seinem richtigen Zuhause, von der Welt, die ihm vertraut war, und vor allem von seinem Zimmer: dem sicheren Hafen seiner Träume, wo er der Phantasie freien Lauf lassen konnte, die seine Lehrerin als »zu lebhaft« bezeichnete (wollte sie ihm etwa schizophrene Züge unterstellen?). Stanislas' Welt war angefüllt mit immer neu erdachten Geschichten, denn die Flucht in die Fiktion war der beste Weg, um sein psychisches Gleichgewicht zu erhalten, das schliesslich den ständigen Attacken der Aussenwelt ausgesetzt war. Denn »alles ist verbunden«, nicht wahr? Wer introvertiert ist, zieht sich von anderen zurück, bekommt dafür aber auch die Quittung; das führt wiederum dazu, dass man sich noch mehr in eine eigene Welt flüchtet. Wie schon so viele vor ihr zwang Denise Stan in die Realität zurück, indem sie ihm in Form einer Frage ein Ultimatum stellte: Und nicht zu antworten würde bedeuten, die Welt zu verspotten, sich nicht für ihre Regeln zu interessieren.

»Wenn die Brille von innen beschlägt«, schaltete sich Charlotte ein, »lösen wir sie leicht vom Gesicht. Wenn sie mit Wasser vollgelaufen ist, atmen wir stark durch die Nase aus, damit das Wasser rausgeht.«

»Das Wasser *wird herausgedrückt,* richtig«, korrigierte Denise, ohne Stan aus den Augen zu lassen.

Wie kann man so hübsch und gleichzeitig so gemein sein?, fragte er sich.

»Für den Schnorchel gilt dasselbe«, ergänzte sie, nahm besagtes Utensil und wechselte ihre Erklärungen mit der entsprechenden Veranschaulichung ab. »Wir atmen kräftig aus … So wird das Wasser herausgedrückt … Und anschliessend atmen wir normal weiter. Habt ihr das jetzt alle verstanden?«

Die drei Kinder nickten. Gleich würden sie sich in die Fluten werfen müssen, und jeder von ihnen, wenn auch jeder aus seinem ganz eigenen Grund, fürchtete sich vor diesem Moment. Charlotte, mit zehn die älteste von ihnen, litt an einer angeborenen Dysmelie: Ihre rechte Schulter mündete in einer Art kleinen Flosse, von der lediglich drei Finger abgingen (Daumen, Zeigefinger, kleiner Finger), und die war im Wasser zu rein gar nichts und an Land zu nicht viel mehr zu gebrauchen. Hugo wiederum war zwar mit seinen neun Jahren schon einen guten Kopf grösser als Charlotte, aber er war auch das, was man als dick bezeichnen würde; nicht mehr lange, und man würde ihm eine ausgewachsene Fettleibigkeit bescheinigen. Und Stan: Mit seinem schmächtigen Körper fühlte er sich unwohl im Wasser, ausserdem war ihm dort ständig kalt. Er gehörte zu den Kindern, die regelmässigen Zugang zu Schwimmbädern und Schwimmunterricht hatten. Was man für eine gute Sache halten könnte, aber Stan stand nur fröstelnd am Beckenrand, während der Lehrer ihm zeigte, wie man den Arm am Körper vorbeiführte, um möglichst effizient zu kraulen, was Stan ohnehin nie können würde.

Das Problem mit Badeorten ist doch der Wassersport, oder?

*

Nach dem Theorieteil übergab Denise jedem von ihnen sein Material. Sie ging mit den Kindern zu einer Art natürlichem Becken im Inneren der Lagune, das nicht tief und etwa hundert Meter breit war.

»Das ist eure Spielwiese«, erklärte Denise. »Denkt daran, was ich euch gezeigt habe. Ich bin da drüben, bei der Hütte. Nicht die Korallen anfassen. Und nicht vergessen: Helft euch gegenseitig, das ist der beste Weg, um Unfälle im Wasser zu vermeiden.«

Sie schenkte ihnen ein frostiges Lächeln und verschwand. Tatsächlich hatte sie ihnen gerade einen Rat gegeben, der ihnen grundsätzlich später noch nützlich sein würde, wenn auch in einem ganz anderen Kontext, als sie sich hätten vorstellen können.

Die Kinder gingen ins Wasser, und nachdem sie ihr Material getestet hatten, nahmen die Jungs Charlotte in ihre Mitte.

»Bereit?«, fragte sie.

Stan bejahte. Hugo führte Daumen und Zeigefinger zum Okay-Zeichen zusammen.

»Hey«, sagte Charlotte noch, »wollt ihr eine echte Meerjungfrau sehen?«

Die Jungs setzten ihre Brillen auf und sahen Charlotte zu, wie sie unter Wasser schwamm und sich mit ihrem funktionierenden Arm um sich selbst drehte, während sie ihre verkümmerte Gliedmasse wie eine winzige Flosse hielt. Hugo und Stan mussten die Köpfe aus dem Wasser heben, so sehr mussten sie lachen. Dann mimte Hugo eine Robbe, indem er wild mit Beinen und Armen schlug, und Charlotte und Stan lachten sich schlapp. Stan nahm seinen Schnorchel, führte ihn sich wie eine Waffe an die Schläfe, drückte pantomimisch ab und liess sich mausetot ins Wasser fallen. Hugos Doppelkinn hüpfte, und Charlotte setzte ein Lachen auf, das so breit wie ein Stück Wassermelone war. Stan erwachte wieder zum Leben, und zum ersten Mal seit Beginn der Ferien – nein, eigentlich seit schon viel längerer Zeit – stahl sich ein strahlendes Lächeln auf sein sonst so sorgenvolles Gesicht.

Dann fingen Hugo, Stan und Charlotte an, richtig zu schnorcheln, sie hielten zusammen und passten aufeinander auf, und so wagten sie sich sogar dorthin vor, wo sie nicht mehr stehen konnten. Sie waren begeistert von dem, was sie sahen: Ihnen tat sich eine ungeahnte Unterwasserwelt auf, mit den aussergewöhnlichsten Formen und schillerndsten Farben. Eine fliessende Landschaft, die mit einem einzigen Atemstoss durch den Schnorchel in Bewegung geriet. Der Sauerstoff, der durch ihre Lungen strömte, erweckte diese Landschaft zum Leben, und so wurden ihre schwebenden Körper integraler Bestandteil von Flora und Fauna. Ihr Herzschlag pochte ihnen in den Ohren: dumpf, durchdringend, ruhig. Sie waren kleine Menschen, verletzlich und hilflos, die in unbekannte Gefilde aufbrachen; deren atemraubende Schönheit schlug sie in ihren Bann und barg eine Gefahr, die ihr kindlich tierischer Instinkt, wie er dem Überlebenswillen des jungen Alters eigen ist, längst kommen sah. Da war dieses tiefverwurzelte Misstrauen, unerklärt und unerklärlich, wie das Denise gegenüber, die wiederum selbst jede Berührung mit ihnen, den Kindern, vermied, und sei sie auch noch so zufällig; als wären sie eine giftige Koralle, die sie beim blossen Kontakt mit einem übergewichtigen, behinderten oder schwächlichen Körper der eigenen Schönheit berauben könnte. Wie die Welt, die sie nur an der Oberfläche akzeptierte, waren das Alter und die Hässlichkeit von der magischen Ferieninsel verbannt.

*

Gegen Mittag forderte Denise sie auf, aus dem Wasser zu kommen. Die Kinder folgten ihren grossen Schritten über den glühend heissen Sand, der ihnen die Fusssohlen verbrannte, während Denise in ihren Flipflops zur Hütte stapfte und ihren Protest geflissentlich überhörte; der Schmerz, den sie ihnen zufügte, entlockte ihr nur ein Lächeln.

Sie bekamen ein Sandwich, Auswahl gab es nicht. Das Brot, das Hähnchen, alles war trocken und fade. Das Wasser in den Flaschen lauwarm. Denise gab jedem von ihnen eine überreife, schon halb faulige Mango und ging anschliessend telefonieren. Stan hörte sie mehrmals den Namen Mike sagen, während sie einen Fuss am anderen rieb.

»Ich dachte, es gibt gerade keinen Empfang«, sagte er.

»Für die von hier schon«, antwortete Hugo und schob sein labbriges Salatblatt zur Seite.

Die Kinder tauschten ein paar Blicke. Charlotte legte ihr Sandwich, das sie kaum angerührt hatte, auf den

Tisch. Stan tat es ihr nach. Hugo biss noch einmal in das pappige Brot und tat dann dasselbe, wenn auch etwas widerwillig.

»Wir essen heute Abend«, sagte Charlotte.

Die Jungs nickten. Das war ihr erster Akt des Widerstands.

Denise legte auf. Sie sah die Sandwiches auf dem Tisch und die kampfeslustigen Blicke der Kinder. Ihre Pupillen verdunkelten sich, der dumpfe Hass sprach aus ihnen. Ihre Schönheit war mit Gift versetzt.

4

Beachvolleyball

Lou war gewiefter als ihr Bruder. Sie wusste zu umgehen, was sie nicht wollte, wie in diesem Fall das Element Wasser, das ihr an diesem Morgen so gar nicht zusagte. Sie hatte Schüttelfrost und fühlte sich verletzlich, aber aus anderen Gründen als ihre Mutter. Ihr Körper wurde mal wieder von enormen Wachstumsschüben gebeutelt, und oft gingen die mit Fieberattacken einher, die eine ganze Nacht oder sogar zwei Tage andauern konnten. Ihre Tiefschlafphasen hatten sich mit unruhigeren abgewechselt; sie hatte geträumt, sie würde einem Pfad auf der Insel folgen, bis das Dickicht immer dichter wurde und sie nicht mehr weiterkam, als sich plötzlich ihre Arme in lange Lianen verwandelten und ihre Beine am Boden festwuchsen. All das hatte sich dabei in keinem Moment wie ein Albtraum angefühlt: Sie hatte weder Schmerz noch Angst verspürt, sie hatte sich einfach fallen lassen, sich darauf eingelassen, bis der Traum schliesslich von selbst verschwand.

Am Morgen hatte Lou beim Aufstehen aus dem Bett behutsam erst den einen, dann den anderen Fuss auf den Boden gestellt. Ihr drehte sich der Kopf, ihre Zunge war trocken, als hätte sie zu viele Alcopops getrunken. Sie fühlte sich gerädert, ihr Nacken war steif, und die Hormone (die schon wieder!) liessen ihre harten, empfindlichen Brustwarzen schmerzen.

Sie hatte einen Slip angezogen und das von ihr selbst gepimpte »Hello Kitty«-T-Shirt übergestreift. Im Wohnzimmer hatte sie Stan vorgefunden, der wie gebannt auf das Fresko an der Wand starrte – eine naiv gehaltene Darstellung von Nomad First: Kleine Gnome knieten am Fusse des Vulkans und brachten ihre Opfer dar, Speisen, Figuren und, wenn man genauer hinsah, kleine Tierkadaver. Und wenn Lou in diesem Moment ihrem Bruder hätte in den Kopf gucken können, dann wäre ihr wie ihm aufgefallen, dass von diesem Riesenfresko, das sie bei ihrer Ankunft kaum bemerkt hatten, an diesem Morgen eine Art magnetische Anziehung, eine dumpfe, alles durchdringende Kraft ausging.

Aber Schwester und Bruder ignorierten sich, keiner kümmerte sich um den anderen. Die Mutter war noch unter der Dusche, der Alte Herr beim Training, klassisches Szenario bei den Jensens. Trotz ihrer vierzehn Jahre liess sich Lou so schnell nichts vormachen, sie fragte sich, ob Papa Mama nicht *aus dem Weg ging.* Und jetzt in den Ferien doch umso mehr, schliesslich war er hier gezwungen, es mit ihr auszuhalten, ohne dass irgendein (für gewöhnlich geschäftlicher) Anruf ihn retten konnte. Armes Papilein, das die Mama bestimmt nicht mehr oft bumste …

Iris hatte sich zu ihren Kindern gesetzt: Sie war in den vom Resort zur Verfügung gestellten weissen Frotteebademantel gehüllt, trotz ihrer Sonnenbräune sah man ihre Augenringe, die Haut im Gesicht spannte. Normalerweise betrieb sie einigen Aufwand, um in Form zu bleiben und vital zu wirken; das Ergebnis war überzeugend, was Lou erahnen liess, dass die kommenden Jahrzehnte das Kapital ihrer Schönheit nicht auffressen, sondern nur ein kleines Zugeständnis an den Zahn der Zeit machen würden, und auch das nur in sparsamen Dosen, bis sie irgendwann in dem fortgeschrittenen Alter angekommen wäre, in dem man feststellen würde, dass sie mal eine »schöne Frau« gewesen war; das Wesentliche würde erhalten bleiben, bevor sich endgültig der Abgrund auftat.

Zitternd hatte Iris nach der Kaffeekanne gegriffen. Man musste nicht gerade eine Kristallkugel befragen, um zu sehen, dass ihre Mutter aufgewühlt war, dass sie etwas in der Seele quälte.

»Schlechte Nacht gehabt?«, hatte Lou gefragt.

»Kein bisschen. Ich habe ausgezeichnet geschlafen.«

»Was ist denn dann? Nicht genug Sonne?«

»Wo sind die Brötchen? Lou! Stan!«

Stan war zusammengeschreckt, hatte mit den Schultern gezuckt und Lou ihrem Schicksal überlassen. Als seine Mutter seinen Namen brüllte, hatte ihn das zumindest diesem unheimlichen Bann entrissen, der ihn ins Innere des Gemäldes zu ziehen schien. Er hätte schwören können, die Gnome in einer ihm unverständlichen Sprache flüstern zu hören. Tolkiens Hobbits waren da um einiges sympathischer. Er beschloss, sich in die Hollywoodschaukel auf der Veranda zu setzen, das war der perfekte Platz, um sich aus ihrem Streit herauszuhalten.

»Ich hatte Hunger, na und?«, sagte Lou. »Du bist meine Mutter, oder? Du musst dich als Erstes um deine Kinder kümmern, so läuft das!«

»Der Korb war *voll* mit Brötchen! Du denkst immer nur an dich. Du bist der Egoismus in Person!«

Iris konnte wegen der Scheissbrötchen so viel herumschreien, wie sie wollte – Lou wusste ganz genau, dass ihre Mutter jeden Tag an Boden verlor, was ihre Erziehung anging. Sie hatte einfach auf Durchzug geschaltet, noch währenddessen angefangen, im *Guide* zu blättern, und sich für Beachvolleyball entschieden. Sie musste nur die Nummer der Rezeption wählen, und in einer halben Stunde würde sie ein Wagen abholen.

»Was bist du für ein verzogenes Gör!«, hatte Iris geschrien, ihr die Broschüre aus den Händen gerissen und auf den Boden gefeuert.

*

Das hysterische Zetern ihrer Mutter war inzwischen nur noch eine blasse Erinnerung. Im Schatten der Kokospalmen stand Lou zusammen mit drei anderen Mädchen in ihrem Alter – Joy, Lorie und Manon – am Rand des Beachvolleyballfelds. Der Anblick dieser vier jungen Mädchen im Bikini, wie der Schweiss von ihren nahezu perfekten Körpern perlte, wie sich ihre Brüste von der Anstrengung hoben und senkten, all das musste jeden alten Lustmolch an den Rand des Herzinfarkts bringen. Und die Jüngeren verzweifeln lassen. Und doch war es trotz dieser jugendlichen Strandschönheiten Dave, der alle Blicke auf sich zog: Er war der Inbegriff von Männlichkeit, er hatte die perfekte Figur mit den perfekten Proportionen. Er hatte ein Time-out ausgerufen, um noch einmal die richtige Technik für die Schmetterangabe zu erklären. Seine feuchten blonden Löckchen zeichneten dabei flüchtige Arabesken auf den Hintergrund des blauen Himmels. Dave beförderte den Ball in einer flüssigen, kräftigen Bewegung übers Netz. Kleine Schweisströpfchen rieselten wie ein leichter, warmer Schauer auf Lous Gesicht, die sich dabei ertappte, wie sie sich mit der Zungenspitze über die Lippen fuhr.

Der Ball rollte über den Sand, bevor er in einer Kuhle zu liegen kam. Dave betrachtete die Mädchen, die ihn aus grossen Augen anschmachteten, hielt den scheuen und zugleich kecken Blicken stand. Er legte seine grossen Hände mit den hervortretenden Adern auf seine schmalen Hüften, die wohl niemals auch nur den Hauch des sprichwörtlichen Golds ansetzen würden.

Dave lächelte ihnen entgegen. »Was haltet ihr davon, wenn wir Schluss machen mit Sport und lieber irgendwo gemütlich ein paar Cocktails trinken?«

Was glauben Sie, was die Mädchen geantwortet haben?

5

Zaun

Er war es gewohnt, dass seine Sportuhr ihn mit den Eckdaten seiner Leistung versorgte, deswegen ärgerte sich Paul, als er – Zwang des Triathleten – einen Blick auf sein nacktes Handgelenk warf. Auf dem Sand ging er von dreizehn Stundenkilometern Laufgeschwindigkeit aus. An einem Ort mit gewissen Orientierungspunkten – Schildern, Gebäuden, Kilometersteinen, Zaunpfählen, Bäumen – hätte er sonst die gelaufene Zeit oder zumindest die Streckenlänge abschätzen können.

Er war erst der Krümmung der Bucht gefolgt, dann in einen Weg eingebogen, der ihn durch das Pflanzendickicht führte, und schliesslich am hitzeflirrenden Strand herausgekommen. Paul hatte sich fest vorgenommen, bis zur Umzäunung des Resorts zu laufen. An einer Stelle hatte er gemeint, sie zu sehen – nein, er *hatte* sie gesehen, er war ganz sicher –, und so steckte die Umzäunung seine Laufstrecke ab. Wenn er sie erreicht hätte, würde er umdrehen, und das wäre fürs Erste auch genug.

Die Umzäunung wurde zur Ziellinie, zur fixen Idee. In gleichmässigem Rhythmus gruben sich Pauls Füsse in den geschwungenen, wellennassen Strand. Jedes Mal, wenn seine Schuhe in den aufgeweichten Boden sanken, bedeutete das für seine Muskeln einen zusätzlichen Kraftaufwand; der Energieverlust war minimal, aber er summierte sich.

In einer der unzähligen Windungen, mit denen er gezwungen war, von einer gedachten Gerade abzuweichen, sah Paul den Zaun deutlich am Horizont. Er beschleunigte das Tempo, sein Puls ging hoch, schon fast in den roten Bereich. Unverdrossen und ohne Rücksicht auf Verluste stürzte er seinem Ziel entgegen.

*

Als sich seine Finger in die Rauten des Maschendrahts krallten, war Paul nur noch eine ausgewrungene Hülle menschlicher Haut. Sein Brustkorb hob und senkte sich, gierte nach Sauerstoff. Paul fiel auf die Knie, er klammerte sich an den Zaun, seine Finger wanden sich in die Zwischenräume einer wiedergefundenen Zeit.

»Hab ich dich, verdammte Scheisse!«

Er lachte wie ein Kind, hustete, langsam wurde sein Atem wieder gleichmässiger. Er sah sich um: zu seiner Linken der Ozean und die sich brechenden Schaumkronen in der Ferne, dahinter die säumenden Riffe. Zu seiner Rechten zog sich am Rand des Strands eine dichte Vegetation hoch bis zum Gipfel des Vulkanmassivs, dessen Spitze von einem trägen Wolkenschleier verhangen war.

Aber irgendetwas stimmte nicht: Er sah sich noch einmal zu beiden Seiten um. Er war ein Nichts, nicht mal ein Fliegenschiss, ein winziger Punkt mitten im Ozean. Paul hob den Kopf. Es fiel ihm in dem Moment auf, als sich der Durst bemerkbar machte, ihm den Mund austrocknete wie der Spuckesauger beim Zahnarzt: Die drei Reihen Stacheldraht oberhalb des Zauns zeigten ins *Innere* des Resorts.

Auf welcher Seite lauert die Gefahr?

Paul lachte laut auf, das lokale Handwerk musste hier offenbar einen neuen Gipfel der Inkompetenz erreicht haben. Er wurde wieder ernst, als ihm auffiel, dass der Zaun sich etwa dreissig Meter weit im Wasser fortsetzte, den Unebenheiten des Sandbodens folgte und dort aufhörte, wo die ersten Korallenspitzen aufragten.

Das Gift. Das Gift der Korallen.

Entweder man wusste davon, und in dem Fall wäre niemand so lebensmüde, den Weg über das Meer zu nehmen; oder man wusste es nicht und würde ohne die richtige Hilfe sterben.

Um wohin zu gelangen? Nomad First hatte einen Umfang von 163 Kilometern.

Ein anhaltendes Surren riss Paul aus seinen Gedanken. Unruhig suchte er nach der Quelle des Geräuschs, dann hob er seinen Blick. Eine mit vier Rotoren ausgestattete Drohne von etwa einem Meter Durchmesser schwebte zehn Meter über seinem Kopf. Paul starrte in das Auge der eingebauten Kamera. Plötzlich wünschte er sich nichts sehnlicher, als zu Hause zu sein, in seiner Villa am Genfersee. Er war sogar bereit, sich auf der Stelle in die Rue du Rhône zu begeben, in sein Büro mit dem Blick auf das Seebecken und die Fontäne. Er wollte zurück in sein Leben, mit seinen Freunden, seinen Kollegen, zurück in den sicheren Alltag einer ihm vertrauten Welt, seiner Welt.

Er senkte den Kopf. Sein leerer Magen krampfte sich zusammen und rief ihm wieder in Erinnerung, dass er, abgesehen von den Crackern, die er in Iris' Tasche gefunden hatte, seit dem Mittagessen am Vortag noch nichts gegessen hatte.

Der Durst. Die Erschöpfung. Und jetzt der Hunger.

Die Drohne verliess ihren Luftposten und verschwand.

6

Wellnesscenter

Nach dem Vorfall im Little Market hatte Vera Iris vorgeschlagen, sie ins Wellnesscenter zu begleiten. Sie hatte wegen ihrer Unpässlichkeit erst gezögert, doch dann liess sie sich überreden. »Das ist doch etwas ganz Natürliches! Sie sind eine Frau, es gibt nichts, wofür Sie sich schämen sollten. Wir sind unter uns, Iris. Männer haben dort keinen Zutritt.«

Vera brachte sie in einem Clubcar hin. Bevor sie sich von ihr verabschiedete, nahm sie Iris' Hände noch einmal in ihre, und in ihrem Blick war zu lesen: *Wir lieben dich, Iris. Wir alle hier lieben dich, du bist uns willkommen.*

Im Dunst des Hammams erkannte Iris einige Frauen aus dem Little Market wieder. Jede von ihnen stellte sich vor. Die Zeit ihres Aufenthalts würde kaum reichen, um sich all ihre Namen zu merken, und danach würde sie sie eh wieder vergessen. Obwohl, Facebook sei Dank könnten einige Kontakte zumindest virtuell weiterbestehen.

Nach dem Dampfbad liess Iris sich mit warmem Wachs die Beine enthaaren, verzichtete aber, etwas verlegen, auf die Bikinizone. Danach entspannte sie sich im Ruheraum, wo Brigitte, eine Mittvierzigerin mit athletischem Körper, auf sie einredete, sich unbedingt von Tura massieren zu lassen, »der Besten«, wie sie sagte.

Tura nahm sie in einer Art Grotte in Empfang, nur ein Lichtschacht erhellte den Raum aus Naturstein. Der Massagetisch war ein Granitblock. Die alte Frau mit der dunklen, pergamentenen Haut bedeutete ihr, sich auf den Bauch zu legen. Sie öffnete einen Tiegel und tauchte ihre Hände in einen nach Algen stinkenden Absud. Der unangenehme Geruch verflog, je länger die Alte Iris durchwalkte; als würde die schmierige Tinktur in ihre Poren dringen und sich im Inneren ihres Körpers zersetzen.

Langsam dämmerte Iris dahin. Tura liess sie sich auf den Rücken drehen. Die energischen Unterarme der alten Frau schoben ihre letzten Vorbehalte zur Seite. Iris lag nackt auf dem feucht-kühlen Stein, nur ihre Scham war von einem Lendenschurz bedeckt, und sie liess sich berühren, ohne dass ihr noch irgendetwas unangenehm gewesen wäre. Ihr Körper war da, war da, um genommen zu werden. Die Frau tauchte noch einmal ihre Hände in den Tiegel, rieb alles ein, von den Füssen bis zum Bauch, wo sie schliesslich konzentrische Kreise zog, um Punkte herum, die sie nach und nach zu verbinden schien, indem sie ihre dünnen Finger in Iris' Fleisch drückte. Die Alte zeichnete auf ihrem Unterleib unsichtbare Netze nach, Vorortlinien aus Fasern und Blutgefässen, grösseren Schläuchen wie Venen und Arterien, tief im Inneren der Eingeweide, bis sie zu dem schmerzhaften Punkt vordrang, an dem die Eierstöcke zum Zentrum der Welt werden.

Iris spürte, wie sich etwas in ihrem Inneren löste. Aus ihrer Kehle drang ein Schrei wie von weit her. Sein Echo hallte auch ausserhalb der Grotte wider, prallte an den schweiss- und salzwassernassen Wänden ab, drang von Raum zu Raum, durch das ganze unterirdische Labyrinth, das nur den Frauen vorbehalten war und das kein Mann je betreten würde.

7

Auf sich gestellt

Denise zeigte auf einen Abfallsack, in den die Kinder ihre Sandwiches entsorgten. Sie sammelte die Schnorchelutensilien ein und hängte sie zum Trocknen in der Hütte auf, in der das Material gelagert wurde.

Sie ging zurück auf die Veranda, ihre Flipflops knirschten über den sandbedeckten Bretterboden. Mit einer geschmeidigen Bewegung schulterte sie ihren Rucksack und sagte: »Zurück zu euren Bungalows geht es ganz einfach: Ihr müsst nur für drei Kilometer der Strasse folgen.«

Sie deutete in eine ungefähre Richtung und ging die Treppen zum Strand hinunter.

»Aber ... Sie können uns doch nicht einfach so zurücklassen!«, rief Charlotte entrüstet.

Denise drehte sich um, lächelte und zeigte ihr den Mittelfinger.

Charlotte, Hugo und Stan konnten es nicht fassen. Sie sahen Denise noch über den Strand weggehen und in der Böschung verschwinden. Sie waren es gewohnt, in einer Welt zu leben, in der man sich vierundzwanzig Stunden am Tag und sieben Tage die Woche um sie kümmerte: Familie, Schule, Hobbys, Nanny – und jetzt entliess man sie einfach in die Wildnis.

»Vielleicht sollten wir ihr hinterher?«, schlug Hugo vor.

Sie stürzten die Treppe hinunter, liefen den Strand entlang und schlüpften durch die ins Dickicht geschlagene Öffnung. Das Geschrei der Vögel liess sie zusammenschrecken. Ihre Augen mussten sich erst an das Halbdunkel gewöhnen. Denise' Spuren wurden von anderen Fussabdrücken überlagert. Der Weg führte zur Strasse. Sie konnten noch sehen, wie andere junge Mädchen Denise auf der Ladefläche eines Pick-ups Platz machten, dann fuhr der Wagen los.

Stan erkannte den Ford wieder, der sie ins Resort gebracht hatte.

»Ja klar«, sagte Charlotte. »Das ist das einzige Auto auf der Insel.«

Stan überlegte. Wie wenn man beim Abfahrtsski nach und nach immer mehr Fahrt aufnimmt.

»Meine Schwester sass in dem Auto«, sagte Stan.

Charlotte zuckte mit den Schultern, Hugo biss sich auf die Lippe.

»Ja und?«

»Unsere auch«, sagte Charlotte.

»Unsere Schwestern«, bestätigte Hugo. »Unsere Schwestern auch.«

8

Rückweg

Paul begegnete am Strand keiner Menschenseele. Um sich seine Kraft einzuteilen und so den Durst im Zaun zu halten, achtete er darauf, auf feuchtem Boden zu bleiben. Glücklicherweise ist der Tidenhub so nah am Äquator zu vernachlässigen. Bei Flut wäre er gezwungen gewesen, durch den glühend heissen Sand zu laufen. *Gott, ich danke dir dafür, dass du mir diese Pein ersparst.* Er lachte auf und bleckte seine gelben Zähne unter der im Zenit stehenden Sonne.

Das Meer war eine Folter, die er nicht trinken konnte. Er spülte sich den Mund und spuckte wieder aus. Die Linderung war nur von kurzer Dauer, das beissende Salz machte den Durst nur schlimmer.

Paul hatte nicht bemerkt, wie weit er gelaufen war. Seine Schritte wurden immer langsamer, und so schien der Rückweg immer länger. Die der Zeitumstellung geschuldete Erschöpfung traf ihn jetzt mit voller Wucht. *Zu viele Variablen, volatiler Markt.* Oder bekam er einen Sonnenstich? *Negative Verbindungen, Zusammentreffen von konvergenten Elementen, die zu einer Sättigung des Systems führen.* Gerade noch hatte er zu Hause seinen Koffer zugeklappt und war hoch zu den Kindern gegangen, um sie zur Eile anzutreiben, schliesslich war das Taxi da. *Und wenn wir den Bluff wagen? Negativ, die Indikatoren sind im roten Bereich, wir halten erst mal die Füsse still.* In diesem Moment trafen sich seine Kollegen in dem ovalen Besprechungszimmer zum Conference Call; Dirk würde sich unterm Tisch diskret an die Eier fassen, Eleanor würde sich in einer Tour räuspern, wie immer, wenn sie gestresst war, und Fred würde gleich sagen … *Fred würde dir sagen, mit dem Scheiss aufzuhören, Paul! Du gehst weiter, und damit hat sich's.* Paul war nicht bei ihnen, und die Welt würde sich selbstverständlich auch ohne ihn weiterdrehen. In der künstlichen Kühle der Klimaanlage und dem nüchternen Komfort der Knoll-Stühle und des Kinzo-Tischs. Julian würde nach einem Latte fragen, und Barbara würde ihn auf einem Tablett von Muji bringen. Ja, Paul war nicht da, er würde nicht woandershin schauen müssen, um Julians anzüglichem Zwinkern auszuweichen. *Die Welt dreht sich weiter, und bald bist du auch zurück in deiner, das hier ist nur ein Abstecher, ein ganz kleiner Abstecher, das nennt man Ferien, in Ordnung?*

Paul fragte sich, wo Iris wohl gerade war, was sie machte, während er sich den Strand entlangschleppte. Und Stan? Und Lou? Wo steckte seine verdammte Familie? Seine nackten Füsse schmerzten. Aber die nassen Schuhe wieder anzuziehen hätte sein Martyrium noch verschlimmert. Sandkörner. Es ist bescheuert, oder? Diese winzigen Dinger waren mit blossem Auge kaum sichtbar, aber die reinste Folter für seine Fusssohlen. *Es ist die Aggregation, die dir die Suppe verhagelt,* das war die grosse Erkenntnis des Tages und auch die letzte, denn Paul hatte keine Lust mehr zu denken. Es war, als hätte er einen hohlen Kloss im Bauch, ihm war übel, und als er sich hinkniete, um sich zu übergeben, spuckte er einen Strahl lauwarmer Galle. Aber Paul war das egal, ihm war es so was von egal, dass sein Magen sich zusammenzog und dabei nichts als Schleim ausstiess, denn unter den Tränen, die ihm die Krämpfe in die Augen trieben, erblickte er die Dächer der Bungalows, sie waren zum Greifen nah und würden sich nicht wie eine verdammte Fata Morgana auflösen, würden nicht immer weiter wegrücken, je näher er ihnen kam.

Er hielt sich an die Zahlen, denn mit Zahlen kannte er sich aus, besser als mit Sätzen, als mit Worten im Allgemeinen. Er sah die Nummer 27, schlich mit letzter Kraft den Weg entlang. Paul reckte nicht den Arm in die Höhe wie auf der Ziellinie eines Triathlons. Er hatte gerade mal ein schnödes Training überstanden, und gewonnen hatte er dabei rein gar nichts.

*

Er schob die verglaste Verandatür zur Seite und tauchte in die Kühle des Raums ein, in den vertrauten zitronigen Duft des Parfums seiner Frau.

»Iris?«, rief Paul. »Iris, bist du da?«

Er ging in das gemeinsame Schlafzimmer, dort war sie nicht, aber die Tür zu ihrem Badezimmer war abgeschlossen.

»Iris, ist alles in Ordnung?«

Die Worte klebten an seinem Gaumen. Es war, als hätte er Brot im Mund, eine von zu viel Hefe aufgegangene Krume. Paul spähte durch die Ritzen zwischen den Holzlatten, aber da war keine Silhouette zu erkennen, kein Geräusch zu hören. Er versuchte noch einmal, die Tür zu öffnen, die Iris, aus welchen Gründen auch immer, abgeschlossen hatte, obwohl sie nicht da war.

Er ging zurück ins Wohnzimmer, wo er die Überreste des Frühstücks vorfand. Die Fliegen schwirrten im Zickzack vom Honig zur Konfitüre, setzten sich auf dem letzten bisschen Frischkäse ab. Paul nahm noch einmal seine Kraft zusammen und rief in den Raum: Iris! Stan! Lou! Er rief nach ihnen allen, aber niemand antwortete.

Er stürzte zur Spüle, drehte den Hahn auf und trank alles Wasser dieser Erde.

9

Aufwachen

Er öffnete die Augen. Iris sass bei ihm am Bett, mit einem Mona-Lisa-Lächeln auf den Lippen. In dem gedämpften Licht sah das Moskitonetz hinter ihr aus, als würde sie eine Aura umgeben. Ihre kalte Hand legte sich auf seine Stirn, um seine Temperatur zu fühlen. Paul wehrte ab. »Mir geht's gut«, sagte er. »Wie spät ist es?«

»Keine Ahnung, vielleicht neunzehn Uhr? Du hast den ganzen Nachmittag geschlafen.«

Paul stützte sich auf einen Ellenbogen und spürte sofort seinen Muskelkater. Er verzog das Gesicht.

»Du übertreibst es mit dem Sport«, sagte Iris.

»Ja, ich glaube, ich muss für ein paar Tage die Füsse hochlegen.«

»Das kannst du aber laut sagen, die sehen schlimm aus.«

Paul winkelte erst das eine, dann das andere Bein an: Seine Fusssohlen waren von Blasen übersät.

»Kein schöner Anblick, was?«

»Mit einer Nadel und Desinfektionsmittel wird das schon wieder.«

»Was hören wir da für Musik?«, fragte Paul.

»Ich habe eine CD mit Filmmusik gefunden.«

»Warte, lass mich raten.« Paul summte die Melodie mit. *»Die Sommerinsel?«*

»Bingo! Du hast einen Drink gewonnen. Such dir was aus.«

»Gibt die Bar so viel her?«

»Aber ja doch, wir haben hier eine ganze Scheisstaverne!«

Paul war überrascht. Das Wort Scheiss aus Iris' Mund zu hören kam so häufig vor, wie man ein Edelweiss pflückte. Dann fiel ihm auf, dass seine Frau eine leichte Fahne umwehte – was ihr gut stand. Trotz seines Muskelkaters zog er sie zu sich heran, er begehrte sie plötzlich so sehr. Sie liess sich küssen, aber wandte sich ab, als er sich weiter vorwagte.

»Die Kinder?«, fragte Paul.

»Die Kinder werden gross.«

Und dann, wie um das Unverständnis im Blick ihres Mannes zu beschwichtigen, fügte sie hinzu: »Lou ist unter der Dusche. Stan spielt Schach auf seiner Konsole. Also, hast du dich entschieden?«

»Gin Tonic, geht das? Mit einer Extraportion Chips, ich sterbe vor Hunger.«

»Alles ist möglich, bis auf das Unmögliche«, antwortete Iris.

Paul sah ihr hinterher, wie sie leicht gegen den Türrahmen schwankte, als sie das Zimmer verliess.

»Du hast wieder zu viel getrunken, Sue Ellen!«, rief er lachend.

Iris drehte sich um. »Apropos: Wir sind zum Begrüssungscocktail eingeladen. Ich habe dein Hemd gebügelt, aber deine weisse Hose habe ich nicht gefunden.«

»Die weisse?«

»Ja, die weisse.«

Paul hob die Schultern.

»Blöd, aber du kannst dir eine im Little Market kaufen«, beharrte Iris.

»Morgen, einverstanden? Ich pfeif doch auf die weisse Hose; was zählt, bist du.«

Wie automatisch warf Iris einen Blick auf ihr uhrloses Handgelenk. »Wir sollten nicht zu spät kommen. Und Chips gibt es nicht, Liebster. Auch keinen Gin Tonic, aber dafür einen kleinen Rum, und der ist wirklich köstlich.«

Sie verschwand im Flur. Der nächste Song war einfach: *Sommer '42.* Paul liebte diesen Film, weil er ihn an seine erste pubertäre Schwärmerei erinnerte.

10

Lachkrampf

Lautlos – streckenabhängig war allein das leichte Surren des Elektromotors zu hören – glitten sie im Clubcar durch die blühenden, duftenden Alleen des Resorts. Die Parkbeleuchtung liess die nächtliche Szenerie geradezu märchenhaft erscheinen. Nur der Fahrer, ein kleines Männchen mit Puppenhänden, machte am Steuer des Wagens keinen sehr souveränen Eindruck. Paul wollte ihm gerade vorschlagen, seine Ray-Ban abzusetzen, als ihn ein abrupter Richtungswechsel fast aus dem Sitz schleuderte. In letzter Sekunde konnte er sich noch am Kunstharzgestänge des Wagens festkrallen. Auf der Suche nach stummem Zuspruch, was diesen x-ten Beweis für die Inkompetenz des einheimischen Personals anging, drehte er sich zu seiner Familie um, die brav auf dem Rücksitz sass. Zuspruch fand er in dem verächtlichen Lächeln seiner Frau. Lou sah woandershin. Stan wirkte sorgenvoll.

Plötzlich überkam Paul ein nervöses Lachen. »Himmel«, prustete er, »das … das grenzt … an Absurdität!«

Seine Frau und die Kinder musterten ihn stumm; zumindest hatte er nun ihre Aufmerksamkeit, aber dass niemand auf seine Bemerkung reagierte, machte seinen Lachkrampf noch schlimmer. Das Beste war das kleine Kerlchen am Steuer, das sich ungerührt voll aufs Fahren konzentrierte, dabei reichten seine Füsse kaum an die Pedale! Zwischen zwei Lachsalven bat er den Fahrer anzuhalten; Paul stieg aus und konnte sich nicht mehr halten. Er schnappte nach Luft – aber die vier anderen in diesem lächerlichen Wägelchen zu sehen, wie sie regungslos darauf warteten, dass er sich wieder beherrschte, gab ihm den Rest. Paul sackten die Beine weg, er rollte sich im wörtlichen Sinne auf dem Boden, hielt sich den Bauch, bis sein Lachen nur noch ein schwindsüchtiges Pfeifen war.

Da stieg Iris entnervt aus, ging zu ihrem Mann und forderte ihn auf, diese absurde Komödie auf der Stelle zu beenden. *Hilfe, hör auf, du machst es noch schlimmer!* – er zeigte auf sie mit dem Finger, konnte nicht aufhören zu lachen – *Du, Iris, du! Du!* –, dann zeigte er auf Lou und Stan, sein Gesicht lief puterrot an, die Adern traten hervor … Und wenn, wie manche behaupten, Lachen das Leben verlängert, gewann Paul in diesem Moment mindestens einen Monat dazu.

Er wischte sich die Tränen weg, stieg wieder in den Wagen, und sie fuhren weiter. Bis zu ihrer Ankunft sagte niemand mehr ein Wort. Hier und da ging noch ein Zucken durch seine Schultern, aber zwischen zwei Hustenanfällen war Paul auf dem Weg zurück zum Normalzustand.

11

Der Club

Vor dem Pavillon, der imposanter noch als die anderen aussah und auf dem Hügel in der Mitte des Resorts thronte, wurden sie von Mike in Empfang genommen. Er hatte den *Ladys* aus dem Wagen geholfen und sie gefragt, ob sie einen schönen ersten Tag verlebt hätten. Er bat die Jensens, ihm zu folgen, und schritt über einen von Fackeln gesäumten Sandweg, zwischen den in der Abendbrise flackernden Flammen hindurch.

Mike liess ihnen den Vortritt. Ein Einheimischer beeilte sich, den doppelten Vorhang am Eingang zu lüften. Und so offenbarte sich ihnen das pulsierende Herz des Resorts: der Club.

Hier stecken die also, dachte Paul, der, im Gegensatz zu Iris, noch niemanden getroffen hatte, keinen einzigen – wie wurden sie hier immerzu genannt? – *Bewohner.*

Grob geschätzt waren etwa fünfzig Menschen um einen grossen, direkt in den Fels gehauenen Pool verteilt. Der Grund des Beckens – »mit Salzwasser«, wie Mike erläuterte – wurde von Spots beleuchtet. Künstliche Wasserfälle, Sprudelbäder und Sitznischen im Naturstein schufen kleine intime Inseln, wo Paare mit einem Glas in der Hand über das Rauschen des Dünengrases hinweg einander ins Ohr säuselten. Kleinere Grüppchen waren in Gespräche vertieft, ab und zu erklang Gelächter. Andere verteilten sich auf die Hocker an der Barhütte oder sassen an den für kleine Runden ausgelegten Tischen. Allerdings sah man relativ schnell, dass sich diese Gruppen wie in einer ständig fliessenden Choreographie immer wieder auflösten und neu zusammensetzten.

Sie sind alle hier, und sie kennen sich alle.

Das einheimische Personal – im effizienten Miniaturformat, wie es sich gehört – bewegte sich zwischen den Grüppchen hin und her und bot Häppchen und Getränke an. Und wieder wurden die Jensens Zeugen eines Patzers, als einer der Angestellten samt einem mit Cocktails beladenen Tablett zu Boden stürzte. Die anderen Gäste nahmen davon kaum Notiz. Man sammelte eilig die Holzbecher auf und wischte den Boden. Mit der Zeit würde Paul feststellen, dass solche Vorfälle hier so häufig waren, dass sie einem früher oder später nicht mehr auffielen.

Sie sind zehntausend Kilometer gereist, um sich hier um einen Pool zu drängeln.

Paul fiel auf, dass alle hier barfuss waren, ein Privileg, in dessen Genuss Paul erst kommen könnte, wenn seine Blasen abgeheilt wären.

Aber du doch auch, Paul. Auch du stehst mit ihnen um diesen Pool herum.

Ein Kellner brachte ein Tablett: verschiedene Cocktails für die Erwachsenen (alle auf Rumbasis, nur die Früchte variierten) und Saft für Lou (die seufzte) und Stan (der ablehnte). Danach bat Mike die Anwesenden um Aufmerksamkeit, und die Anwesenden leisteten Folge. Die Gespräche verstummten, die Blicke wendeten sich zum schönen Mike, dessen kupferfarbene Sonnenbräune regelrecht zu strahlen schien. An die Stelle der Musik, der ohnehin niemand zuhörte – *ein weiterer gesichtsloser Pianist,* dachte Paul –, traten das Zirpen der Grillen und das punktuelle Brummen der Hirschkäfer, die durch den Garten flogen.

»*Ladies and gentlemen,* ich möchte Sie bitten, die Familie Jensen bei uns zu begrüssen.« Er stellte sie nacheinander vor: »Iris. Paul. Lou. Und … Stanislas. Möge ihr Aufenthalt in unserem Resort zu dem Paradies für sie werden, das es für uns alle schon ist!«

»Das es für uns alle schon ist!«, wiederholten die Anwesenden im Chor.

Kräftiger Applaus. Paul winkte verhalten. Iris setzte ein schüchternes Lächeln auf. Lou wölbte die Brust vor. Stan senkte den Blick.

»Liebe Bewohner, vielen Dank«, schloss Mike. »Und wie immer gehört die Nacht Ihnen, aber übertreiben Sie es nicht! Denken Sie an Ihre Gesundheit, denn die ist die beste Lebensversicherung!«

»Die beste Lebensversicherung!«, wiederholte der Chor.

Nach einem Applaus wurden die Gespräche wiederaufgenommen, gedämpft und entspannt, als hätte es die Unterbrechung nie gegeben.

Die Musik setzte mit dem Ton wieder ein, auf dem sie aufgehört hatte. Mike stellte sich zu den Jensens. »Mein Part endet hier. Der Club ist gross und voller angenehmer Überraschungen. Ich überlasse es Ihnen, alles selbst zu erkunden. Paul, Iris …«

Mike verabschiedete sich.

Paul wandte sich zu seiner Frau: »Findest du das alles nicht … befremdlich?«

»Was genau?«

»Na ja, alles hier …«

»Du wirst dich doch wohl nicht beschweren, nur weil wir einmal freundlich aufgenommen werden, oder? Nicht so wie in Marrakesch, wo ich die ganze Zeit das Gefühl hatte, die wollen eh alle nur an mein Geld.«

Paul senkte die Stimme, damit Lou und Stan ihn nicht hören konnten: »Und was machen wir mit ihnen?«

»Wie meinst du?«

»Hier sind nur Erwachsene. Denkst du nicht, dass sie sich langweilen?«

»Was redest du für einen Unsinn, Paul. Es ist für alles gesorgt. Hier gibt es auch Kinder, die sind nur *woanders.*«

Zwei Angestellte kamen, um Stan und Lou in einen anderen Bereich des Clubs mitzunehmen. Lou folgte ihnen, ohne zu murren. Stan sah sich suchend nach seinem Vater um.

»Trotzdem, Schatz, ich wüsste doch gern, wo sie hingehen«, sagte Paul, aber Iris war schon ausser Hörweite.

Er blickte sich um, die Leute starrten ihn lächelnd an. Seine blaue Hose war der einzige Farbklecks inmitten der weissgekleideten Gesellschaft.

12

Feststellung

Paul fühlte sich wie Peter Sellers als *Der Partyschreck.* Er hatte von den angebotenen Drinks einen nach dem anderen gekippt und tauschte übergangslos jedes leere Glas gegen ein volles aus – *verdammt, wie nennt man noch mal ein Glas aus Holz?* Er schlenderte von hier nach da, schnappte ein paar Gesprächsfetzen auf:

»Nach dem Triathlon auf Teneriffa waren wir …«

»Also Standard & Poor's zufolge musste man …«

»Mein Porsche hatte …«

»Dieser Babysitter war …«

Eine vertraute Welt.

Beruhigend vertraut.

Die Welt, die er kannte.

Seine Welt.

Paul trank sein fünftes Glas aus, wenn es nicht schon das sechste … *Holzglas* war? Ach was! Er war selbst überrascht, als er ein paar Pianoklänge mitsummte – *Die Sommerinsel* –, und dachte: Als Nächstes kommt *Sommer '42.*

Er suchte in den dunkelsten Ecken und bei der Barhütte, aber da war kein Klavier. Gut versteckte Lautsprecher erzeugten die Illusion einer Pianobar.

Violinenintro, Grundthema mit Saxophon. Track 4, Michel Legrand.

Bingo.

Sommer '42.

Plötzlich kam Paul die Geschichte um den jungen Mann, der in einem einsamen Haus am Meer seine erste Liebe mit einer älteren Frau erlebt, nicht mehr so charmant vor.

Er konnte sich gerade noch einen weiteren dieser Holzbecher schnappen, bevor er Zeuge wurde, wie – ganz ohne klirrende Scherben – erneut ein Kellner zu Boden ging.

13

Ehering

Iris rollte die Binde – ein dickes Wattepolster, das Vera ihr empfohlen hatte, etwas anderes hatte sie im Little Market nicht finden können – in Toilettenpapier ein und warf sie in den Abfallkorb. Sie überprüfte den Sitz der neuen Binde, strich ihren Rock glatt und verliess die Kabine.

Sie drehte den Hahn auf und hielt ihre Hände unter das lauwarme Wasser. Ihre Nägel sahen furchtbar aus, zerkaut und mit entzündeter Nagelhaut. Morgen würde sie ins Wellnesscenter gehen und das richten lassen, die Frauen, die sie heute Morgen getroffen hatte (genau, Chantal, Sophie und Sylvie, sie war selbst überrascht, dass sie das noch wusste), ja, die hatten phantastische Nägel.

Sie genoss das gute Gefühl ihrer Hände unter dem lauwarmen Wasser, das ein bisschen dickflüssig war, wie sie verwundert feststellte. Als würde es eine ölige Flüssigkeit enthalten, von der ein leichter Schwefelgeruch ausging. Iris rieb sich die Finger, einen nach dem anderen. Beim linken Ringfinger hielt sie inne. Sie war Mutter. Zweimal hatte sie ein Leben geschenkt, hatte sich ihr Körper dabei zerrissen, einen Kinderkopf herauszupressen.

Nein, Paul, du hast keine Ahnung, was dieser Schmerz bedeutet.

Iris legte ihren Ehering ab, massierte die Schwiele auf der Innenseite ihres Fingers. Ein leichter Schmerz stieg ihr den Arm hinauf. Sie drehte den Wasserhahn zu. Trocknete sich die Hände ab.

Dann ging sie näher an den ovalen, schwarz gesprenkelten Spiegel heran und tastete ihr Gesicht ab: Wangenknochen, Schläfen, Nase, Mund, Stirn. Iris sah sich, wie sie sich seit der Blüte ihrer Jugend nicht mehr gesehen hatte.

Sie machte einen Schritt zurück, rückte ihren BH und ihr Dekolleté zurecht und ging hinaus.

Iris war überrascht, dass draussen Vera auf sie wartete.

»Ist alles in Ordnung, Iris?«

»Alles ist in bester Ordnung, Vera.«

14

Jenny

Lou befand sich auf der Schwelle zur Befreiung.

Endlich die Kindheit hinter sich lassen, mit der der eigene Körper samt all seiner Veränderungen schon längst nichts mehr zu tun hatte. Sich von den Eltern abnabeln, sich den eigenen Unterleib aneignen.

Fuck you.

Endlich über sich selbst bestimmen. Nicht mehr um Erlaubnis fragen. Dagegenhalten, wie die anderen werden. Bald weisst du, wie, Lou. Schon ganz bald weisst du, wie.

Bis dahin stand sie auf der Schwelle zur Veränderung, gemeinsam mit Joy, Lorie, Manon.

Und Jenny.

Aber Jenny hielt sich abseits ihrer Gruppe. Ein bisschen älter als der Rest, siebzehn. Blond mit Rotstich. Die Einzige mit ganz heller Haut, wenig geeignet zum Sonnenbaden. In den Tropen reichen da schon ein paar Strahlen aus, damit die Sommersprossen spriessen.

Man hatte Lou zu einer Pergola gebracht, wo sie sich jetzt mit den anderen auf den Kissen räkelte. Unter ihren Füssen liessen sich durch die Spalten im Bretterboden die Ausläufer des natürlich geschwungenen Pools erahnen. Eine Treppe führte unter das Pfahlwerk und den Badenden direkt ins lauwarme türkisfarbene Wasser.

Jenny hatte ihnen den Rücken zugewandt und den

Kopf gesenkt. Die anderen Mädchen schlürften durch Bambusstrohhalme ihren Saft.

»Warum setzt sie sich nicht zu uns?«, flüsterte Lou.

»Jenny? Ach, lass«, antwortete Lorie, »die hält sich für was Besseres.«

»Wir sind nicht gut genug für sie, so sieht's aus!«, sagte Manon. »Scheisse, warum geben sie uns dieses Zeug für Kinder? Ich will Alkohol.«

»Wodka?«, fragte Lou.

»Vergiss Wodka«, erwiderte Lorie.

»Echt mal«, sagte Joy. »Wie Dave. Der hat uns auch nur das Babyzeug gegeben. Erst macht er uns an, und dann war's das. Ich habe genau gesehen, dass er einen Ständer in der Hose hatte …«

Die Mädchen prusteten los. Joy holte eine knittrige Packung Zigaretten hervor; ein Markenlabel war nicht zu sehen. »Gibt nur vier.«

»Was sind das für welche?«, fragte Lou.

»Mentholzigaretten«, antwortete Joy. »Meine Mutter lässt die zu Hause überall rumliegen.«

»In eurem Bungalow«, sagte Lou.

»Was ist dein Problem?«, fragte Lorie. »Bist du die Sprachpolizei?«

»Sorry. Ich meine nur … für mich ist zu Hause richtig zu Hause, nicht hier.«

Die Mädchen tauschten wortlos ein paar Blicke; Lou blieb bei ihrer stummen Tuschelei aussen vor.

»Habe ich was Falsches gesagt?«

Joy wechselte das Thema: »Hast du nicht das Gefühl, dass deine Mutter Langeweile hat?«

»Total«, antwortete Lorie.

»Meine auch«, bestätigte Manon. »Und deine?«

»Meine?«, sagte Lou. »Die ist hyperaktiv, also wahrscheinlich schon. Sagt mal … wann seid ihr eigentlich hier angekommen?«

Die Mädchen zuckten mit den Schultern.

Lou hakte nach: »Was denn, ist das ein Geheimnis?«

»Keine Ahnung«, erwiderte Joy gereizt. »Was interessiert dich das denn? Findest du es hier nicht schön? Fehlt dir irgendwas?«

»Na ja, ich … keine Ahnung«, antwortete Lou, plötzlich eingeschüchtert.

»Ganz genau, du hast absolut keine Ahnung«, erklärte Lorie.

»Wir haben hier alles«, ergänzte Manon.

»Du stehst morgens auf, und die einzige Frage, die du dir stellen musst, ist, wo du deinen Arsch den Rest des Tages parken willst«, sagte Joy. »Die ganze Welt wäre gern an deiner Stelle, Bitch.«

»Ey, wieso nennst du mich eine …«

»Wenn man alles hat, hält man die Klappe, verstanden?«, blaffte Joy und zündete sich eine Zigarette an.

Die anderen beiden taten es ihr nach. Lou wollte sich auch eine nehmen, aber da zog Joy im letzten Moment die Packung weg.

»Komm schon«, bettelte Lou.

»Du hättest wohl gern eine, was?«, sagte Joy.

Lou nickte. Der Gedanke, keine Freundinnen zu haben, versetzte sie in Panik. Mit vierzehn kann man sich nicht von den Eltern abnabeln und den eigenen Körper erobern, wenn man ganz allein ist. Dazu war Lou nicht stark genug.

Joy überliess ihr die Packung. Lou war erleichtert und nahm sich die Zigarette, fragte die anderen nach Feuer. Dass Manon ein Streichholz zückte, wurde von Joy abgenickt, und so durfte Lou in den Kreis der Gruppe zurückkehren.

»Was … was machen wir jetzt?«, fragte sie.

Die Mädchen reagierten nicht, ihre schönen leeren Augen blickten durch sie hindurch. Die Stille war erfüllt von dem gedämpften Rauschen eines Wasserfalls. Eines Stroms, der ihre Jugend, ihre Kraft, ihre Hoffnungen fortschwemmte wie ein Stück Treibholz, sie ein paar Meter in die Tiefe riss, hinein in ein Becken, das kaum grösser als das vorige war, und dort wurden ihre Jugend, ihre Kraft, ihre Hoffnungen zu kleinen, lauwarmen Blasen, die in der sternenklaren Nacht zerplatzten, verweht ins Nichts, in die Leere, in die Bedeutungslosigkeit.

»Scheisse, was ist denn los?«, fragte Lou. »Ich habe die ganze Zeit das Gefühl, was Blödes zu sagen!«

»Du bist auf der Insel, meine Gute«, sagte plötzlich Jenny hinter ihnen.

Nur Lou drehte sich um.

»Und auf der Insel ist alles *perfekt.*«

Jenny war aufgestanden und hatte sich ebenfalls eine Zigarette angezündet. Sie war nicht nur die Älteste von ihnen, sondern auch die Grösste. Ein athletischer Körper, kräftige Schwimmerschultern. Sie trug einen weissen Sarong wie die Einheimischen hier. Aus irgendeinem Lou unbekannten Grund hatte Jenny auf die Rolle der Anführerin verzichtet, und so hatte sich Joy an die Spitze der Gruppe gesetzt.

»Ja, alles ist perfekt. Die Zeit. Die Wesen. Die Dinge. Selbst die Langeweile ist perfekt«, sagte Jenny mit flacher Stimme noch.

Da erschienen Mike und Vera auf der Schwelle.

»Es ist nicht leicht zu sprechen, Lou. Das wirst du noch verstehen. Oder auch nicht. Oder du willst nicht verstehen und entscheidest dich für eine Seite. Wie sie, wie alle hier …«

Jenny zeigte auf die anderen Mädchen, Mike und Vera kamen näher.

»Du musst dich ausruhen«, sagte Vera.

»Der Prozess erfordert Schlaf«, fügte Mike hinzu.

»Ich *bin* doch schon ausgeruht, ihr Wichser!«

Jenny setzte sich zur Wehr, aber ihre Bewegungen wirkten kraftlos. Mike und Vera führten sie nach draussen.

»Die hat sie nicht mehr alle«, erklärte Joy. »Falls dir das nicht selbst aufgefallen ist.«

Lou nickte und zog an ihrer Zigarette. Sie hatte noch die tiefen roten Spuren auf Jennys weissem Oberarm gesehen, als Mike seinen Griff gelockert hatte.

15

Kid's Place

Stan wusste nicht, was er hier sollte. Und wenn er genauer darüber nachdachte, war das ein wiederkehrendes Gefühl. Er konnte das in seinem Alter noch nicht so klar benennen, aber er kam sich wie ein Objekt vor, das man von einem Punkt zum nächsten schiebt. Von zu Hause in die Schule. Von der Schule zur Hausaufgabenstunde. Von der Hausaufgabenstunde ins Schwimmbad. Vom Schwimmbad zum Klavierunterricht. Und zurück nach Hause. Wenn man verglich, wie viel Zeit er mit seiner Mutter verbrachte und wie viel mit Pilar, seiner kolumbianischen Nanny, ergab eine einfache Rechnung, dass Letztere uneinholbar vorne lag. So weit vorne, dass Stan fliessend zwei Sprachen beherrschte, Französisch und Spanisch.

Welche war da noch die Muttersprache?

Und so wurde das Kinderobjekt am anderen Ende der Welt weiterhin von A nach B geschoben. Die andere Frage, die man sich mit neun Jahren nicht stellt, lautet: Warum bekommt man in so einem Fall Kinder? Man stellt sie sich in dieser Lebensphase nicht, denn für Stan war seine Entwicklung vom Retortenbaby zum Kinderobjekt eins: das Leben. Was man auch denken oder sagen mag über sein schüchternes, introvertiertes Wesen. Stan war da, quicklebendig in seinem schmächtigen Körper und, wie jeder andere auch, fest entschlossen, sich anzupassen, um zu überleben.

Im Kid's Place, einer Art riesiger Kindergarten im Herzen des Clubs, bekam Stan einen Einblick in das Wesen des Sozialdarwinismus. Auf der einen Seite die Jungs. Auf der anderen die Mädchen. In dem blau (♂) und rosa (♀) gestrichenen Raum konnte sich jedes Geschlecht mit Spielzeug und Aktivitäten im jeweils vorgesehenen Bereich vergnügen. Die einzige gemeinsame Betätigung war eine Art »Austobeturnen«: Dabei hüpften die Kinder in einem durch Netze gesicherten Areal auf Trampolinen aus Kautschukbändern herum und wälzten sich über sägemehlbefüllte Matten. All das unter dem ausdruckslos-apathischen Blick der statuesken Betreuer, die sich nur regten, wenn ein Kind aus der Rolle fiel oder sich irgendwie ungehörig verhielt. Wenn eins der Kinder auf seinem Spielteppich einschlief, wurde es in den hinteren Teil des Raums getragen und auf eine am Boden befindliche Matratze gelegt. Für die, die Hunger hatten und trotz der späten Stunde noch durchhielten, gab es Schokoriegel oder Fruchtsäfte. Der Lautstärkepegel war selbst für die Kinder kaum auszuhalten. Die Betreuer hatten sich mit Ohropax ausgestattet und warteten darauf, dass auch der Letzte endlich zusammenbrach.

Stan entdeckte Hugo, der gerade mit Holzbausteinen spielte. Er hatte eine Raumstation gebaut und war damit beschäftigt, eine Art Riesenradar fertigzustellen.

»Das ist ein Detektor für Gammastrahlen«, erklärte Hugo. »Die elektromagnetische Strahlung, die beim Übergang eines Kerns in seinen Grundzustand entsteht.«

»Gammazerfall, ich weiss«, sagte Stan. »Die Strahlen folgen aus der Annihilation eines Elektron-Positron-Paars und weisen eine Wellenlänge von weniger als zehn Picometern auf …«

»… und Frequenzen von mehr als dreissig Exahertz.«

Stan und Hugo sahen sich amüsiert an und schlossen einstimmig: »Sie können eine Energie von ein paar Kiloelektronenvolt bis zu mehreren Hundert Gigaelektronenvolt aufweisen!«

Sie lachten, in ihren Augen blitzte etwas, wie wenn ein Streichholz über die Reibefläche fährt.

»Und Charlotte?«, fragte Stan.

»Da drüben«, sagte Hugo.

Charlotte winkte ihnen zu. In der Hand hielt sie die entfernte Imitation einer Barbiepuppe, vor ihr lag eine Art Ken – beide offensichtlich aus Naturkautschuk.

Sie blickte sich um, ob niemand sie beobachtete, dann riss sie den Puppen die Köpfe ab und steckte sie auf den jeweils anderen Körper. Jetzt hatte Ken eine deutlich konturierte Brust, lange Beine und trug ein weisses Kleid. Barbie konnte sich über muskulöse, breite Schultern und einen durchtrainierten Oberkörper freuen; ein makelloses Hemd und eine ebenso makellose Hose komplettierten die Transformation. Charlotte amüsierte sich über ihren Coup, Hugo und Stan prusteten los.

Als Stan sah, dass Denise sie beobachtete, verging ihm das Lachen.

16

Benebelt

Unter rauschenden Bananenblättern näherte sich ihm Emma Peel alias Diana Rigg in *Mit Schirm, Charme und Melone.*

Oh, oh, Paul steckt in seinem Kopfkino!

Na gut, Diana Riggs Doppelgängerin, denn Paul war betrunken. Völlig zerschlagen von der Müdigkeit und vom Alkohol. Er sass in einem hängenden Korbsessel, berührte mit den Zehenspitzen den Boden, gerade genug, um nicht durch die Lüfte zu schweben. Paul fühlte sich phantastisch, federleicht, weit weg von seiner Frau und seinen Kindern; die hatte der Club verschluckt, so spielt das Leben.

Diana Rigg nahm im Sessel neben ihm Platz und schob ihre nackten Füsse unter ihre Schenkel. Paul konnte ihren weissen Slip unter dem ebenfalls weissen Rock sehen. Die ärmellose Bluse gab den Blick auf ihre schmalen, glatten goldbraunen Arme frei. Iris hatte mehr oder weniger die gleichen, aber die von Emma Peel/Diana Rigg hatten den Reiz des Neuen: Man weiss nie, wie eng zwei fremde Arme einen umschlingen.

»Guten Abend, ich bin Christelle.«

Eine warme, freundliche Stimme.

»Paul« – kurze Pause wegen eines sauren Aufstossens –, »Paul Jensen. Hocherfreut.«

Sie gaben sich die Hand. Über ihren Köpfen rasselten die Ketten, die ihre Sessel mit der Metallhalterung verbanden. Zwei Wege, die aufeinander zuliefen, zwei Lebenslinien, die sich kreuzten, Zufälligkeit der Ferien. Christelle verschränkte einen Arm hinter dem Kopf. Paul stellte sich vor, wie seine Zungenspitze über diese epilierte Achsel fuhr, den Geschmack des Unbekannten kostete, den Geruch in seinem Mund schmeckte, schluckte.

Christelle seufzte. »Wie gut es uns hier geht, nicht wahr?«

»Warum sind alle weiss angezogen?«, fragte er.

Christelle lächelte, auch ihre Zähne waren weiss, wie in dieser Dingsbumswerbung. Ihr Lächeln unterstrich das abschätzige Wohlwollen des Wissenden gegenüber dem Ahnungslosen, dem sich das Offensichtliche verschliesst. »Die Insel ist eine grosse Familie, Paul. Sie lieben die Familie, und die Familie liebt Sie. Iris und Lou scheinen das schon verstanden zu haben, die Frauen sind den Männern immer einen Schritt voraus …«

Paul legte das Kinn auf die Brust und betrachtete seine blaue Hose, die mit der lichtdurchbrochenen Dunkelheit verschmolz.

»Und wo bin ich?«, fragte Paul.

»Sie sind im Vorzimmer, Paul. Sie denken über die Insel nach. Und die Insel über Sie.«

»Wo…, wovon sprechen Sie eigentlich, Christelle?«

Er versuchte, aus seiner Korbschale aufzustehen, und fiel hin. Christelle betrachtete ihn amüsiert, wie er sich wieder aufrappelte und sich dabei an ihren Beinen festklammerte. Seine Hand fuhr unter ihren Rock, Christelle liess ihn gewähren. Er zuckte mit der Hand zurück, als hätte er sich verbrannt.

In seinem Kopf spielte das Klavier zum zigsten Mal dieselbe Melodie, wobei inzwischen alle gleich klangen.

»Mögen Sie *Doktor Schiwago?* Ich sehr«, sagte Christelle und stand auf. »Kommen Sie, ich begleite Sie zum Haus, das schaffen Sie nicht allein.«

Christelle hob Pauls Arm an und schlüpfte unter seine Schulter. »Wollen wir?«, fragte sie.

Sie war gar nicht so viel kleiner als er. Oder er hing durch und brauchte wirklich ihre Unterstützung.

»Lassen Sie sich helfen, Paul«, fügte sie in herrischem Ton hinzu.

Mit dieser Unbekannten an seiner Seite brauchte er sich nicht einmal zu schämen. Die Gäste machten ihnen Platz, ohne sie weiter sonderlich zu beachten. Er liess sich nach draussen führen, wo Christelle ihn in ein Clubcar setzte.

»Sie … Sie fahren?«

»Ja, wieso? Man muss nur aufs Gaspedal treten …«

»Ich meine: Ist das Personal schon schlafen gegangen?«

Christelle setzte sich ans Steuer. »Bald kümmern Sie sich nicht mehr darum, wie spät es ist. Haben Sie Geduld, die Zeit ist unser Freund.«

Als sie sich bereit zur Abfahrt machte, warf Paul einen Blick hinter sich. Er wusste nicht, wieso, aber er drehte sich in genau diesem Moment um. Als ein von Vera gefahrener Wagen gerade den Parkplatz verliess.

Iris?!

»He, Iris!«

»Paul? Ist alles in Ordnung?«, fragte Christelle.

»Ich … ich dachte, ich hätte meine Frau gesehen, ich …«

Christelle fuhr los, verliess den kleinen Parkplatz und steuerte auf eine von gedämpften Lichtern gesäumte Allee.

»Sie haben eine schreckliche Fahne! Hier, nehmen Sie das!«

Paul packte den Bonbon aus und steckte ihn sich in den Mund. Bitterer Zitronengeschmack. Allerdings, betrunken, wie er war, hätte er so ziemlich alles schlucken können.

»Was ist das?«, fragte er.

»Vitamine«, sagte Christelle und legte eine Hand in seinen Schritt.

Tag 3

1

Dusche

Schon bevor er die Augen öffnete, wusste Paul, dass er allein im Haus war. Er lag nackt im Bett, und was erst nur eine Ahnung war, wurde zur Gewissheit, als seine Hand neben ihm ins Leere tastete, in eine stumme Leere, in der etwas Bedrohliches zu schwelen schien.

Er stand auf, Schauder überliefen seinen schweissbedeckten Körper, und er streifte seine Boxershorts über, die er am Fuss des Futons fand. Er wollte wissen, wie spät es ist, aber die Zeit hielt sich weiter versteckt, es war müssig, einen Blick auf seine Uhr zu werfen.

Er ging an Stans Zimmer vorbei. Ein Luftzug fuhr durch das Moskitonetz. Paul blieb auf der Schwelle stehen, die leichte Frische war eine Wohltat für seine Fünfsternemigräne. Er betrachtete die geöffnete Reisetasche seines Sohns, seine zusammengefalteten Sachen im Rattanregal. Der Schachcomputer auf der Kommode war ausgeschaltet. Zwei Jahre war es jetzt her, dass die Leiterin seiner Schule sie einbestellt hatte, um ihnen zu eröffnen, dass der IQ ihres Kindes über dem Durchschnitt lag und es ratsam schien, seine schulische Ausbildung diesem Potential anzupassen. Während Lou sich schwertat und beim Lernen keinen besonderen Ehrgeiz entwickelte, war Stan das kleine Genie in der Familie.

Nach dem Termin waren sie in einem Café etwas trinken gegangen. Keiner von ihnen wusste so recht, was davon zu halten sei. Diese überproportionale Intelligenz machte sie stolz, ja, aber war gleichzeitig auch verunsichernd. Paul und Iris waren keine Fans der Extreme. Sie hielten sich an die goldene Mitte, das war ihr Rezept für ein beständiges, angenehmes Leben.

»Kannst du ihn dir in einer Klasse vorstellen, in der alle anderen Kinder zwei Jahre älter sind als er?«, hatte Iris gefragt.

Paul hatte gelächelt. Schliesslich hatte Stan die Statur eines zukünftigen Woody Allen.

»Was dann?«, beharrte Iris. »Schicken wir ihn auf eine Privatschule?«

»Nein. Wir lassen ihn da, wo er ist.«

»Denkst du?«

»Auf jeden Fall. Er sollte mit Kindern in seinem Alter zur Schule gehen, mit Kindern in seinem Alter spielen. Intelligenz ist eine Sache, aber Emotionalität eine andere. Wir sorgen dafür, dass sein Talent ausserhalb der Schule gefördert wird.«

»Ein gesunder Körper für einen gesunden Geist?«, fragte Iris amüsiert.

»Soll heissen?«

»Schwimmen und Klavier?«

Paul hatte genickt. Er hatte die Gelegenheit nutzen wollen, um sie zu fragen, was zwischen ihr und ihrem Sohn nicht stimmte, warum sie Stan gegenüber immer reserviert blieb. Aber ihm hatte an dem Nachmittag der Mut gefehlt, und so war der Zug abgefahren. Iris war gut gelaunt gewesen, dazu aufgelegt, noch den Abend dranzuhängen, während die Kinder das Wochenende bei Oma und Opa Jensen verbrachten. Sie waren zum Italiener gegangen, danach ins Kino in *The Dark Knight Rises* und hatten anschliessend bis zur letzten Runde in einem Pub Irish Coffee getrunken. Zurück zu Hause, hatte sich Iris in der Auffahrt zu ihrer Villa über ihn hergemacht, noch im Cayenne. Später im Schlafzimmer hatte sie ihn geradezu vergewaltigt. Iris stand kurz vor dem Eisprung und war direkt darauf schwanger.

Ohne künstliche Befruchtung. Ohne In-vitro. Ohne diesen ganzen Medizintechnik-Scheiss. Unauflöslicher Widerspruch zwischen dem unbändigen Wunsch und der Ablehnung im Kopf.

Ihre letzte hingebungsvolle Nacht, bevor die Feuer erloschen.

*

Paul riss sich aus seinen Gedanken. Er rieb sich die Tränen aus den Augen. War es möglich, dass der Zug nicht nur abgefahren, sondern dabei war, zu entgleisen? Dabei hielt er sich doch an die Regeln der Vernunft und seine Vorstellung von Erziehung und Moral.

Wo lag der Fehler?

Er durchschritt das Wohnzimmer und schenkte weder dem Zwitschern der Vögel noch dem fernen Rauschen der Brandung Beachtung. Das Haus lag still, dunkel und kühl da.

Er setzte sich an den Frühstückstisch, auf dem wieder einmal nur die Krümel übrig waren. Paul nahm den Kopf in die Hände. Ihm schmerzten die Glieder, Mischung aus Muskelkater und Alkohol. Als er nach der Kaffeekanne griff, sah er, dass in den Korkuntersetzer zwei Worte geritzt waren:

Papa, Sofakissen.

Paul schob die Kissen auf der Couch zur Seite und fand zwei Brötchen. Er setzte sich wieder an den Tisch, goss sich nun endlich den Kaffee ein und brach in Tränen aus.

Schliesslich gelang es ihm, ohne zu zittern, sein Brötchen mit Butter zu bestreichen. Die Schluchzer wichen Erleichterung. Gierig verschlang er sein Frühstück, trank eine grosse Menge lauwarmen Kaffees, das Einzige, was es noch im Überfluss gab.

Gestärkt stand er auf und begab sich auf die Suche nach irgendetwas, was diese grosse Leere füllen konnte. Alles wäre ihm recht, solange er sich nur nicht weiter mit all den Fragen quälen müsste, auf die er ohnehin jetzt keine Antwort finden würde.

Er blieb vor dem Fresko mit der Gnomenprozession am Vulkan von Nomad First stehen. Paul fiel auf, dass die Augen der kleinen Menschen schwarz gemalt waren, als würden auch sie Sonnenbrillen tragen. Paul berührte das Gemälde, und etwas grüne Farbe blieb an seiner Fingerkuppe zurück. Er rieb seinen Zeigefinger am Daumen, aber der Fleck ging nicht weg.

Er leckte an seinem Finger, die Farbe besudelte seinen Mund. Er schluckte ein bisschen Pigment, unterdrückte einen Würgereiz. Alles an ihm schien zu kleben. Selbst in seinem Inneren, die eigene Haut war ihm zuwider.

Er ging an Iris' Bad vorbei, drehte am Knauf, aber die Tür war noch immer verschlossen. Paul zögerte, er war unentschieden. Das Schloss aufzubrechen wäre, wie den Lauf der Dinge herauszufordern. Bei Iris waren solche Strategien eine zweischneidige Sache. Paul entschied sich für den vernünftigen Status quo und ging in sein eigenes Badezimmer.

Er setzte sich auf die Toilette, beugte sich dem Diktat seines Darms. Als er auf die knittrigen Boxershorts an seinen Knöcheln starrte, durchzuckte ihn eine Frage: Hatte seine Frau eine dunkle Seite, die er noch nicht kannte?

Paul wischte ab und spülte seine Zweifel die Toilette hinunter.

Er nahm seine Zahnbürste von der Ablage über dem Waschbecken und erstarrte vor seinem Spiegelbild: Seine Schultern und sein Oberkörper waren von Biss- und Kratzspuren übersät. Er legte die Zahnbürste weg und untersuchte sich im Spiegel. Auf seinem Hals entdeckte er einen münzgrossen Knutschfleck. Die deutlichsten Kratzer fand er auf seinem Rücken. Lange rote Spuren überzogen den Sonnenbrand vom Vortag.

Hatte er mit Christelle geschlafen?

Daran würdest du dich doch erinnern, das ist unmöglich.

Er liess seine Boxershorts herunter, befühlte seine Hoden. Er zog die Vorhaut zurück, drückte zu, um zu sehen, ob …

Hör auf mit dem Blödsinn, Paul. Du verwaltest ein millionenschweres Portfolio und führst dich auf wie ein Teenager.

Er hob den Kopf und streckte seine weisslich pappige Zunge heraus. Er versuchte, sich zu erinnern, ob er in ein Gebüsch gefallen war, ob er gegen einen Tiger gekämpft oder dieses Diana-Rigg-Double zumindest geküsst hatte.

Er erinnerte sich an Christelles Hand auf seinem Penis, als sie im Clubcar sassen.

Natürlich hatten sie miteinander geschlafen, daran bestand gar kein Zweifel. Und er brauchte nicht darauf zu hoffen, ein Kondom neben dem Bett zu finden.

»Verdammte Scheisse, Paul!«

Die Verletzungen brannten wie Feuer. Während er sich weiter verfluchte, zu viel getrunken zu haben, zog er seine Boxershorts aus, öffnete die Tür zur Dusche und zog sie mit einem Knall hinter sich zu, so dass die Mattglasscheibe in ihren Angeln erzitterte.

Paul stellte den Regler auf kalt und liess das Wasser aus dem grossen Duschkopf auf sich herunterprasseln; der wohltuende Strahl hüllte seinen Körper in der engen Kabine gänzlich ein. Grosszügig, wie er war, hatte er Iris das grosse Bad – sogar mit Badewanne – überlassen. Während er sich den Schädel einseifte, sagte sich Paul, dass es vielleicht an der Zeit war, gewisse Privilegien zurückzufordern. Sonst wäre es doch gar nicht erst so weit gekommen! Die Scheissbadewanne war verdammt noch mal gross genug für zwei!

Paul war nicht gleich aufgefallen, dass das Wasser plötzlich wärmer geworden war. Und zwar von lauwarm zu heiss. Er hatte Seife in den Augen, blind tastete er nach dem Regler, doch der reagierte nicht.

Mit einem Mal wurde das Wasser kochend heiss.

Schreiend wich Paul zurück. Die Seife brannte ihm in den Augen. Er versuchte weiter, den Hahn zuzudrehen, aber ganz offensichtlich funktionierte das Ventil nicht. Das Wasser verbrühte ihn, und die Tür liess sich nicht öffnen. Mit beiden Händen rüttelte er am Griff. Der gab nach, Paul rutschte aus, fiel auf den Hintern und setzte so seine empfindlichsten Stellen – Bauch, Genitalien – dem kochenden Wasser aus. Mit einem Schmerzensschrei sprang er gegen die Glastür, die unter seinen achtundachtzig Kilo in tausend Splitter zersprang. Die Scherben schnitten sich in seine verbrühte Haut, Blut spritzte durch den Wasserdampf. Er rollte seinen glühenden Körper über die Splitter, die sich wie ein sterbender Stern über den Boden zerstreuten, Kristalle versenkten sich in seiner verbrühten Haut. Glas drang in seinen Mund, er spuckte, schnitt sich die Lippen auf. Sein Kopf prallte auf den Boden. Er biss sich auf die Zunge. Als hätte er sein Soll noch nicht erfüllt, als müsste er noch nachzahlen.

Er lag ausgestreckt da, in all dem Wasser und dem Blut, nackt, schutzlos, ein ausgestossener Fötus auf einem scherbenübersäten Boden.

Das Wasser hörte auf zu laufen. Ein letztes durchsichtiges Rinnsal schlängelte sich über die Fliesen, bevor es im Abfluss verschwand.

Pause.

Paul keuchte. Fassungslos starrte er auf den Duschkopf, von dem sich einzelne Tropfen lösten, als wäre nichts gewesen, gleichgültige, unbeirrte Tropfen.

Er betrachtete die Verwüstung um sich herum. Langsam, schwankend kam er auf die Füsse, seine Haut eine offene Wunde. Er schleppte sich durch das Bad, nahm ein Handtuch und begann die Glassplitter von seinem Körper zu tupfen. Blut durchtränkte das Frottee. In diesem Moment durchzuckte ihn ein dummer, vollkommen unpassender Gedanke: Die Spuren des Ehebruchs auf seiner Haut würde er jetzt wohl nicht mehr erklären müssen.

Schritte knirschten über die Scherben.

Iris sah ihn schweigend an.

2

Inspektion

Man machte sich um ihn herum zu schaffen. Iris hatte Unterstützung angefordert, und die Kavallerie war im Clubcar angerückt, wie es sich gehört. Einer der Angestellten war dabei, Pauls Wunden mit einer zähen, nach Fisch stinkenden Paste zu versorgen. Mit verschränkten Armen stand Iris daneben und beobachtete ihn ernst und hochkonzentriert, als wäre sie selbst gefragt.

»Denkst du, das Zeug hilft?«, fragte Paul.

»Vertrau ihnen.«

»Ich hab dich schon weniger optimistisch erlebt.«

»Exakt. Wo bist du letzte Nacht gewesen?«

»Was soll das heissen, wo bin ich gewesen? Das müsste ich ja wohl eher dich fragen, ich …«

»Ähm, entschuldigen Sie«, unterbrach Mike. »Ich verstehe das nicht, wir haben den Temperaturregler überprüft, und alles funktioniert einwandfrei. Um ganz sicherzugehen, lasse ich noch den Boiler checken. Und bis die Scheibe repariert ist, bringen wir für Sie einen Duschvorhang an.«

»Unter keinen Umständen setze ich meinen Fuss noch mal da rein!«, protestierte Paul.

»Es tut mir wirklich leid, Monsieur Jensen. Es bleibt unerklärlich, zumal Sie die Ersten sind, die diesen Bungalow bewohnen …«

»Ich möchte Ihren Chef sprechen.«

»Vielleicht sollten Sie eher versuchen, mit Ihrer Umwelt eine *Symbiose* einzugehen und …«

»Haben Sie verstanden?«

»Alles, was uns umgibt, ist lebendig, Monsieur Jensen, und … Den Chef?«, stammelte Mike. »Sie meinen …«

Mike und Iris tauschten einen kurzen Blick. Iris biss sich auf die Lippe. Sie kannte ihren Mann, sie wusste, wann das Mass voll war und er die Geduld verlor.

Der Angestellte drückte auf einen tiefen Schnitt in seinem Rücken. Paul sprang wutentbrannt auf. »Wissen Sie was? Ich habe die Schnauze voll von Ihrem Scheissgeheuchel, Mike!«

»Paul, bitte!«, rief Iris.

»Und du hältst dich da raus. Also, Mike?«

»Ja, ich … natürlich … der Chef … Bitte bedenken Sie, dass sich das negativ auf unsere Bewertung auswirken wird. Und ich denke nicht, dass wir verdient haben, eine …«

»Ich scheiss auf Ihre Bewertung, Mike. Ich scheiss auf eine *Symbiose* mit diesem ach so neuen Bungalow! Sagen Sie Ihrem Chef, dass er höchstpersönlich kommen soll, ich will ihn sehen, ist das klar?«

Darauf verliess Paul das Bad und kam mit einer Speisekarte wieder.

»Geben Sie mir Ihren Stift!«

»Stifte gibt es …«

»Die Stifte sind weg.«

»Ich verstehe nicht, ich …«

»Fragen Sie doch Ihre Eingeborenen, ob sie die sammeln. Ihren Stift!«

Paul kreuzte eine ganze Palette der angebotenen Speisen an.

»Damit diese ganze Sache wenigstens zu irgendetwas gut war«, sagte er und drückte Mike die Karte in die Hand.

3

Grübeln

Iris war in ihrem Bad verschwunden. Nach dem Rauschen des Wassers zu urteilen, hatte sie weder ein Problem mit der Temperatur noch mit einer widerspenstigen Tür. Wenigstens musste er so diese verdammte CD nicht länger ertragen, *The Best Movie Love Themes.* Sobald Iris in der Dusche verschwunden war, schaltete er den Player aus. Track 12: *Love Story.*

Paul trat auf die Veranda. Er stützte sich auf das Geländer und sah der rot verfärbten Sonne dabei zu, wie sie im Meer verschwand. Weiter oben zeigte sich schon der Mond, die ersten Sterne funkelten am Himmel. Pauls Haut war übersät von Wunden, seine Schultern und der obere Rücken waren von Verbrennungen zweiten Grades gezeichnet; die blosse Vorstellung, sich ein T-Shirt überzuziehen, war ihm unerträglich. In den letzten vierundzwanzig Stunden hatte sich sein Oberkörper in ein Schlachtfeld verwandelt. Bis sich vielleicht ab morgen früh die ersten Blasen bildeten, würde er diese Nacht Höllenqualen leiden. Falls er mit den Schmerzen überhaupt einschlafen könnte. Man hatte ihm Tabletten versprochen, und er konnte es kaum erwarten, nach dem Essen gleich eine halbe Packung davon zu schlucken.

Iris hatte ihre Zigaretten auf dem Tisch liegenlassen. Ihm fiel auf, dass es nicht mehr die üblichen Davidoff Light Slims waren, sondern ein braunes Päckchen, ohne

Marke. Er nahm sich eine und zündete sie an, als wäre dieser unschuldige Vorgang ein erster Akt seiner Rebellion. Er stiess den Rauch durch die Nase aus, betrachtete die Zigarette zwischen seinen Fingern, dann führte er sie an den Mund und tat einen tiefen Zug. Er hustete – er hatte unterschätzt, dass sein Körper das nicht mehr gewöhnt war. Der nächste Zug war schon besser – auch wenn er fand, dass der Mentholgeschmack den des Tabaks verdarb –, und beim dritten musste er schon nicht mehr husten. Monate, um aufzuhören. Eine Minute, um wieder anzufangen. Das Laster siegte mit leichter Hand.

Der Chef des Resorts war nicht aufgetaucht, natürlich nicht. Mike tanzte ihm auf der Nase herum. Der Gedanke, dass man keinen Respekt vor ihm hatte, irritierte ihn. Er zog noch einmal an seiner Zigarette. Im Kopf machte er eine Liste mit den Dingen, die nicht in Ordnung waren: katastrophaler Service, kein Netz, defekte Einrichtung, unverschämtes Personal ... In seinem Metier wäre so etwas undenkbar: Jeder Angestellte hatte eine Kiste parat, in die er unter solchen Umständen seine Sachen packen würde, um auf der Stelle seinen Posten zu verlassen.

Paul fasste sich an die schmerzende Schulter, er dachte über rechtliche Schritte nach, aber er war weit weg von allem, weit weg von seinem Biotop sozusagen. Hier hatte er in Wirklichkeit keine Handhabe. Er musste warten, bis er wieder zu Hause war, um gegen den Reiseveranstalter juristisch vorzugehen, der ihnen das All-inclusive-Paket angedreht hatte. Iris hatte sich um alles gekümmert und sich dabei ordentlich über den

Tisch ziehen lassen. Er ahnte schon, wie ihre Meinungen in der Sache deutlich auseinandergehen würden und ihr Gespräch in einem frostigen, aber dadurch nicht weniger heftigen Streit enden würde.

Paul drückte seine Zigarette in dem Standascher aus. Seine Wut wich einem klebrigen Gefühl, wie er es bisher nicht gekannt hatte; wie eine zähe Masse stieg es in ihm auf, bis ihm die Luft wegblieb.

Wer sind die?

Dieses klebrige Gefühl war Panik.

»Papa?«

Paul zitterte, seine um das Geländer gekrallten Fingerknöchel waren schlohweiss.

»Papa, was ist mit dir?«

Paul drehte sich um und schloss Stanislas in seine Arme. Der Körper seines Sohns war ein Zufluchtsort. Der Geruch seiner Haut, seine Locken, die zarten Knochen, die schmächtige Statur. Er würde ihn unter Tausenden erkennen, mit verbundenen Augen. Er hatte der Hebamme geholfen, ihn aus Iris' Bauch zu befördern, er hatte die Nabelschnur durchtrennt, hatte das Kind in seine Arme geschlossen und ihn, so zerknautscht und schleimig, wie er war, in das kleine weisse Handtuch gewickelt. Er war dabei gewesen, als er seinen ersten Atemzug tat, als er zum ersten Mal seine jungfräulichen Stimmbänder in Schwingung brachte, um die Existenz zu beweinen, die da auf ihn wartete. Der Körper seines Sohns war sein Fleisch und Blut, ein bekanntes, vertrautes Territorium.

»Pa…, Papa, ich kriege keine Luft!«

Paul drückte ihn weiter an sich, bis er sich wieder gefangen hatte und seine Augen trocken waren.

»O nein, jetzt hast du Flecken auf dem Shirt.«

»Das macht nichts, Papa.«

Die kleinen Wunden auf seiner Haut waren durch die Umarmung wieder aufgegangen. Die Feuchtigkeit machte die Sache auch nicht besser. Paul war schweissgebadet, sein Stoffwechsel brauchte eine Pause. Er fühlte sich immer noch zerschlagen.

»Ganz schön heiss, oder?«, sagte Paul und schob eine blonde Strähne zur Seite, die an Stans Stirn klebte.

»Hast du geraucht?«

»Ja. Das ist aber nicht so schlimm, weisst du.«

»Du hast gesagt, dass du das nie wieder machst.«

»Wir haben doch Ferien, oder?«

»Ich weiss nicht.«

»Was soll das heissen, du weisst nicht?«

»Bist du … bist du verletzt?«

»Ich bin in der Dusche ausgerutscht und in die Scheibe gerasselt.«

»In die Scheibe? Wie das denn?«

»Ich bin ausgerutscht, okay? Löcher mich nicht weiter. Das war so blöd, da rege ich mich nur auf. Und bei dir? Wie war dein Tag?«

Stan zuckte mit den Schultern, zwang sich zu lächeln. »Ich habe weiter schnorcheln geübt mit meinen neuen Freunden, Hugo und Charlotte.«

»Das klingt doch sehr gut! Lad sie doch mal einen Abend ein, wenn du willst!«

»Sicher, Paul?«, unterbrach ihn Iris. »Ich weiss nicht, ob das so eine gute Idee ist …«

Iris stellte sich zu ihnen auf die Veranda. Sie trug den Bademantel mit den Initialen des Resorts und hatte sich ein Handtuch um den Kopf gewickelt, wie immer nach dem Haarewaschen.

Stan griff nach der Hand seines Vaters, der lächelte ihm beruhigend zu.

»Ich weiss nicht, wo das Problem ist«, sagte Paul.

»Ich schon«, antwortete Iris.

»Verdammt, Iris, das sind unsere Ferien!«

»Hör auf zu fluchen! Und ganz genau, das sind unsere Ferien, da brauche ich keine zwei Satansbraten, die durchs ganze Haus rennen.«

»Du übertreibst. Seit wann rennt Stan durchs …«

»Keine Kinder! Haben wir uns verstanden? Und du gehst dich jetzt umziehen, diese Blutflecken sind ja widerlich!« Iris zündete sich eine Zigarette an und rieb sich fröstelnd den Arm. »Ich geh rein, mir ist kalt.«

»Kalt? Wie kann dir bei dieser Hitze kalt sein?« Er ging auf sie zu, wollte sie berühren. »Ist alles in Ordnung, Iris? Bist du krank?«

»Mir geht es blendend, danke.« Bevor sie im Wohnzimmer verschwand, drehte sie sich noch einmal um. »Und hör auf, meine Zigaretten zu klauen, ich möchte das nicht.«

Iris schob die Glastür zu und legte sich aufs Sofa. Mit der Fernbedienung schaltete sie den CD-Player an. Die Musik setzte automatisch an der Stelle ein, an der sie angehalten worden war. Track 13: *Vom Winde verweht.*

»Was hat Mama bloss?«, fragte Paul.

Sie entfernt sich, Papa. Mama entfernt sich.

Mit ausgestreckten Armen hob Paul seinen Sohn in die Luft. Er war so leicht, es war nicht zu fassen!

Als hätte er seine Gedanken gelesen, fragte Stan: »Stimmt es, dass du auch ganz dünn warst, als du so alt warst wie ich?«

»Noch dünner! Ein richtiger Spargeltarzan!«

Paul setzte seinen Sohn auf dem Boden ab.

»Für deine Freunde finden wir schon eine Lösung, in Ordnung?«

Stan nickte.

Du solltest sie kennenlernen, Papa. Sie haben dir etwas zu erzählen.

»Dann mal ab unter die Dusche, wir essen gleich! Zumindest hoffe ich das«, frotzelte er. »Apropos, Stan …«

»Ja?«

»Danke für die Brötchen heute früh.«

»Du brauchst deine Kraft, Papa.«

4

Abendessen

Endlich!

Dachte Paul, als er den ersten Bissen der mit Salz und Zitrone abgeschmeckten Languste herunterschluckte. Er war so verzückt, dass Lous Zuspätkommen kaum ins Gewicht fiel. Unter dem Vorwand der Ferien war eine gewisse Zahl an Regeln aktuell ausgesetzt.

»Gibst du uns keinen Kuss?«, fragte Paul.

Lou zuckte mit den Schultern, ging zu ihrem Vater und gab ihm einen flüchtigen Schmatz auf die Wange.

»Was hast du da auf der Stirn?«

Paul fasste sich mechanisch an das Pflaster. »Kriegsverletzung.«

»Papa ist in der Dusche ausgerutscht«, erklärte Stan. »Er ist in die Scheibe gerasselt. Zeig's ihr, Papa.«

Paul legte seine Gabel hin und wollte sein Hemd aufknöpfen, als Iris protestierte: »Bitte nicht jetzt und nicht hier, Schatz. Lou, wasch dir die Hände, und mach, dass du dich hinsetzt.«

»Ich habe keinen Hunger.«

»Mir egal. Wasch dir die Hände, und komm her!«

Paul nahm einen Schluck Wein (gar nicht mal so übel, ihr Weisswein aus der Karaffe). Er beobachtete, wie sich seine Tochter mit ausgestreckten Armen Richtung Bad bewegte, als würde sie Abstand zur Wand halten wollen. Sie hatte es sehr bewusst vermieden, ihrer

Mutter zu nahe zu kommen, denn die hätte ihre Fahne vielleicht bemerkt. Ihr Vater war egal, den hatte sie im Griff. Mit Mama war das ein ganz anderes Paar Schuhe.

5

Spiegel

Lou wusch sich die Hände, putzte sich gründlich die Zähne und bearbeitete mit der Bürste Zahnfleisch und Zunge (so weit hinten wie möglich – sie würgte, musste sich fast übergeben). Sie hauchte mehrmals in ihre gewölbte Handfläche, aber der Geruch von Rum und Tabak ging nicht ganz weg. Seit gestern gab sie sich die Kante. Lou wusste kaum, welcher Tag eigentlich war, und ihre Freundinnen in Genf vermisste sie auch nicht. Sie musste sich nur daran gewöhnen, nicht ständig ihr Handy zu checken, sondern ihre Hände mit etwas anderem zu beschäftigen, und da war der Griff nach dem Cocktailglas tatsächlich ein hervorragender Ersatz. Vom Beachvolleyball hatten sie sich schon wieder verabschiedet, und jetzt wollte Lou all das ausprobieren, von dem sie immer nur gehört hatte, vom Kiffen bis … bis natürlich zum Sex. Aber was das anging, liessen die Halbgötter Dave und Mike sie so zappeln, dass sie sich in einem Zustand ständiger Erregung befand.

Lou hielt ihr Gesicht unter das kalte Wasser, dann trocknete sie sich ab. Sie atmete mehrmals tief durch – den Druck loswerden, wieder klar werden. Scheisse, sie hatte schliesslich um nichts gebeten, weder darum, am Leben zu sein, noch um irgendwas anderes. Wenn diese Dinge angeblich so schlimm waren, warum gab es sie dann überhaupt? Und zum Thema Sex: Lou hatte einen Körper, und sie hatte sehr wohl vor, ihn zu nutzen.

Sie betrachtete sich im Spiegel, wölbte die Brust vor und sagte sich, dass sie besser etwas essen sollte, um keinen Verdacht zu erregen.

6

S.C.R.A.B.B.L.E.

»Z.W.I.L.L.I.N.G., das macht fünfzig Zusatzpunkte!«, rief Stan.

»Ja, das ist unser kleines Genie«, murmelte Lou, die völlig neben der Spur war.

Die Buchstaben auf dem Bänkchen tanzten ihr vor den Augen; keine Chance, dass sie die zu einem sinnvollen Wort zusammensetzen würde. Trotz des Essens und obwohl sie ein Glas Wasser nach dem anderen herunterstürzte, schien ihr Körper nicht bereit, den Alkohol abzubauen.

»Was trinkst du denn so viel?«, fragte Iris.

»Na und? Wir müssen uns ja auch deine Omamusik reinziehen, oder?«

Vielleicht war Kubricks *Lolita* etwas angestaubt, Paul hatte keine Ahnung, er hatte den Film vor Ewigkeiten gesehen.

»Na gut, und ich habe P.E.N.I.S.!«, rief Lou. »Ist das erlaubt, Mama, oder muss ich da erst Mister Scrabble fragen?«

»Sein Name war Alfred Butts«, erklärte Stan. »Er hat das Spiel 1931 erfunden, im Nachgang der Weltwirtschafts...«

»Oh, halt die Schnauze, kleiner Mann!«

»Lou, das reicht!« Paul nahm die Fernbedienung vom Tisch und schaltete die Musik aus. »Einigen wir uns darauf, dass das genug Filmmusik für heute war, dass ›Penis‹ von Mister Scrabble-Butts abgesegnet ist und wir aufhören, uns wegen Kleinigkeiten zu zanken. Das sind schliesslich unsere Ferien, richtig?«

»So langsam haben wir das kapiert! Du hast das ja nur schon eine Million Mal gesagt!«, erwiderte Lou.

»Danke, Paul. Danke, dass du für deine Tochter Partei ergreifst«, sagte Iris und stand vom Tisch auf.

»Partei ergreifst? Ich wüsste gern, was hier um Himmels willen los ist! Warum seid ihr beide denn so auf hundertachtzig?«

Iris drehte sich um und warf ihm einen vernichtenden Blick zu. »Was hier los ist? Vielleicht ist einfach nicht alles so in Ordnung, wie du denkst, vielleicht rütteln diese Ferien, wie du sie nennst, einfach ein bisschen an der Fassade!«

»Wovon redest du denn? Welche Fassade?«

»Ich rede von deiner Tochter, die sich wie eine Schlampe aufführt und betrunken nach Hause kommt, ich rede von einem angeblichen Genie, das sich in Wirklichkeit nie irgendwo einfügen kann, ich rede von einem Ehemann, der so von seinem Sport besessen ist, dass er rein gar nichts mehr mitkriegt!«

Plötzlich purzelten die Buchstabensteine von ihrer Halterung, hüpften wie kleine Flöhe über den Tisch. Paul, der gerade aufstehen wollte, fiel zurück auf seinen Stuhl. Lou sackte mit dem Kopf auf den Tisch. Stan hielt sich an seinem Stuhl fest und schloss die Augen. Iris schwankte, als wäre ihr schwindlig, und balancierte sich in der Mitte des Wohnzimmers mit den Armen aus.

»O mein Gott!«

Das Beben schien ewig anzudauern, es brachte die Perspektiven ins Wanken, Dinge in Bewegung, alles zum Klirren, was einen Ton von sich geben konnte. Da stieg eine dumpfe Kraft aus den Tiefen der Erde auf, eine rohe, lebendige Kraft, die ihnen die Eingeweide aufwühlte, sich im Zwerchfell aufstaute, es dröhnte in ihren Körpern, ein stummes, furchterregendes Grollen.

Mit einem Mal hörte es auf.

Geschockt starrten die Jensens einander an. Sie hatten jetzt einen Eindruck davon, was es heisst, nichts als ein winziges Element der Natur zu sein. Ein unbedeutender, wehrloser, überflüssiger Teil in einem System, dem ihre Existenz gleichgültig war.

Rädchen in einem übermächtigen grossen Ganzen.

Paul versammelte sie in der Mitte des Raums, und sie schlossen einander in die Arme.

7

Spaziergang

Das Meer war angeschwollen, die normalerweise vom *reef* ferngehaltenen Wellen wagten sich nun in die Lagune vor. Die Wogen brandeten ans Ufer, hastig schluckte das Wasser den Sand.

Iris hielt sich abseits, um sich nicht von den Fluten überraschen zu lassen. Ihre Füsse gruben sich in den feuchten Boden, sie mochte dieses Gefühl, wenn sich unter der Haut ihre Muskeln spannten. Sie wollte fest, stark, zäh bleiben. Mit stählernem Hintern. Niemals erschlaffen.

Kann ein Erdbeben von zwanzig Sekunden eine Familie, die kurz vor der Implosion steht, wieder zusammenbringen?

Die Vögel waren verstummt. Der Wind brauste in Iris' Ohren, das Tosen der Wellen peitschte ihre Gedanken auf. Ein Mond aus Knete blähte sich vor dem schwarzen Himmel auf. Der Zyklus würde seinen Zenit erreichen, bevor er zurückfliessen und damit der Auflösung und der Leere weichen würde.

Im Grunde hatte sich Iris durchs Leben bewegt, wie man einen Fuss vor den anderen setzt: Einzelkind, dann Scheidungskind. Schon früh hatten das Vermögen und der soziale Status ihrer Familie sie glauben lassen, Wohlstand sei die Regel. Wenn auch ein bescheidener, protestantischer Wohlstand, wo Geld trotz allem kein Freibrief für Protz oder Verschwendung war. Ihre Mutter hatte nie ein anderes Auto besessen als einen VW Golf, immer das neueste Modell, das schon, aber der neue Mini Cooper, den ihre Tochter inzwischen fuhr, war in ihren Augen ein unnötiges Spielzeug. Ein Auto musste funktionell und sicher sein, alles andere war für sie kein Kriterium.

Einen Fuss vor den anderen, Iris.

»Mutter« lächelte immer, denn *alles war bestens.* Selbst nach der Scheidung *war alles bestens,* die Trennung von ihrem Ehemann wurde mit standesgemäss stummem Vorwurf und besten Manieren vollzogen. Ohne Zwischenfälle, ohne Gefühlsausbrüche, ohne Schlag unter die Gürtellinie. Ein echter Erfolg, eine Bilderbuchscheidung.

»Mutters« Lächeln und »Vaters« Strenge.

Das Mädchen wuchs heran, inklusive Defilee von Stiefpapas und Stiefmamas. Auch unter gesellschaftlich anerkannter Hochglanzpolitur wird es getrieben, selbst wenn sich die Sexualität nur erahnen lässt. Iris kam zur Schule, später aufs Gymnasium – beide staatlich, aber die besten der Stadt. Das Jurastudium war die logische Konsequenz. »Vater« ist ein hochangesehener Anwalt.

Einen Fuss vor den anderen, Iris: Abschluss, Staatsexamen, Referendariat. Die Begegnung mit Paul, erst eine Schwangerschaft, dann die zweite. Auch wenn es ein paar Durststrecken gab, Pauls Stolz liess ihn jede finanzielle Unterstützung durch seine Schwiegereltern ablehnen. Beharrlich verdiente er sich nach und nach seine Sporen und wurde schliesslich doch weich, als es um die Kontakte seines Schwiegervaters ging. Die waren ihm dann schon ganz recht gewesen. »Vater« hielt viel von dem Mann, der seine Tochter geheiratet hatte. Die wiederum hatte es mit der Karriere versucht, zumindest konnte sie so vorgeben, die Absicht gehabt zu haben. In Wirklichkeit hatte sich schon früh ein gewisser Verdruss der kleinen Iris bemächtigt; er war auf den ersten Blick kaum wahrzunehmen und sass doch tief, er war mit ihr gross, war mit ihr erwachsen geworden.

Nach »Vater« kaum für Iris Paul.

Einen Fuss vor den anderen, Iris.

Meine Blume, mein Leben.

Einen Fuss vor den anderen.

Iris, Botin der griechischen Götter, Überbringerin der guten Nachricht.

Das Unglück verbietet sich, das Unglück bleibt draussen.

Einen Fuss vor den anderen, Iris.

Wie wenn man nachts nach einem Erdbeben den Strand entlangläuft.

Und dann war das Unglück doch einmal hereingebrochen.

Man wollte, dass sie dem kleinen Körper, der da leblos aus Iris' Bauch gekommen war, einen Namen gaben. Sie hatten ihn gesehen, sie hatten ihn berührt, und Iris war von sich selbst angewidert gewesen. Man hatte das Baby registriert, den Namen vermerkt, bevor der Tod von der zuständigen Stelle bescheinigt worden war. Einäscherung. Urne. Iris und Paul hatten die Asche auf einem Berg verstreut und sich anschliessend des Behälters entledigt, indem sie ihn in den Abgrund warfen. In der Ferne wurde ein Alphorn für japanische Touristen gespielt.

Sie hatte die Leere in ihrem Bauch zweimal gefüllt. Und aus dieser Fülle waren Lou und Stanislas entstanden. Ein drittes Mal hatte sich die Fülle nicht eingestellt.

Denn die Leere blieb. Die Leere ist der Verdruss und andersherum. In der Kindheit, in der Jugend, jetzt als Erwachsene im reiferen Alter. Ihr Leben blieb hohl. Trotz der Familie, der Dinge, der Besitztümer, der Beschäftigungen, der Hobbys, der Ferien. Trotz der Anhäufung und der steigenden Kurve ihres Lebens. Die plötzlich abfiel, ein geplatzter Ballon.

Iris schloss die Lider, atmete die jodgesättigte Luft ein. Sie wollte ihre Augen nicht mehr öffnen, sie war bereit, sich im Tausch gegen eine Hoffnung ganz diesem Ort hinzugeben. Blind ging sie dem Berg entgegen, diesem Traum, der darin bestand, nicht mehr zu denken, sich treiben zu lassen. Sie wollte, dass man sie nahm und forttrug. Dass man sich um sie kümmerte, vollständig, bedingungslos. Bis zur Selbstaufopferung, bis zur völligen Selbstaufgabe. Es war leichter so. Es scherte sie nicht, ob ihr Leben irgendeinen Sinn hatte.

Sie wollte nur die Fülle spüren.

Die Kinder an sich interessierten sie nicht.

Die Fülle schon.

Glück in Stein gemeisselt.

Nein, das Unglück sollte nie wieder über ihr Zuhause hereinbrechen.

8

Salzsäulen

Mitten in der Nacht legte sich der Wind. Nichts bewegte sich mehr. Ob Tier oder Gewächs, die Welt hielt den Atem an.

Stan schob das Moskitonetz zur Seite, wie man sich von alten Spinnweben befreit. Er löste sich von den knittrigen, schweissdurchtränkten Laken. Auch er hatte während dieser ganzen Zeit den Atem angehalten, hatte sich so wenig wie möglich bewegt, um die sowieso schon sengende Hitze nicht auch noch durch das unnötige Verbrennen von Kalorien zu befeuern.

Er stellte seine nackten Füsse auf den fast lauwarmen Holzboden. Die Bretter fühlten sich an wie ein sicherer Hafen. Das Holz war ein Freund. Darunter lag, seit Hunderten von Millionen Jahren vergraben, das Herz der Erde, und das war ein schwelendes Feuer. Stan dachte über die Vulkaninsel nach. Er wusste mehr über Nomad First als nur irgendjemand in seiner Familie: Sie sassen auf einem Pulverfass, und eines Tages würde dieses Innerste der Erde ans Tageslicht drängen. Dann würde die Erdoberfläche aufplatzen wie die Kruste eines zu heiss gewordenen Brots.

Der schräg einfallende Mond hatte das Zimmer zweigeteilt. Stan stellte sich ans geöffnete Fenster und wartete.

Sie kamen einer nach dem anderen, lautlos wie weissgekleidete Gespenster. Sie verteilten sich im Garten, hielten einen gleichbleibenden Abstand zueinander, fast wie in einer Choreographie, bevor sie vor dem Haus erstarrten und in hypnotischer Betrachtung versanken. Sie sprachen kein Wort und sahen einander nicht an. Es war, als würden sie von einer unsichtbaren Kraft geleitet, zwar als Gruppe, aber doch in gewisser Weise jeder für sich. Stan erkannte mehrere Gäste, die er gestern im Club gesehen hatte, auch die neuen Freundinnen seiner Mutter. Mit ihren ausdruckslosen Gesichtern sahen sie wie Schlafwandler aus.

Der Horror der ersten Nacht war inzwischen einer vorsichtigen Neugier gewichen. Stan zählte sie, merkte sich ihre Positionen, verglich ihren Abstand zum Bungalow mit dem der vorherigen Nacht, prägte sich die Männer und Frauen ein, ordnete den Gesichtern, die er erkannte, einen Vornamen zu.

Stan konnte sich dem Schauspiel aussetzen, weil er wusste, dass keine Gefahr davon ausging. Laut Charlotte und Hugo waren die »Salzsäulen« (wie sie sie getauft hatten) harmlos. Eines Nachts würden sie einfach nicht mehr wiederkommen und sich nur noch tagsüber in Gestalt der höflich lächelnden Nachbarn zeigen.

Aber tief in seinem Inneren hatte Stanislas Jensen daran seine Zweifel. Hinter der freundlichen Fassade erahnte er boshafte, düstere, gierige Geschöpfe. Er nahm an, dass Hugo und Charlotte noch nie gesehen hatten, wie sie ihre wahre Natur offenbarten. Die Zeit selbst verblasste hinter dieser immerwährenden, scheinbaren Glückseligkeit; ein Hochglanzlack, der die Poren einer kranken Haut verstopfte.

Nach einer halben Stunde konnte Stan beobachten, wie einer nach dem anderen verschwand, Gespenster in Auflösung.

Sein Vater, der Schlüssel war sein Vater, dachte er.

Allein käme er hier niemals weg.

Tag 4

1

Exil

Paul sass im Schatten der Kokospalmen am Rand des Strandes. Er hatte die Arme um die Knie geschlungen und beobachtete, wie sich am heidelbeerblauen Himmel ein Wasserflugzeug näherte.

Plötzlich zog sich ihm das Herz zusammen. Paul spürte die Entfernung zwischen ihm und seinem »alten« Leben, eine Welle von Melancholie stieg in ihm auf, als wäre er ganz allein auf der Welt und würde nie wieder in die vertrauten Gefilde seines eigentlichen Lebens zurückkehren. Ohne es zu wissen, fühlte er, was schon so viele andere vor ihm durchgemacht hatten: die Entfremdung von sich selbst und der Welt, die Erfahrung des Exils.

Das ist doch Quatsch, Paul. Nur noch eine Woche, und du sitzt im Taxi nach Hause.

Die Maschine glitt für einen Moment durch das glatte Wasser, dann tauchten ihre Schwimmer tiefer ein, und sie kam quer zum Stillstand. Paul erkannte, dass es sich um eine Cessna Caravan Amphibian handelte, ein schönes Flugzeug; die Standardversion mit Fahrwerk war er schon geflogen, etwa zehn Stunden hatte er in ihr absolviert. Der Motor hüstelte, und der McCauley-Propeller machte seine letzte Umdrehung.

Die Tür öffnete sich, das hohle Aluminium knarrte in den Angeln; es war Jamar, der da aus der Maschine stieg. Die vom Wasser getragenen Geräusche liessen das Flugzeug ganz nah erscheinen, als müsste Paul nur noch an Bord gehen und sich anschnallen.

Der Pilot balancierte auf einem der Schwimmer und knotete ein Seil an die Verstrebung unter der Tragfläche. Er klappte den Anker auseinander und warf ihn ins türkisfarbene Wasser. Das Seil glitt durch seine Finger.

Aus östlicher Richtung der Bucht schoss ein Gleitboot aus dem Schilf und nahm Kurs auf das Flugzeug. Der gigantische Propeller am Heck surrte wie eine übergrosse Wespe und beförderte das von Mike gesteuerte Boot durch das flache Gewässer der Lagune. Zwei Einheimische waren mit ihm an Bord. Sie hielten sich krampfhaft an der Reling fest, um nicht jedes Mal herausgeschleudert zu werden, wenn Mike von seinem Hochsitz aus abrupt die Richtung wechselte, um Sandbänke und Korallenriffe zu umschiffen.

Das Gleitboot wurde langsamer und liess sich ans Flugzeug treiben. Einer der Einheimischen warf Jamar ein Seil zu, der andere zog sie mit einem Bootshaken an die Schwimmer heran, sachte legten sie an.

Paul erschlug einen Moskito in seinem Nacken. Er schwitzte aus allen Poren. Der Schweiss rann in seine Wunden und stach wie lauter kleine Nadelspitzen. Die Luft war schwül und stickig. Plötzlich merkte er, dass er sich auf die Lippe biss. Nicht vor Schmerz, sondern weil die Situation so absurd war: wie er Tausende Kilometer von zu Hause entfernt heimlich andere Männer beobachtete, die irgendwelche Behälter aus einem Wasserflugzeug luden. Das Verrückteste an der Sache war, dass er alles dafür gegeben hätte, in diese alte Kiste zu steigen und von hier abzuhauen.

Paul beobachtete, wie das Gleitboot umdrehte und in der Vegetation verschwand, wahrscheinlich einen anderen Meeresarm entlangfuhr. Kurz darauf hob das Wasserflugzeug ab. Er sah ihm so lange wie möglich nach, bis die Maschine schliesslich aus seinem Blickfeld verschwand.

2

Men's Health

Zurück im Bungalow, rief Paul die Resortleitung an. Die Dame am Empfang erklärte ihm, der Direktor sei gerade »auf dem Kontinent« und werde erst am übernächsten Tag zurückerwartet.

»Ich kann aber gern etwas ausrichten, Monsieur Jensen. Mike ruft Sie dann umgehend zurück.«

»Besser wäre das! Es kann einfach nicht sein, dass …«

»Ja, Monsieur Jensen?«

»Es kann nicht sein, dass … Ach, nichts, vergessen Sie's.«

»Also richte ich nichts aus, verstanden. Kann ich Ihnen sonst irgendwie behilflich sein? Würden Sie zum Beispiel gern unseren Fitnessclub besuchen?«

»Ja, ich … das heisst, nein, ich möchte …«

»Das Men's Health ist der perfekte Ort, um sich in Form zu bringen. Ich schicke Ihnen einen Fahrer. Halten Sie sich in zehn Minuten bereit, Monsieur Jensen. Mein Part endet hier. Einen schönen Aufenthalt Ihnen noch.«

*

Als Paul in seinen Sportsachen kramte, hatte er plötzlich sein Blackberry in der Hand, das immer noch keinen Empfang hatte. Wenn es ihm nicht vor die Füsse gefallen wäre, hätte er gar nicht mehr nachgesehen, ob das Netz wieder da war. Dabei war Paul ein regelmässiger Nutzer der neuen Technologien, nur irgendwie empfand er in der Abgeschiedenheit der Insel nicht mehr die Notwendigkeit, mit der Aussenwelt zu kommunizieren.

Iris und Lou schenkten ihren Handys inzwischen auch keine Beachtung mehr, obwohl sie sie normalerweise kaum aus der Hand legten. Als warteten sie auf eine Nachricht, die ihr Leben verändern würde. Als wäre diese Nachricht, die ihr Leben verändern würde, inzwischen nicht mehr so essentiell, weil sie *längst angekommen* war.

Es klingelte an der Tür. Was soll's, dachte Paul, eine Fitnesseinheit würde ihm guttun, und sei es nur, weil er ein paar Belanglosigkeiten mit anderen Urlaubern austauschen könnte. Die Einsamkeit spielte ihm nur Streiche und steigerte seine Paranoia.

Paul liess den Angestellten vor der Tür warten und packte erst noch seine Sporttasche, dann stieg er zu ihm in das Elektrowägelchen.

Er fühlte sich wie benommen, in seinem Kopf herrschte Leere. Heute war das Frühstück pünktlich gekommen, der Service wurde besser (seinem Machtwort Mike gegenüber sei Dank?), und doch hatte er das Essen kaum angerührt. Dafür hatte er literweise Kaffee getrunken, aber wach fühlte er sich trotzdem nicht.

*

Der Hauptraum im Men's Health war mit etwa fünfzehn nicht mehr ganz aktuellen Geräten ausgestattet (der perfekte Ort, um sich in Form zu bringen, von wegen!) und wurde – wie der Name schon sagte, aber Paul hatte das in seiner Zerstreutheit nicht mitgeschnitten – ausschliesslich von Männern besucht. Er hatte damit gerechnet, Iris hier zu treffen, die sich nach dem Frühstück auf den Weg ins Wellnesscenter gemacht hatte, aber sein Kardionachbar auf dem Indoorbike hatte ihm erklärt, im Sportbereich herrsche strikte Geschlechtertrennung.

»Meine Frau und ich sehen uns abends, und das reicht schon völlig!«, beteuerte er vergnügt.

Paul wusste nicht, was er antworten sollte. Er beschloss, den Schwierigkeitsgrad auf seinem Fahrrad zu erhöhen, allerdings schien das Gerät keine besonders feinen Abstufungen zu kennen.

Dafür lief die Klimaanlage auf Hochtouren. Dank der kühleren Temperaturen konnte er richtig loslegen; trotzdem hatte Paul das Gefühl, dass die Benommenheit, die er draussen gespürt hatte, ihn weiter fest im Griff hatte.

»Strampeln Sie sich nicht zu sehr ab«, sagte sein Nachbar, »wir sind ja zum Vergnügen hier!« Er reichte Paul die Hand. »Patrick Merz, freut mich!«

»Paul Jensen«, erwiderte er und schüttelte ihm die Hand. »Ich fühle mich tatsächlich etwas schlapp heute …«

»Neulich Abend ging's bei Ihnen hoch her, nicht wahr? Ich meine, Sie haben sich tüchtig einen eingeschenkt … Zum Glück passt Christelle auf uns auf. Diese Frau ist 'ne Wucht, so einfühlsam und zuvorkommend … Unsere Frauen sind dagegen manchmal ein bisschen streng mit uns, finden Sie nicht?«

Am liebsten wäre Paul vom Fahrrad abgestiegen und rüber zu den Rudergeräten gegangen.

»Ich meine … es mangelt ihnen oft an Einfühlungsvermögen. Da ist Christelle ganz anders«, erklärte Patrick augenzwinkernd. »Sie sind in der Dusche ausgerutscht?«, fügte er mit einem Blick auf die Schrammen in Pauls Gesicht hinzu.

»Ähm, ja, das kann man so sagen.«

»Manchmal braucht es einen kleinen Unfall, damit uns wieder klar wird, was für ein wertvolles Gut Gesundheit und Familie sind, nicht wahr?«

Paul hörte auf zu treten, aber durch den Schwung drehte das Gerät weiter und riss seine Füsse in den Pedalen mit.

»Hey, Paul, alles klar?«

»Ja, ich … ich kann mich heute nicht so recht aufraffen.«

»Sie brauchen nur Zeit, um in Gang zu kommen, und Zeit haben wir ohne Ende! Gönnen Sie sich einen Saft an der Bar, das weckt die Lebensgeister!«

»Wie hält man dieses Ding denn an?«

Patrick beugte sich zu ihm und drückte auf einen Knopf. Die Pedale hörten auf, sich zu drehen, und Paul befreite seine Füsse aus den Schnallen. Während er den Raum durchquerte, grüssten die Männer an den Geräten oder Gewichten zu ihm herüber. Keiner von ihnen schien sich zu verausgaben, reine Funktionalität der körperlichen Betätigung.

An der Bar traf Paul auf ein paar Typen in schweissgetränkten Muskelshirts, ihre Haut glänzte.

»Ein Tipp: Nimm den Multivitamincocktail, Mann. Der Hammer!«

»Wie geht's nach neulich Abend?«

»Sag Bescheid, wenn du auf den Stepper willst, wir sind verrückt nach straffen Hintern!«

Die Männer gingen lachend weg. Dynamische Vierzig. Paul kannte sie. Er kannte ihre Frauen. Ihre Kinder. Ihre Autos. Ihre Häuser. Ihre Jobs. Ihre politischen Ansichten. Ihre Hobbys.

Ihre Ferien im Resort.

Ein einheimischer Angestellter servierte ihm einen dieser grossen Holzbecher mit einer farbigen Mixtur darin. Er nahm das Gefäss entgegen, ohne mit der Wimper zu zucken. Eine ganze Weile schon kamen die Dinge zu ihm, ohne dass er sich darum kümmern müsste. Restaurantreservierungen wurden für ihn gemacht, Züge, Flüge und Taxis gebucht. Seine Sekretärin plante seine Geschäftstermine, Iris gemeinsame Abendessen und Freizeitaktivitäten. Stanislas und Lou absolvierten das von der Schule vorgegebene Programm. Von Krawatte und Manschettenknöpfen vielleicht einmal abgesehen, stand auch die Kleiderordnung fest: schwarzer oder anthrazitfarbener Anzug, weisses Hemd, schwarze Schuhe. Frisur? Bürstenschnitt, drei Millimeter mit dem Haarschneider. Auto? Porsche Cayenne und Mini Cooper. Haus? Einfamilienhaus aus dem Katalog, zweigeschossig, mit Pool … Warum sich die Qual der Wahl zumuten, wenn alles von selbst zu einem kam? Die Dinge fanden ihren Platz und fanden statt, nach einem festen Ablauf wie bei einer organisierten Reise. »Sich keinen Kopf machen« lautete die Devise, wie Iris ihn gern erinnerte. Sich bloss nicht mit dem eigenen Leben belasten. Und so wurde die Zukunft selbst zu einem Punkt auf der Agenda, und …

Die plötzliche Stille riss ihn aus seinen Gedanken.

Er hob den Kopf.

Die Männer um ihn herum hatten ihr Training unterbrochen und sahen ihn lächelnd an.

Paul suchte nach nur einem Gesicht, das anders aussah, das weniger sorglos wirkte.

Nach nur einem, der *beunruhigt* schien.

Aber in ihren Gesichtern war bloss eins zu lesen: *Du bist einer von uns, Paul Jensen.*

3

Eden

Die drei Kinder liessen sich hinter den anderen zurückfallen; die gingen weiter ihres Wegs, ohne sie zu vermissen.

Tags zuvor hatten sie sich auf Charlottes Vorschlag hin für eine gemeinsame Aktivität entschieden, und zwar für eine Exkursion in den Abenteuerpark mit den anderen Kindern. Mit *allen* anderen Kindern. Gut dreissig grölende, absolut unerträgliche kleine Schätzchen, die von strahlend schönen und perfekten Betreuern in Schach gehalten wurden.

Das Trio drehte auf dem Absatz um, jeder von ihnen mit einem kleinen, vom Resort zur Verfügung gestellten Rucksack ausgerüstet, und bog in einen laubbedeckten Pfad ein, eine schmale Linie aus Sand, die sich durch Farne, Wurzeln und riesige haarige Blätter schlängelte. Die Steigung trieb ihnen den Schweiss auf die Stirn. Vor allem Stan, der mit so einem harschen Aufstieg nicht gerechnet hatte.

Charlotte ging als Vorhut voraus; mit ihrem gesunden Arm schob sie das Pflanzendickicht zur Seite, das den Weg überwucherte. Ihren anderen Arm hatte sie am Daumen, dem einzigen Finger, der ausreichend entwickelt war, um zu irgendetwas nützlich zu sein, in eine Schlaufe ihres Rucksacks eingehängt. Hugo ging etwa einen Meter hinter ihr, sein T-Shirt war schweissgetränkt, er keuchte, hielt aber wacker das von ihrer Anführerin angeschlagene Tempo. Immer wieder wischte er sich über die nasse Stirn, murmelte Stossgebete, bloss nicht zurückzufallen. Stanislas bildete das Schlusslicht; mit beiden Händen hielt er die Träger seines Rucksacks fest umklammert und folgte der von Hugos Körperfülle geschlagenen Spur.

»Frage: Was erklärt die für ein Atoll typische geringe Diversität von Flora und Fauna?«, rief Charlotte plötzlich.

»Hä? Was?«, fragte Stan, der sie nicht ganz verstanden hatte.

»Die isolierte Lage und … und die widrigen Bedingungen«, ächzte Hugo.

»Noch genauer, verehrter Monsieur H.?«

»Auf…, aufgrund ihrer Entfernung von den Landmassen konnten sich nur wenige Arten auf den Atollen ansiedeln. Die zufällige Verbreitung der Diasporen hat zur Folge, dass die Vegetation der Atolle nie dieselbe ist wie die der Kontinente, zu denen sie gehören …«

»Möchte Monsieur S. noch etwas ergänzen?«, fragte Charlotte.

Stan liess sich auf das Spiel ein. »Der Mangel an Süsswasserquellen und der hohe Salzgehalt haben ein nur geringes Vorkommen an Pflanzenarten zur Folge …«

»Weiss Monsieur H., wie man solche Arten auf salzigem Boden nennt?«

»Halo…, Halophile, Madame C.«

»Im Gegensatz zu den Arten, die an Trockenheit angepasst sind?«

»Xerophile!«, antwortete Stan.

Charlotte blieb vor dem Eingang zu einer kleinen Grotte stehen, wartete, bis die beiden Jungs zu ihr aufgeschlossen hatten, und fuhr fort: »Meine Herren, Sie haben einen Rundgang durch mein Königreich gewonnen, das Reich des Überflusses und der ewigen Jugend! Monsieur H., Ihnen ist dieser Ort schon bekannt; was halten Sie also davon, Monsieur S. den Vortritt zu lassen?«

Hugo, der puterrot im Gesicht war, nickte japsend.

»Ich soll da reingehen?«, fragte Stan.

»Geh ruhig, mein Bester, einfach ... geradeaus«, keuchte Hugo.

Stan gab sich einen Ruck und wagte sich in den schmalen Schlauch vor. Er tastete sich die feuchten, kalkigen Felswände entlang. Irgendwann wand sich der Tunnel zu einem S, bevor er eine Neunzig-Grad-Kehre machte. Weiter oben entdeckte Stan einen Lichtstrahl, er blinzelte ihm entgegen.

»Alles okay?«, fragte Charlotte vom Eingang der Grotte aus.

»Ich sehe ein Licht!«, rief Stan.

»Du bist fast da. Aber Achtung, jetzt wird es steil!«, gab Charlotte zurück, die jetzt auch in den Tunnel kletterte.

Stan kraxelte auf allen vieren die Steigung hinauf. Er rutschte in seinen Sandalen über den glatten Stein, schlug sich die Knie auf, musste sich immer wieder aufrappeln, wenn ein weiterer Sturz seine Kletterpartie unterbrach. Schliesslich fand er eine Reihe von Fixpunkten, hievte sich hinauf bis zum Ausgang und liess sich in ein Bett aus Moos rollen. Das Rauschen des Wasserfalls, den er im Inneren des Stollens nur erahnt hatte, war nun klar und deutlich zu hören. Stans Augen mussten sich erst an das gleissende Licht gewöhnen, aber dann offenbarte sich der von Charlotte versprochene Garten Eden: Sie befanden sich im Kraterinneren eines Miniaturvulkans von vielleicht hundert Metern Durchmesser, in dessen Zentrum sich ein Wasserfall in einen kleinen, von hellem Sand umsäumten See ergoss. Schlanke Palmen schienen mit ihren majestätischen, dichten Schwingen fast den Himmel zu berühren. Papageien bevölkerten das verschlungene Geäst, putzten sich mit ihren krummen Schnäbeln das Gefieder. Die Kühle, die hier herrschte, bildete einen krassen Kontrast zu der Gluthitze, die das Resort sonst bestimmte. Stan fühlte sich sofort wie neu geboren, eine frische Lymphe strömte durch seinen Kreislauf und eroberte seinen Körper.

»Wir können unsere Rucksäcke hierlassen«, sagte Charlotte und stellte ihren auf dem Felsvorsprung ab, auf dem sie sich befanden.

Sie zog sich bis auf die Unterhose aus. Brüste hatte sie noch nicht, nur zwei kleine Hubbel und damit nichts, weswegen man sich vor den Jungs hätte genieren müssen. Halbnackt, wie sie war, schnappte sie sich eine Liane, testete, ob sie hielt, umklammerte sie und setzte zum Sprung an. Mit wildem Gebrüll liess sie los, sobald sie vom Fels weit genug weg war, und plumpste fünf Meter tiefer ins Wasser.

»Prinzip verstanden?«, fragte Hugo, dem sich die Unterhose in die Hüften schnürte; dann schwang er sich ebenfalls in die Tiefe.

Er liess eine Gischtfontäne in die Höhe spritzen und tauchte kurz darauf quietschvergnügt wieder auf. Beide paddelten sie lachend ans Ufer.

Stan zog sich aus und griff jetzt auch nach einer Liane. Ihm stockte der Atem, als er sich in die Tiefe stürzte. Als er aus dem kalten Wasser auftauchte, schnappte er nach Luft und setzte zu einem ungelenken Kraulstil an. Hugo und Charlotte waren schon auf den nächsten Felsen geklettert und liessen sich mit einem Affengebrüll aufs Neue fallen.

Sie amüsierten sich so eine ganze Weile und vergassen darüber völlig ... was? Es war das Privileg der Kindheit, den Moment geniessen zu können, und so vertrieben Spiel und Spass vorerst Sorge und Angst.

Als sich der Hunger meldete, stiegen sie zurück zu der felsigen Anhöhe hinauf, wo sie ihre Rucksäcke gelassen hatten. Sie packten den Proviant aus, den die Kinder vom Resort für den Ausflug mitbekommen hatten.

»Roastbeefsandwich, Mangos, Bananen, Saft ... Diesmal haben wir die guten Sachen gekriegt, nicht wie bei dieser dämlichen Denise!«, sagte Charlotte.

»Wenn wir mit den anderen Kindern zusammen sind, werden wir verwöhnt. Wenn wir alleine sind, eher ... verhöhnt!«, sagte Hugo und freute sich über seinen Reim.

»Warum mögen die uns nicht?«, fragte Stan. »Was haben wir ihnen denn getan?«

»Es geht nicht darum, was wir ihnen *getan* haben, sondern darum, was wir *sind.*«

»Hast du uns mal angeguckt, Stan? Verglichen mit den anderen sind wir Freaks!«

»Wie bitte?«

»Wir sind Monster, missgebildete kleine Monster, übergewichtig oder unterentwickelt, ganz wie Sie wünschen!«, ätzte Charlotte.

»Wach endlich auf, Stan! Ist dir nicht aufgefallen, dass hier alle schön und perfekt sind?«

»Wir verschandeln also die Landschaft?«

»Das kannst du laut sagen, Schweinebacke!«

»So ein Wort aus deinem Mund?«

»Na klar. Privileg der Dicken.«

»Und wieso kannst du nicht abnehmen?«

»Schilddrüse. Tja, blöd gelaufen …«

Stan wechselte verlegen das Thema: »Ich wollte euch das schon die ganze Zeit fragen … Seit wann seid ihr eigentlich hier?«

Hugo und Charlotte sahen sich an. Charlotte nickte. Mit seinem Sandwich in der Hand, aus dem die Avocadocreme hervorquoll, stand Hugo auf. Er kam mit einem Stück Palmenrinde zurück, das ein wenig an ein grosses Schulheft erinnerte.

»Wir kommen einmal die Woche hierher, und jedes Mal ritzen wir ein Kreuz rein. Du kannst ja rechnen.«

Schnell zählte Stan die Einkerbungen zusammen: Charlotte war seit ungefähr fünf Monaten hier und Hugo seit etwas mehr als vier.

»Ich war als Erste in unserem Garten Eden«, sagte Charlotte.

»Und du warst ganz allein hier?«

»Ja und nein.«

»Machst du einen auf geheimnisvoll?«

»Nein, weil Jenny es mir gezeigt hat. Und ja, weil sie schon zu gross war, um durch den Spalt zu passen, deswegen bin ich alleine reingegangen. Ich musste ihr versprechen, zu keinem was zu sagen, höchstens wenn ich jemandem wirklich vertraue.«

Stan erinnerte sich, wie seine Mutter den Namen im Streit mit Lou erwähnt hatte; dass sie »wie Jenny« werde, wenn sie sich nicht integrieren würde, hatte sie gebrüllt.

Da tauchte eine brummende Drohne am Himmel auf.

»Schnell! Eure Sachen!«

Die Kinder rannten los und flüchteten sich in die Grotte. Die Drohne überflog den Krater und verschwand. Sie kamen erst wieder aus ihrem Versteck, als das Surren der Rotoren nicht mehr zu hören war.

»Da haben wir vorhin ja echt Glück gehabt. Das Ding fliegt selten hier vorbei«, sagte Hugo. »Sie denken, es gibt keinen Weg hier rein.«

»Vielleicht suchen sie uns?«, stiess Stan hervor.

»Wir waren nur auf ihrer Flugroute. Kein Grund zur Sorge«, beruhigte ihn Charlotte.

»Mist! Mein Sandwich ist auseinandergefallen«, stellte Hugo fest.

Die Kinder kehrten zum Felsen zurück, aber der Vorfall mit der Drohne hatte ihnen die Unbeschwertheit genommen. Immer wieder blickten sie sorgenvoll gen Himmel.

Charlotte knüpfte an ihre Unterhaltung von vorher an: »Hugo und ich versuchen, so gut wie möglich die Tage zu zählen. Wir zeichnen mit kleinen Steinen Linien in den Boden. In dieser Ödnis verschwindet sonst alles, womit man schreiben kann.«

Stan dachte daran, wie er seinem Vater an dem berüchtigten Morgen eine Nachricht hinterlassen hatte. Inzwischen kreuzte Iris die Menüs auf der Karte an.

»Und eure Eltern, kriegen die nichts mit?«, fragte Stan. »Ich meine, fünf Monate, das ist doch Wahnsinn, so lange kann man unmöglich die Leute dabehalten, man muss doch …«

Er stand auf und warf den Rest seines Brots ins Becken. Sofort tummelten sich an der Wasseroberfläche die Fische, um das Sandwich zu verschlingen.

Er versuchte, nicht in Panik zu verfallen. »Was ist das für ein Ort? Dann sind wir ja hier … gefangen!«

»Stan? Stan, beruhige dich! Sag mir: Wann bist du angekommen?«

»Na ja, ganz einfach«, sagte er und wischte sich die Tränen mit der Handfläche weg. »Das war … Verflixt! Das war vor …«

Wieder sahen Charlotte und Hugo sich an.

»Da hast du deine Antwort, Stan. Wenn man es nicht festhält, verliert man den Überblick.«

Der Schatten hatte im Kraterinneren an Boden gewonnen.

Charlotte umfasste ihre Arme mit den Händen. Beziehungsweise: ihre Flosse mit dem einen funktionstüchtigen Arm, den sie hatte. »Wir sind anders, Stan. Anomalien. Für uns ist kein Platz in … in ihrem *Projekt.*«

»Wir haben versucht, mit den anderen darüber zu reden. Die gucken uns an, als wären wir bescheuert.«

»Wir sind denen egal. Die werden nachher nicht mal merken, dass wir weg gewesen sind.«

Mit einem Blick prüfte Charlotte, wie weit der Schatten schon vorgedrungen war.

»Apropos: Wir müssen bald los, wenn wir sie nicht verpassen wollen. Aber vorher müssen wir dir noch was zeigen.«

Stan folgte seinen Freunden. Sie schlängelten sich zwischen zwei vorspringenden Felsen hindurch. Hugo hatte seine Schwierigkeiten und schürfte sich an dem Lavagestein die Haut auf.

»Alles okay?«, fragte Stan besorgt.

»Geh weiter«, knurrte Hugo missmutig. »Wenn du wüsstest, wie sehr ich meinen Körper hasse!«

Stan schloss zu Charlotte auf, die vor dem Eingang einer zweiten Grotte auf sie wartete.

»Hier ist es«, sagte sie. »Die Grotte führt zu einer Art Tunnel …«

»… und vielleicht auf die andere Seite«, beendete Hugo den Satz.

»Habt ihr nicht nachgesehen?«

»Wir … wir haben gewartet, bis wir zu dritt sind«, sagte Hugo vorsichtig.

»Na ja, ehrlich gesagt hatten wir einfach Schiss«, gab Charlotte zu. »Aber zu dritt ist das anders.«

»Das ist der einzige Weg, um den Zaun zu überwinden«, erklärte Hugo.

»Aber … ihr hört euch ja an, als müssten wir aus einem verfluchten Gefängnis ausbrechen!«

»Exakt. Aus einem Gefängnis ausbrechen«, bestätigte Charlotte. »Was denn sonst?«

»Und dann?«, rief Stan aufgebracht. »Nehmen wir an, der Tunnel führt auf die andere Seite des Bergs, wo sollen wir denn hin? Wir sind auf einer Insel, habt ihr das vergessen?«

»Vielleicht kann uns dann jemand helfen?«

»Ach ja? Die Einheimischen mit ihren Sonnenbrillen? Habt ihr dafür auch eine Erklärung?«

»Sie leiden an einer Augenkrankheit. Das ist unsere Theorie.«

»Hör zu, Stan«, sagte Charlotte und fasste ihn an der Schulter. »Es muss doch einen Hafen geben, irgendetwas, oder? Und dann ist da ja noch dein Vater, Stan. Er ist der Einzige, der uns helfen kann, wenn wir einen Weg hier rausfinden. Aber wir müssen schnell machen.«

»Unsere Eltern haben quasi keinerlei Widerstand geleistet«, erklärte Hugo. »Sie waren *prädestiniert.* Durch ihr altes Leben, verstehst du?«

Stan schloss die Augen. Er dachte an die *Gäste* in ihrem Garten, an ihre leeren Blicke, ihre leblosen Arme.

»Wie die Salzsäulen?«, fragte er.

»Sie nähern sich«, sagte Charlotte. »Wir müssen uns beeilen.«

»Nähern sich?«

»Eurem Haus, Stan. Wenn sie erst mal drin sind, ist es vorbei. Dann wirst du weder deinen Vater noch deine Mutter wiedererkennen.«

»Ihr meint, sie werden *reinkommen?*«

»Früher oder später, ja. Sie werden dir nicht weh tun. Sie werden einfach nur reinkommen, dann gibt es eine kleine Feier, deine Eltern trinken ihren Rum, und danach erkennst du sie nicht wieder.«

»Danach sind sie verändert«, sagte Hugo noch. »Und dann bist du ganz allein.«

»Wie Hugo und ich«, schloss Charlotte.

4

Betrachtung

Der Raum erinnerte an eine Klosterzelle. In Wirklichkeit handelte es sich um eine einfache Nische in der Wand, die es erlaubte, sehr diskret etwa ein Dutzend Jünglinge bei ihrem Treiben im Dampfbad zu beobachten: ihre perfekten Körper, ihre Glieder zwischen den muskulösen Beinen. Die meisten entspannten auf einer Bank, andere liessen sich vom einheimischen Personal massieren. Durch die Lichtschächte wurden die Körper bloss dezent erhellt, so liessen sich die Rundungen nur erahnen, das regte die Phantasie an.

Iris kam in dem aufgeheizten Raum ins Schwitzen. Ihr Körper schien sich aus seiner Starre lösen zu wollen. Ihre Hand legte sich auf ihren Bauch, glitt weiter nach unten. Sie stellte sich vor, sie wäre mitten unter diesen jungen Menschen, könnte ganz nach Belieben über sie verfügen.

»Gefallen sie dir?«, fragte Vera hinter ihr.

Iris zuckte zusammen und zog die Hand zurück. »Ich habe dich nicht reinkommen hören.«

»Wegen mir muss dir das nicht unangenehm sein.«

»Sie … sie sind so perfekt«, sagte Iris. »So etwas Schönes habe ich noch nie gesehen.«

»Durch Lou wird das alles fortbestehen.«

»Wann ist sie so weit?«

Vera kam näher und küsste sie sanft und lange auf den

Mund. Iris brachte es um den Verstand, als sie spürte, wie sich ihre Zunge löste. Wieso hatte sie je geglaubt, sie brauche Männer?

5

Spuren

Paul betrachtete das Panorama hinter dem Zaun. Die Insel schien hier eine Biegung zu machen. Ein erstarrter Lavastrom hatte sich bis an den Ozean ergossen. Die Gesteinsmasse war unentbehrliches Fundament gegen den Wind, nicht nur für diesen Teil von Nomad First, sondern, wie er vermutete, auch für die ganze Existenz der Insel.

Paul testete, wie stabil die dicken Maschen waren. Er hockte sich hin und grub mit blossen Händen ein gut dreissig Zentimeter tiefes Loch in den Boden: Der Zaun war immer noch da.

Er drehte sich zum Meer. Besah sich den Zaun, der bis zum Korallenriff ins Wasser reichte. Es gab noch eine Möglichkeit, für die man kein Schneidewerkzeug auftreiben müsste.

Denkst du wirklich, so kannst du entkommen?

Lächerlich, Paul.

Wieso bist du noch mal zurückgekommen?

Hier an diesem Strand konnte er seine Gedanken klarer fassen. Der Nebel, der sein Gehirn einhüllte, lichtete sich, je näher er den Grenzen des Resorts kam. Die Beklemmung nahm ab, auch wenn die Orientierungslosigkeit blieb, er fühlte sich wie in einer unsichtbaren Schlinge, und etwas beschwor ihn, zu bleiben, diesen Ort zu lieben, ihm zu vertrauen. Voll und ganz zu vertrauen.

Paul nahm einen Schluck aus seiner Flasche. Diesmal

war er vorbereitet: Basecap, Proviant, Wasser. Er traute weder Zeit noch Entfernung. Er wusste nicht mehr, wie lange genau er schon hier war, aber etwas in ihm weigerte sich, der Trägheit der Insel zu verfallen.

Er klopfte etwas Sand platt. Mit dem Zeigefinger zeichnete er einen groben Plan von Nomad First, so wie er sich erinnerte, die Insel aus der Luft gesehen zu haben. Ihm wurde klar, dass das Resort durch den Vulkan und die erstarrten Lavamassen vom Rest der Insel abgeschnitten war. Eine Enklave, in der das vor Wind und Wellen geschützte Korallenriff sich entfalten konnte.

Eine Enklave, die durch ein paar Kilometer Zaun …

… zum *natürlichen Gefängnis* wurde?

Paul verwarf den Gedanken. Er stand auf und wischte sich den Sand von den Knien. Wie konnte er solche Mutmassungen anstellen? Wie konnte er auch nur einen Augenblick glauben, dass diese Ferien eine Falle waren?

Er fuhr sich mit der Hand über den schweissbedeckten Schädel und setzte sein Basecap wieder auf. Eine Drohne flog in seine Richtung, die Pause war vorbei.

Paul machte sich auf den Rückweg. In der Windstille lag die Lagune so glatt da wie eine Öllache, nur ein paar Fischschwärme liessen hin und wieder die Wasseroberfläche erzittern.

Je näher er den kleinen Häusern kam, desto absurder kam ihm die Sache mit dem Gefängnis vor. Und als er die Treppen zu ihrem Bungalow hinaufstieg, war jegliche Sorge von ihm abgefallen.

Iris lag unter dem grossen Sonnenschirm aus Stroh und wartete auf ihn.

6

Fresko

Lou ertappte sie in flagranti auf der Couch im Wohnzimmer. Ihr Vater keuchte, sein Gesicht war in den Hals und die Haare ihrer Mutter vergraben. Aber Iris schien nicht so in Wallung, wie sie hätte sein sollen, oder zumindest nicht so, wie ein vierzehnjähriges Mädchen es sich vorstellt.

Paul besorgte es ihr, und Iris starrte das Fresko an der Wand an.

Lou machte einen Schritt zurück, um nicht bemerkt zu werden. So war sie also gezeugt worden, vor fünfzehn Jahren. Es war etwas Archaisches an der Szene, was sie eher befremdlich als erregend fand. Das alles wirkte so roh, erschien ihr viel zu nah und zu plump, als dass sie sich daran berauschen konnte. Ausserdem liess der Alkohol, den sie intus hatte, das Ganze ziemlich unwirklich anmuten.

Lou hätte schwören können, dass da kleine rote Flammen in dem Blick ihrer Mutter flackerten. Ab und zu verdrehte sie die Augen, das Weiss war von Äderchen durchzogen. Ihr Vater hatte seinen Rhythmus gesteigert, aber die Lust, die ihre Mutter zu empfinden schien, kam nicht von diesen Beckenstössen. Ihre Wallungen wurden durch das Gemälde ausgelöst, durch die Überfülle an vor Details wimmelnden Figuren, die im Anblick des Vulkanausbruchs wie toll wurden: Die kleinen Gnome gaben sich der Wollust, dem Blutrausch, der Gier und der Völlerei hin. Ihre winzigen Glieder nahmen, grapschten, rissen, zerrten, brachen, stachen, packten, plünderten, zertrümmerten, während glühende Lavaströme tiefe Rinnen entlang des Vulkans gruben. Lou war zu jung und wusste zu wenig, um die Ähnlichkeit mit einem Gemälde von Hieronymus Bosch zu erkennen, aber dass die dargestellte Welt dem Wahnsinn verfallen war, war eindeutig. Dem blanken, bodenlosen Wahnsinn. Dem Wahnsinn, mit dem die Apokalypse unsere verborgensten, ureigensten, zügellosesten Leidenschaften entfesselt.

Iris krallte sich in Pauls Rücken, riss die kaum verheilten Wunden auf, wandte dabei nicht eine Sekunde den Blick von dem Gemälde ab, von den schwarz gemalten Augen der rastlosen, kleinen Gnome, wie sie in ihrem Endzeitwahn damit beschäftigt waren, sich in alle Ewigkeit zu verdammen. Waren das vielleicht die gedrungenen Einheimischen mit ihrer dunklen Haut, war das Inselvolk dem Wüten des Wahnsinns ausgeliefert? Die stumm ergebenen Hausangestellten, die immer so diskret zu Werke gingen, hatten den Verstand verloren, sie würden für immer Sklaven des Bergs sein, seiner Allmacht, des Vulkans, auf dass er Gold und Reichtümer mit seiner gelben Galle spuckte, ein glühendes Glück, das so behaglich und so friedlich schien, in Wahrheit aber zerstörerisches Verhängnis war.

Und dann, zwischen dem Stöhnen ihres Vaters und den Beschwörungsformeln ihrer Mutter, fasste diese einen Gedanken, so klar und deutlich, dass selbst Lou ihn hören konnte.

Ich will ihn, Paul.

Und Paul ergoss seinen Samen in ihren leeren Bauch, in diese Leere, die nichts wollte, als gefüllt zu werden.

Lou lehnte sich an die Wand, um nicht zu schwanken, während ihr Vater über ihrer Mutter zusammensank.

7

Rückkehr zur Normalität

Dann kam der Abend. Und mit dem Abend eine Ruhe am Tisch und beim Essen; dieses bestand vor allem aus einem saftig-zarten Stück Fleisch, dessen intensiver Geschmack mit keinem anderen vergleichbar schien. Der Rotwein in der Karaffe war dickflüssig wie Blut. Mit diesem ausgezeichneten Tropfen – ja, er musste zugeben, dass der Wein wirklich nicht schlecht war – ertrug Paul sogar das immer gleiche *Dabadabada* (*Ein Mann und eine Frau,* Track 9), das gerade ausklang.

Als Nächstes käme *Jenseits von Afrika.*

Sie tauschten Oberflächlichkeiten aus. Die Insel trug ihren Teil dazu bei, denn die Insel war zur Ruhe gekommen.

»Kaum zu glauben, dass sie an einem so gottverlassenen Ort so guten Wein haben ...«

»Wir sind nicht gottverlassen, Schatz. Wir sind das Zentrum der Welt. Nicht wahr, Töchterchen? Was sagst du dazu?«, fragte Iris und zauste dabei Lous Haar. »Würdest du lieber auf der Strasse betteln wie ein kleines Roma-Mädchen? Gott weiss, wozu sie noch alles gezwungen werden, die armen Dinger!«

»Iris, bitte!«, unterbrach Paul sie. »Ich habe vom Wein gesprochen, nicht von irgendwelchen Roma. Ich hatte mich nur gefragt, ob ... nun, wie sie alles hierher transportieren ...«

»Hör auf, dir unnütze Fragen zu stellen«, sagte Iris. »Schenk mir lieber noch was ein.«

»Ich nehme an, dass es einen Hafen gibt«, schaltete sich Stan ein.

»Ist das kleine Genie aufgewacht?«, ätzte Lou.

»Einen Hafen?«, wiederholte Paul.

Iris nahm die Hand ihres Mannes. »Wen kümmert's, wo es herkommt, solange wir es haben und geniessen können. Tag für Tag, Schatz. Es kosten, uns daran erfreuen. Die Insel liegt uns zu Füssen.«

Frag sie, Stan. Du brauchst Gewissheit.

»Papa, Mama ... welchen ... welchen Tag haben wir heute?«

»Was interessiert dich das denn?«, fragte Lou erstaunt. »Wir haben den Tag, den wir halt haben.«

»Wie lange sind wir schon hier?«, beharrte Stan.

»Deine Schwester hat recht, wen schert's?«, sagte Iris.

Paul überlegte. Zumindest ein Teil seines Gehirns versuchte, nach einem Datum zu forsten, eine Berechnung anzustellen, aber es wollte ihm nicht gelingen, in dieser einfachen Frage zu einem Ergebnis zu kommen. Er betrachtete sein Glas, nahm einen Schluck und schnalzte mit der Zunge.

»Ich kann es euch sagen«, erklärte Stan. »Fünf Tage. Morgen ist der sechste Tag, und übermorgen fliegen wir nach Hause!«

»Niemals!«, spottete Lou und prustete zusammen mit ihrer Mutter los.

»Wir müssen übermorgen ... los? Bist ... bist du sicher?«

»Ja, wir fliegen nach Hause, Papa.«

»Wenn es so weit ist, werdet ihr schon früh genug Bescheid wissen«, sagte Iris scharf.

»Wir nehmen doch zurück das Wasserflugzeug, wisst ihr noch? Wir müssen …«

»Sei still!«, rief Iris.

»Aber ich …«

Die Backpfeife rauschte Stan auf den Mund.

Paul stand auf, er schwankte, dann torkelte er zu der verglasten Verandatür, die sie wegen der Klimaanlage geschlossen hatten – dass die eingeschaltet worden war, war Mike zufolge nur der ungewöhnlichen Windstille geschuldet und eine absolute Ausnahme.

Seine Migräne hatte ihn wieder erwischt, wie in den guten alten Zeiten, als … als was eigentlich? Wann hatte er diese Migräneanfälle noch mal gehabt?

Meine Güte, du bist ja voll wie eine Haubitze, hör auf zu picheln, und geh schlafen.

»Eine Partie Scrabble?«, rief Iris in den Raum.

Stan sah sich seine Familienmitglieder eins nach dem anderen an. *Sie wissen es nicht,* dachte er. *Charlotte und Hugo haben recht. Sie wissen es nicht mehr.*

Stan stand auf, ging zu seinem Vater und nahm seine Hand.

Bleib stark, Papa. Für mich!

Paul sah seinen Sohn an, er sah, wie verzweifelt er war. Es drehte sich in seinem Kopf, seine Handfläche hinterliess einen feuchten Abdruck auf der Scheibe.

»Übrigens, Stan«, sagte Iris und verteilte die Scrabble-Steine auf dem Tisch, »ich habe dich morgen für den Kanu/Kajak-Kurs angemeldet. Bei Sonnenaufgang geht's los.«

»Aber, Mama! Ich wollte doch was mit Hugo und Charlotte unternehmen …«

»Du unternimmst, was ich dir sage. Ich mag die beiden nicht. Sie haben einen schlechten Einfluss auf dich!«

»Meinst du die beiden Behindis?«, fragte Lou.

Stanislas liess die Hand seines Vaters los. »Sie sind nicht behindert! Sie sind nur anders!«

»Die ziehen dich runter, wenn du dich mit ihnen abgibst«, sagte Iris.

»Und was ist mit Lous Freundinnen?«, rief Stan. »Findest du die nicht bescheuert?«

Lou bewarf ihn mit einem Stück Brot, das ihm an die Stirn prallte.

»Genau, geh doch heulen!«, rief Lou, als Stan aus dem Zimmer stürmte.

Paul hatte die Szene beobachtet, als wäre er in einer unsichtbaren Masse eingeschlossen. Er hätte eingreifen, seinen Sohn vor diesen zwei Furien beschützen wollen, aber man hatte ihn dingfest gemacht. Seine ganze Aufmerksamkeit war darauf gerichtet, sich nicht zu übergeben.

Dabei, wieso eigentlich nicht?

Er liess es raus: Das gesamte Abendessen spritzte gegen die Scheibe und ergoss sich zu seinen Füssen. Sofort fühlte er sich besser.

Iris und Lou sahen Paul entsetzt an, er lächelte ihnen entgegen, sein Hemd war mit halbverdauten Stückchen besprenkelt.

Hinter ihnen geriet, ohne dass es jemand merkte, das Gemälde in Bewegung. Die Insel war ein schwankendes Boot.

8

Traum oder Albtraum?

Er wachte schweissgebadet auf. Der Traum hatte ihn durchzuckt wie ein Blitz. So fühlte es sich jedenfalls an, als er jetzt daraus hochschreckte und mit aufgerissenen Augen an die Decke starrte. Eine Klinge, die die oberste Schicht eines Pergamentpapiers abtrennt. Geräuschvoll, präzise, messerscharf: er, wie er mitten im Ozean trieb, während Iris, Lou und Stanislas in einer Schaluppe davonsegelten und ihm zuwinkten.

Paul drehte sich um, Iris lag nicht mehr im Bett.

Er stand auf, und wieder ging er in die Küche, drehte die verschiedenen Wasserhähne auf; er hatte vergessen, dass nachts kein Tropfen aus ihnen zu bekommen war. Diesmal fand er eine Flasche Wasser im Kühlschrank.

Nein, die Hähne wollen *dir in der Nacht kein Wasser geben.*

Stan hatte recht: Ihr Gedächtnis schwand mehr und mehr. War das nicht der beste Weg, sie festzuhalten?

Paul trat auf die Veranda. Er sah, wie eine weissgekleidete Gestalt den Strand entlangging. Er konnte ihr langes Haar erahnen, das seidige Blond im Mondschein, und da wusste Paul, dass er dabei war, sie zu verlieren. Iris entfernte sich an diesem Strand immer weiter, und das war nicht mal eine Metapher, sondern eine blosse Feststellung. Bitter und unausweichlich.

Da wurde der Boden unter seinen Füssen rissig, und die Möbel um ihn herum erzitterten, als würde ein Erdbeben an ihnen rütteln.

Knarrend gab die erste Stufe unter seinem Gewicht nach. Fast hätte sich ein langer Splitter in seine Wade gerammt. Er machte einen Satz und landete im Sand am Fuss der Treppe. Das Haus war ihm nicht wohlgesinnt, aber wen kümmerte es! Er wollte Iris hinterherlaufen, sie in seine Arme schliessen, aber er wusste, dass er nur enttäuscht wäre, sie würde ihn nicht verstehen. Er musste das anders angehen, sie abfangen, ihre Aufmerksamkeit, ihre ganze Aufmerksamkeit gewinnen. Das Funkeln ihrer Augen wiederfinden, in ihre Arroganz den Zweifel säen. Zur Bescheidenheit zurückzufinden wäre das Beste, was ihnen passieren könnte. Dünkelhaft und selbstsüchtig waren sie geworden.

Etwas bewegte sich über den Himmel. Die Positionslichter eines Linienfliegers blinkten im silbrigen Dunkel des Mondes: rot und grün, dreissigtausend Fuss über dem Boden. Er war selbst überrascht, als er die Hand hob, um sich bemerkbar zu machen.

Er senkte den Kopf, sah sich um, bevor er in sich hineinhörte: Er war nicht dieser Mann aus dem Prospekt, der mit seiner Familie den Strand entlanglief. Er war nicht diese Figur aus dem Bilderbuch, in einer Welt, die schnurrend ihren Lauf nahm. Während er geglaubt hatte, glücklich zu sein, war er in Wahrheit nur ein vielbeschäftigter Mann gewesen.

9

Fieber

Paul stellte die Klimaanlage aus. Am Boden unter dem Gerät hatte sich eine kleine Pfütze gebildet.

Er wusste nicht genau, warum, aber plötzlich dachte er an die Kinder. Er musste sicher sein, dass es ihnen gutging. Die Zeit, die diesen Ort im völligen Stillstand hielt, wurde eine Bedrohung und die Ewigkeit ein Fluch.

Er ging in das Zimmer seiner Tochter und näherte sich vorsichtig ihrem Bett, damit er sie nicht weckte. Als er sie gerade zudecken wollte, packte Lou sein Handgelenk. Paul konnte sich nicht gleich aus ihrem Griff befreien. Ein erstickter Schrei drang aus der Kehle seiner Tochter, und ihre Augen verdrehten sich wie bei einem Schlafwandler.

»Komm«, hauchte sie mit heiserer Stimme.

Sie beugte sich vor, öffnete den Mund zu einem Kuss, Pauls Hand war zwischen den Schenkeln seiner Tochter eingeklemmt, Ekel stieg in ihm hoch. Sein Gesicht verzerrte sich, auch sein Mund öffnete sich stumm, bis sich ein erster Schluchzer Bahn brach und die Schleusen öffnete. Und dann tat Paul, was er schon lange nicht mehr getan hatte, nicht mehr, seitdem Lou von einem Auto angefahren worden war und der Arzt ihnen mitteilte, dass sie ausser Gefahr sei: Er weinte.

Schluchzend zog er behutsam seine Hand zurück, strich mit der anderen seinem kleinen Mädchen über den Kopf und presste sie fest an sich. Er summte ein Lied aus ihrer Kindheit, um ihr Fiebern zu lindern; dasselbe Lied hatte er für sie gesungen, als sie damals in dem Gitterbettchen auf der Intensivstation gelegen hatte, ihr zarter Körper hing an diesem Tropf wie ein kleines mutiertes Tier. Unter ihren dichten Haaren tastete er nach der wulstigen Narbe auf ihrem Schädel. Er fuhr mit den Fingern darüber und betete, genauso, wie er es damals getan hatte. Denn hinter der gesummten Melodie verbarg sich das stille Gebet eines verzweifelten Vaters: Bitte, gütiger Gott, nimm sie mir nicht weg, bitte …

Aber lag Nomad First in Gottes Gewalt?

Schliesslich senkte Lou die Lider, und ihr Atem wurde wieder regelmässig. Ihr Körper entspannte sich. Paul deckte sie zu. Er küsste ihre feuchte Stirn. Dann stellte er den Deckenventilator an und zog die Tür hinter sich zu.

Er war wütend.

Und mit dieser Wut traf er auf Stan, der im Dunkeln kauernd auf ihn wartete. »Papa? Ich muss dir was zeigen.«

10

Zusammenhalten

Aber erst fragte Stan noch flüsternd: »Bist du auf meiner Seite, Papa?«

Paul ging vor seinem Sohn in die Hocke. »Was meinst du?«

»Pscht! Nicht so laut. Ich ... ich muss wissen, ob du auf meiner Seite bist oder ... auf *ihrer.*«

»Ja, Stan.«

»Sag es.«

»Ich bin auf deiner Seite.«

»Hast du geweint?«

»Ja.«

»Ich muss ganz sicher sein, Papa! Mama haben wir ... haben wir *verloren* ...«

»Darum kümmere ich mich, Stan. Wir fliegen alle zusammen nach Hause, alle vier. Das verspreche ich dir.«

»Ich muss es wissen, Papa.«

»Die Insel will uns nicht mehr gehen lassen. Die Insel verhext und verschlingt.«

»Und warum dich nicht?«

»Weil ich jetzt zweifle.«

Stan lächelte ihn an, und Paul spürte, wie seine Wut zur Kraft wurde.

Hier im Halbdunkel hatten sie das Wichtigste gerettet, sie hatten den Blick gerettet, das kleine Fenster zur

Seele, wie man sagt. Diese Verbindung war das Wertvollste, was sie hatten.

»Komm mit«, sagte Stan.

*

Sie hockten sich hinters Fenster. Paul kratzte sich am Kinn. Ihm war inzwischen ein erster, dichter Bart gewachsen. Er erkannte Christelle, diesen Patrick Merz aus dem Men's Health und andere Gäste, die er unter anderem im Club gesehen hatte.

»Ist das jede Nacht so?«

»Sobald die automatischen Sprinkler aus sind«, murmelte Stan.

»Die Aufstellung ist immer gleich?«

»Ja, nur dass … Sie kommen jedes Mal näher ans Haus ran.«

»Das heisst, bald kommen sie rein?«

Stan schluckte und wiederholte, was Charlotte und Hugo ihm erklärt hatten: »Sie kommen rein, und die Familie wird grösser.«

»Du meinst …«

»Dann bestimmen wir nicht mehr über uns selbst. Dann gehören wir zu denen und die zu uns. Lou und ich, wir werden woandershin gebracht. Dann kümmern sich andere um uns. Du und Mama, ihr bleibt hier, aber manchmal werdet ihr zusammengetan mit … mit denen … Bis wir uns alle gegenseitig vergessen …«

»Ist das deinen Freunden so passiert?«

Stanislas nickte. Sein Gesicht war kreidebleich, sein Mund trocken. »Aber sie bleiben stark.«

»Geht's, mein Junge?«

»Ich habe Angst, Papa.«

»Wir sind ja jetzt zusammen«, beschwichtigte ihn Paul und legte ihm eine Hand auf die Schulter.

Sie beobachteten Männer und Frauen, die wieder verschwanden, wie sie gekommen waren.

»Auch immer in der gleichen Reihenfolge?«, fragte Paul.

»Wie eine Choreographie.«

»Es gibt eine Macht, Stan, denkst du das?«

Sein Sohn zögerte, bevor er sagte: »Papa? Ich … ich glaube, die anderen Gäste können wir noch ein bisschen austricksen, aber nicht die Insel. Die Insel ist schlau. Ich habe Angst, dass … dass die Insel von uns Besitz ergreift und uns manipuliert, Papa … Wie können wir wissen, dass sie uns nicht auseinanderbringt?«

»Du und ich, wir halten zusammen, Stan, das ist erst mal das Wichtigste. Da werden diese Arschlöcher sich noch wundern!«

Stanislas sah seinen Vater überrascht an.

»Verzeih, mein Junge. Aber was muss, das muss.«

Tag 5

1

Widerstand

Um genau zehn Uhr – allerdings war das ein rein formaler Zeitmarker, der nur in ihrem Programmplan existierte – würde Lou ihre Freundinnen zu einem »Wellnesstag« im Spa des Clubs treffen. Fünfzehn Minuten später würde Iris Paul auf die Wange küssen und zu einem »Yoga-Marathon« aufbrechen, so dass sie bis zum Abend aus dem Haus wäre.

»Ich habe für heute Abend Hummer bestellt«, sagte Iris. »Und eine Spezialität als Dessert …«

»Und an den Wein hast du natürlich auch gedacht?«

»Natürlich, mein Schatz. Eine Karaffe mit gutgekühltem Weisswein. Wie du ihn magst.«

Paul und Stan blieben allein am Frühstückstisch sitzen. Paul lehnte sich in seinem Stuhl zurück und nahm nachdenklich den letzten Schluck Kaffee. Stan belegte Brote mit einer Art Käse und grünen Tomaten.

»Vergiss nicht deine Trinkflasche«, sagte Paul.

In dem Moment, als Stan nickte, ertönte draussen das Klingeln eines Clubcars.

Paul sah Stan an. »Das ist mein Zeichen.«

Er stand auf.

Vor der Tür stand Denise: weisse Shorts, grünes T-Shirt, goldbraune Haut. Ein wahrer Regenbogen.

»Guten Morgen«, sagte sie mit freundlicher Stimme. »Ich bin hier, um Stan abzuholen.«

»Es tut mir leid. Stan fühlt sich heute nicht gut.«

Denise' Gesicht verdunkelte sich; der Liebreiz eines Menschen hängt aber doch sehr von seinem Lächeln ab. Sie versuchte, einen Blick hinter Paul zu werfen.

»Sie meinen, er ist krank?«

»Ganz genau.«

»Ohne widersprechen zu wollen, Mister Jensen, aber das zu glauben fällt mir schwer.«

»Womit Sie mir widersprechen.«

»Man wird nicht krank, Mister Jensen. Das ist nicht möglich.«

»Eine Erkrankung der Seele, Miss Denise.«

»Der *Seele?*«

»An der es Ihnen wohl fehlt, ja. Auf Wiedersehen.«

»Warten Sie!«, sagte sie und ging einen Schritt auf die Tür zu. »Und was macht Ihr Sohn dann den ganzen Tag?«

»Er bleibt bei mir, ist das ein Problem für Sie?«

Denise wirkte überrumpelt.

»Auf Wiedersehen, Miss.«

Paul schloss die Tür, Denise blieb, wo sie war. Die Sohle ihres Flipflops scharrte über den Fussabtreter wie der Huf eines aufgebrachten Stiers.

Schliesslich hörte er, wie sie zurück zu ihrem Wagen ging. Mit einem lautstarken elektrischen Surren fuhr sie los, wohl als Äquivalent zum Vollgas bei einem Benziner.

*

Paul und Stan hielten sich am Rand des Strands, ausser Sichtweite für Menschen und Drohnen. Als Stan den Weg gefunden hatte, gab er seinem Vater ein Zeichen.

»Und sie werden da sein?«, fragte Paul.

»Das will ich hoffen!«, antwortete Stan. »Im schlimmsten Fall habe ich eben einen Spaziergang gemacht. Das ist immer noch besser, als bei dieser irren Denise zu sein.«

»Da hast du recht, mein Junge. Und denk daran: ein Zeichen alle zwanzig Schritte.«

Sie umarmten sich, und Stan schlug sich ins Dickicht.

2

Hinter der Tür

Paul traf eine Entscheidung. Er nahm Anlauf und rammte seine Schulter gegen die Badezimmertür. Beim dritten Versuch gab das Schloss nach, es krachte, als würde ein Knochen zu Bruch gehen.

Die Rollos waren heruntergelassen. Paul war nicht ganz sicher, bis er das Licht einschaltete.

Inmitten dreckiger Unterhosen lag ein Stapel dicker, gebrauchter Binden auf dem Boden. Blutige Fingerabdrücke ergaben kryptische Zeichen auf dem Spiegel. In der Duschwanne schwamm ein Waschlappen in einem Rest fleischrosafarbenen Wassers.

Paul hielt sich am Türrahmen fest. Er gab sich einen Ruck, bedeckte Mund und Nase mit der Hand und durchquerte das Bad, um das Fenster zu öffnen. Er ging auf Zehenspitzen, um mit ja nichts in Berührung zu kommen. Dabei war das doch Iris. Sie war seine Frau, sein Herz, sein Leben, aber hätte der Herr Pfarrer sich so etwas ausmalen können, als er Paul fragte, ob er, vor Gott, versprechen möge, seine Frau in guten wie in schlechten Zeiten zu lieben und zu ehren?

3

Wieder vereint

Stan traf Charlotte und Hugo vor dem Eingang zur Grotte. Die beiden hatten finstere Mienen aufgesetzt und erwiderten seine Begrüssung nur mit einem Murmeln.

»Was ist los, gibt es ein Problem?«

Hugo sah weiter auf seine Füsse. Schliesslich fragte Charlotte: »Stan, bist du auf unserer Seite?«

»Wie bitte? Ja, klar bin ich das. Warum fragst du?«

Hugo warf das Steinchen, das er nervös in den Händen gedreht hatte, in die Büsche. »Weil von jetzt an unser Überleben von dir abhängt.«

Stan setzte seinen Rucksack ab. Sein T-Shirt war schweissgetränkt.

»Hey, wir reden mit dir!«, sagte Hugo.

Stan sah sie nacheinander an. »Seid ihr weggelaufen?«

Charlotte nickte. »Wir hatten keine Wahl. Sie wollten uns ab heute in die Gemeinschaftsunterkunft stecken.«

»Gemeinschaftsunterkunft?«

»So 'ne Art Heim, keine Ahnung. Unsere Eltern sprechen schon seit einer Weile davon, und anscheinend ist es jetzt so weit. Sie haben sich ja eh nicht mehr um uns gekümmert, aber jetzt geben sie uns wirklich weg.«

»Wir kennen nur einen einzigen Jungen, der in die Gemeinschaftsunterkunft gekommen ist. Und von dem haben wir nie wieder was gehört …«

»Und … und war der auch *anders?*«

»Das kannst du laut sagen!«, sagte Charlotte lachend. »Der hatte das Downsyndrom.«

Auch Hugo lachte jetzt auf.

»Aber seine Schwester war die reine Vollkommenheit«, fuhr Charlotte fort. »Klingelt's da bei dir?«

Stan sah sich verlegen um. Alles stand still: die Blätter, die Bäume, die Natur. Keine Wolke am klaren blauen Himmel, die den Lauf der Zeit angezeigt hätte.

»Mir wäre wohler, wenn wir in unseren Garten Eden gehen würden«, sagte Stan.

»Du musst uns was zu essen holen«, sagte Hugo.

»Wir haben Decken und zwei Taschenlampen mitgenommen. Wir gehen nicht zurück zu den Bungalows, nie wieder«, sagte Charlotte.

Seine Freunde waren verloren, sie brauchten ihn. Stan war ihre letzte Hoffnung.

»Heute Nacht erkunden wir den Tunnel«, sagte er. »Und dann bleibe ich bei euch.«

»Und wie machen wir das mit dem Essen?«, fragte Hugo sorgenvoll.

»Ich dachte, das wäre nur deine Schilddrüse.«

»Haha, sehr lustig!«

»Okay, okay«, unterbrach Charlotte. »Lass ihn ausreden. Also?«

»Mein Vater hat einen Plan.«

»Wir verschwinden von hier, indem wir eine Runde

schwimmen gehen und warten, bis ein Boot kommt?«, sagte Charlotte genervt.

»Nein.«

»Sondern?«, fragte Hugo. »Jetzt sag schon, meine Güte!«

»Wir verschwinden von hier, indem wir erst ein Boot und dann ein Flugzeug kapern.«

4

Erscheinungen

Sie hatte ihn in sich aufgenommen, in ihrem Bett und ihren Kissen, hatte sich ihm von ihren schönsten Seiten gezeigt – grosszügige Räume, sanftes Licht, gepflegtes Mobiliar. Sie hatte keine Mühe gescheut, um ihm jeden Abend einen Sonnenuntergang zu schenken, dass einem der Atem stockte, und jetzt fiel ihm nichts Besseres ein, als sie verlassen zu wollen. Schlimmer: sie zu verraten.

Paul wollte fliehen, und die Unterkunft war ausser sich.

Alle Wasserhähne öffneten sich gleichzeitig, und aus ihnen floss eine schwarze, ekelerregende Brühe. Die Türen klappten ohne Unterlass, der Boden wölbte sich und zog sich wieder zusammen, als ob der Bungalow atmen würde. Paul stützte sich an eine Wand, die ihm Stromschläge versetzte, bis er sich von ihr losmachte. Auf dem Bild im Wohnzimmer waren die Figuren verschwunden. Zurück blieb nur die menschenleere Insel und ihr feuerspeiender Vulkan.

Und das blutrot gefärbte Meer.

Doch das Schlimmste waren die Visionen: Lou, wie sie mit ihren Freundinnen tanzte, wie sich ihre Körper in obszönen Posen räkelten. Lou lachte, sie war betrunken, im Drogenrausch, ihr verschwitzter, feuchter Körper zu allem bereit, was man mit ihm anstellen mochte. Dave und Mike beobachteten die Mädchen, und unter ihrer karamellfarbenen Haut, unter ihrem schönen Schein sah Paul, wie sie wirklich waren, als würde man eine blinde Scheibe zerschlagen. Verzerrte, abscheuliche Züge, düstere Farben: Lüge, Bösartigkeit, Dummheit, Feigheit.

Paul verdrängte die Vision seiner Tochter, doch sofort stürzten neue Bilder auf ihn ein: Iris, wie sie mit anderen Frauen im Kreis sass, an einem dunklen, feuchten Ort, ihre Hände umklammert von anderen Händen, und die Frauen sassen nicht im Schneidersitz wie beim Yoga, sondern in der Hocke, und sie waren nackt, ein Spiegel lag unter ihren Geschlechtern, die sie mit ihren Bauchmuskeln zum Zucken brachten. Ihre Beschwörungsformeln, ihre Stimmen legten sich übereinander, vermischten sich, die Schamlippen formten sich zu einem Mund, der Mund sprach zum Spiegel, und der Spiegel warf Töne und Formen und Bewegung zurück, ein stummer, gieriger Mund, der unablässig wiederholte, dass die Welt hier war, dass Raum und Zeit sich vereinten zu einem Trichter, übermächtige Trägheit des Herzens, die alles überdeckte, hier und jetzt.

Paul versetzte der Schlafzimmertür einen Tritt. Sie fuhr aus den unteren Angeln, schleifte als letztes Zeichen des Aufbäumens knarrend über den Boden, dann blieb sie still. Paul griff seinen Rucksack und stopfte seine Laufschuhe, ein paar Wechselsachen und sein Taschenmesser hinein. Sein Verstand kämpfte gegen das Gefühl der Lähmung an, das sich seiner bemächtigen wollte.

Als er an Stans Zimmer vorbeiging, überkam ihn keine Vision von seinem Sohn. Er wusste ihn in Sicherheit, an einem geheimen Ort irgendwo in den Bergen.

Stan ahnte nur nicht, dass sich die Ereignisse seit dem Morgen überschlugen. In ihrem Plan hatte sich eine grundlegende Änderung ergeben: Ab jetzt war Paul auf der Flucht.

Ganz plötzlich wurde das Haus ruhig. Alles, was eben noch in Bewegung gewesen war, erstarrte. Paul hörte ihre Stimmen vor der Haustür.

Ding dong.

Sanft und sinnlich wie die Klingel einer Wohnung, in der alles in Ordnung ist. In der die Bilderbuchfamilie am Samstagabend den Besuch erwartet.

Paul zögerte. Er liess den Rucksack hinter der Tür fallen und machte auf.

Da standen Vera und Denise.

Der Bungalow hatte sie alarmiert.

»Mister Jensen …«

»Guten Tag, Vera. Was kann ich für Sie tun?«

»Es geht um Ihren Sohn. Denise hat mir gemeldet, dass Sie ihn nicht an seiner Tagesaktivität teilnehmen lassen wollen.«

»Stan ist krank.«

»Ihre Frau sagt etwas anderes.«

»Und *ich* sage, dass er krank ist. Haben Sie damit ein Problem?«

»Wir würden ihn gern sprechen«, schaltete sich Denise ein.

»Dann sprechen Sie ihn morgen.«

Vera stellte ihren Fuss in die Tür. »Er ist nicht da, nicht wahr? Ich wette, er treibt sich mit diesen verzogenen Blagen herum!«

»Charlotte und Hugo«, sagte Denise.

»Ich fürchte, wir werden sie suchen lassen müssen«, erklärte Vera. »Die Hausordnung schreibt vor, dass sich Kinder ausschliesslich unter der Aufsicht eines Erwachsenen auf dem Gelände des Resorts bewegen dürfen.«

»Nehmen Sie Ihren Fuss weg, Vera.«

»Das ist gar nicht gut, was Sie da machen, Mister Jensen. Sein Kind nicht in die Gemeinschaft integrieren zu wollen ist eines Vaters unwürdig. Ich möchte hinzufügen, dass Vulgarität eine zutiefst verachtenswerte Form der Kommunikation ist.«

O-Ton Vera.

Soll sie sich ins Knie ficken.

5

Fährtenlesen

Der Aufstieg wurde immer steiler. Paul musste sein Tempo drosseln. In seinen Rucksack hatte er noch Brot und Früchte eingepackt. Manchmal wurde der Pflanzenwuchs so dicht, dass er anhalten musste, um Stans Markierung wiederzufinden. Der Junge hatte sich Mühe gegeben, seinem Vater den Weg zu weisen, ohne dass ein anderer so leicht die Verfolgung aufnehmen könnte. Jedes Mal, wenn Paul sein Zeichen entdeckte, atmete er hörbar erleichtert auf. Das war die Angst, seinen Sohn zu verlieren, die Furcht, dass sie sich beide verlieren, dass sie jeder für sich in eine Zeit und einen Raum vertrieben würden, die sie für immer trennen könnten.

Das wäre der Tod.

Und den war Paul nicht bereit zu akzeptieren. Noch nicht, nicht jetzt. Nicht ohne mit ganzer Kraft gekämpft zu haben. Er und seine Familie waren die Geiseln einer Gruppe Irrer, auch wenn die es geschafft hatten, den Rest der sogenannten Bewohner im Namen eines angeblichen Ideals in ihren Bann zu schlagen. Liess sich diese absurde Situation vielleicht sogar als logische Folge erklären? Als Konsequenz gewisser Anlagen, die ihn zu dem hatten werden lassen, der er war? Ehemann, Vater, Führungskraft, Vorzeigebürger? Im Oktober setzten sich Lou und Stan beim Marche de l'espoir für Kinderrechte ein; im November liess er sich zugunsten der Movember Foundation einen Schnurrbart wachsen; zu Weihnachten spendete er seinen Beitrag beim Téléthon … Paul Jensen machte alles richtig, er empörte sich, wo es sich gehörte, begeisterte sich, wann es sich gehörte, und stellte in keiner Weise das System in Frage – schliesslich hatte es ihn in den exklusiven Kreis derjenigen befördert, die Saläre in Tausenderschritten zählten.

Grimmig erklomm er den steilen Abhang, er nahm jetzt seine Hände zu Hilfe. Er riss Wurzeln aus, rutschte auf einem Steinhaufen weg, nahm einen Meter Anlauf, um neu anzusetzen, rasend vor Wut, im wörtlichen Sinne.

Die Vegetation lichtete sich, je höher er kam. Hier hatte Stan kleine Steinchen aufgetürmt. Paul, mit der Nase am Berg, der sich vor ihm auftürmte wie der Berg Scheisse, in der er steckte, gelang es nicht, dem Strom seiner Gedanken Einhalt zu gebieten. Funktionierte die Welt, in der er normalerweise lebte, wenn auch in abgespeckter Form, nicht ganz ähnlich wie die Insel? Hatte er nicht etliche Barrieren zwischen sich und der Wirklichkeit aufgebaut? Nahm ihm seine kleine Welt nicht den Blick fürs grosse Ganze? Was wirst du deiner Frau sagen? Deiner Tochter? Deinem Sohn? Dass sie gerade noch mal davongekommen sind, dass sie sich auf dem Holzweg in ein Scheinleben befinden? Und was willst du ihnen stattdessen bieten?

Er erreichte eine steinige Anhöhe. Auf einen der Felsen war mit einem Kiesel ein grobes Kreuz gemalt, was das Ende seines Aufstiegs bedeutete. Paul liess sich zu

Füssen eines schattigen Felsblocks fallen, von dem aus er den Ozean sehen konnte: blau, endlos, friedlich. Die Natur war immer da und würde es noch lange nach ihm bleiben, auf ihre Weise, auch wenn der letzte Mensch schon längst verschwunden wäre. Denn den würde es geben, ganz bestimmt. Einen allerletzten. Vielleicht würde der es nicht wissen, vielleicht würde ihm gar nicht die Zeit bleiben, um sich dessen bewusst zu werden. Niemanden würde es mehr geben, mit dem er reden könnte, *ein bisschen, wie es dir jetzt geht, Paul. Aber: Mit wem hast du denn bis gestern wirklich geredet? Wer in deinem Umfeld vertritt eine andere Meinung, hat eine Sicht auf die Dinge, die auch nur ein wenig aus dem Rahmen fällt? Was spielt es für eine Rolle, wenn die Welt noch ein paar Jahrhunderte oder Jahrmillionen überlebt. Du hast davon gehört, alle wissen es, aber niemand begreift es: Zeit ist relativ. Die Zeit der Insel, die Zeit deines Lebens, deiner Epoche. Es gibt keinen Hebel, auf den du dich stützen, keinen Menschen, mit dem du dich vergleichen kannst.*

Du bist allein.

Du bist allein, denn du hast dich entschieden.

6

Im Namen des Vaters

»Gut, zumindest kommt kein Erwachsener in euer Versteck. Ich habe es versucht: keine Chance«, erklärte Paul.

Die Kinder hatten sich mit ihm am Eingang zu ihrem Garten Eden getroffen und sahen Paul an, als hätte er gerade etwas Idiotisches gesagt; was auch so war: Es gab rein gar nichts Tröstliches an ihrer Situation, da brauchte man ihnen nicht das Gegenteil weiszumachen.

»Aber andere Kinder kommen hier rein, und … die Einheimischen schaffen das auch ohne Probleme«, sagte Charlotte.

Paul kratzte sich im Nacken. Wenn man der Gefahr aus der Perspektive der Kinder ins Auge sah, war Grösse allein nicht alles.

»Dann müsst ihr euch wohl verbarrikadieren«, sagte er.

»Haben wir schon, Papa. Den Eingang können wir mit einem grossen Stein und einem alten Baumstamm versperren. Durch den Schlauch ist es nahezu unmöglich sich Zugang zu verschaffen.«

»Allerdings gibt es dann auch keinen anderen Weg nach draussen, ausser wir wagen uns in diesen Tunnel vor«, warf Hugo ein.

»Seid ihr sicher?«

»Todsicher«, antwortete Hugo. »Wir haben alles abgesucht, ohne Erfolg.«

»Wir könnten versuchen zu klettern …«

»Kommt nicht in Frage, Stan! Ohne Erfahrung, ohne Ausrüstung kann euch das euer Leben kosten. Der Berg ist bestimmt über tausend Meter hoch. Nein, der Tunnel scheint mir die vernünftigste Variante zu sein. Denkt an eure Taschenlampen und an Wasser. Und ich würde euch raten, eure Decken als Ponchos umzubinden, euch wird da drinnen sicher kalt werden …«

Paul gab Stan sein Taschenmesser.

»Und was ist mit dir, Papa?«

»Ich werde versuchen, den verfluchten Berg zu umrunden. Selbst kleine Frachtflugzeuge können den Flugplatz nicht ansteuern, die Landebahn ist zu kurz. Wir treffen uns morgen genau hier wieder und berichten. Einer von euch kommt gucken, ob ich da bin, ich warte auf euch. Und das Allerwichtigste, wenn ihr im Tunnel seid: Bei der kleinsten Gefahr will ich, dass ihr sofort kehrtmacht. Ich bin der Erwachsene, ich habe die Verantwortung, verstanden? Vielleicht finde ich ja auch einen Weg, um euch hier rauszubringen, ohne dass ihr ein unnötiges Risiko eingehen müsst. Markiert euren Weg auf dem Fels, falls sich der Gang verzweigt. Geht sparsam mit den Batterien um, und …«

»Das wissen wir doch alles, Papa.«

»Ach, Stan! Ich werde mir doch wohl verdammt noch mal Sorgen machen dürfen, oder?«

»Ich wünschte, mein Vater würde sich welche machen …«, entfuhr es Hugo, der den Tränen nah war.

Charlotte schloss ihn in die Arme beziehungsweise – in ihren Arm …

»Wir kommen hier raus, du wirst sehen!«

Hugo zuckte schniefend mit den Schultern.

Dann sagte Charlotte: »Monsieur Jensen, ich … Passen Sie auch auf sich auf. Die Einheimischen sprechen immer von diesem ›Wild‹, wenn es um den Zaun geht. Ich weiss nicht, was die damit meinen, aber vielleicht verbirgt sich dahinter wirklich irgendeine Gefahr …«

»Ich fürchte, wenn es hier Wild und Jäger gibt, Charlotte, dann sind wir nicht die Jäger.«

7

Feststellung

Das Clubcar setzte Iris vor ihrem Bungalow ab. Sobald sie drinnen war, entdeckte sie entsetzt das Chaos, in das die Erschütterung ihrer Gewissheiten alles gestürzt hatte.

Sie blieb wie angewurzelt im Wohnzimmer stehen, drehte sich um sich selbst, inspizierte, registrierte, überschlug. Als sie sah, dass Paul die Badezimmertür aufgebrochen hatte, entfuhr ihr eine Schimpftirade wie einem gekränkten Kind. Ihre Gesichtszüge verzerrten sich. Im Gegenlicht konnte man unter der nach Doktor Vaillants ersten Eingriffen gespannten Haut schon Iris' anderes Gesicht erahnen; heimlich hatte es sich in ihrem Inneren herausgebildet und nun endlich den Ort gefunden, um aufblühen zu können und ans Tageslicht zu kommen.

Iris griff nach dem blutverkrusteten grossen Handtuch, wickelte sich darin ein wie in einen Kokon und fiel auf die Knie. Sie hatte gesehen, wie die Gnome das Fresko verliessen, sie wusste, die Insel nahm ihr übel, dass sie nicht in der Lage war, ihren Mann zu halten. Also kniete sie nieder und bat um Verzeihung, sie flehte, man möge sie bitte, bitte nicht ausschliessen, ihr eine zweite Chance geben.

»Ich tue, was nötig ist. Ich tue *alles,* was nötig ist …«

»Mama, was ist denn?«

Iris schloss die Augen, streckte den Arm hinter sich, und Lou nahm ihre Hand. Sie spürte Lous eiskalte Finger und war, für einen Augenblick, weit weg vom Resort, sie war in dem Garten, der zu ihrem alten Zuhause gehört hatte, zurückversetzt in eine längst vergessene Zeit, als Lou noch ein Kind war. Ihr Kleidchen hatte im Abendwind geflattert, sie hatte mit ihren Puppen hantiert, war ganz in ihr Spiel vertieft gewesen, und plötzlich hatte Iris die nackte Verzweiflung darüber gepackt, eine Frau zu sein, darüber, ihrer Tochter dasselbe auferlegt zu haben.

Lou presste sich an den Rücken ihrer Mutter, verschränkte die Finger in ihren, drückte so fest zu, bis es schmerzte.

»Das heisst es also, eine Frau zu werden, Mama?«

Iris spürte, wie die Wut in ihr aufstieg.

Auch sie hatte sich entschieden. Auch sie befand sich im Krieg.

»Eine Frau zu werden heisst, den Männern die Stirn zu bieten, Kleines.«

»Ich habe dich gesehen, als du … als du mit … mit Papa …«

»Papa ist nicht mehr.«

»Ich habe deine Augen gesehen. Ich hab dich gesehen, Mama.«

»Ich weiss, wer du bist, Kleines. Ich weiss, was in deinem Körper ist.«

»Also … hast du mich lieb?«

»Du bist keine Bedrohung mehr, du bist auf meiner Seite.«

»Ich will das, Mama. Ich will es so, so sehr. Ich will alles, was du hast.«

»Du wirst das bald haben. Du bist die nächste Generation, mein Liebling.«

8

Neopren

Er brauchte eine zweite Haut.

Er hatte Charlotte befragt, wo die Hütte war, und jetzt lag er, im Dickicht verborgen, auf der Lauer. Er hatte abgewartet, ob sich irgendetwas regte, aber die grosse Hütte schien tatsächlich verlassen.

Er sah sich noch einmal um und wagte sich aus seiner Deckung hervor auf den glühend heissen Sand. Er hockte sich in den Schatten des Pfahlwerks, atmete tief durch und stieg die Stufen hinauf, ging über die Veranda und öffnete die Tür, die, wie er vermutet hatte, nicht abgeschlossen war.

Drinnen fand er die Taucheranzüge auf einem Kleiderständer. Paul schwankte zwischen zwei Grössen und entschied sich für die grössere, ihn hatte ja nicht die Freude am Unterwassersport hierhergeführt. Er klemmte sich den Anzug unter den Arm, öffnete die Tür und – stand Denise gegenüber.

Sie versetzte ihm einen heftigen Schlag mit der Handkante in den Solarplexus. Paul schnappte nach Luft. Er fiel mit offenem Mund auf die Knie und rang nach dem Sauerstoff, der partout nicht in seine Lungen strömen wollte. Dann traf ihn Denise' Knie am Jochbein. Er hielt sich noch an einem der Taue fest, die aufgerollt an der Wand lehnten, und riss ein paar Tauchbojen um. Denise stürzte sich auf seinen Rücken und packte ihn an der Gurgel. Ihr Unterarm drückte ihm mit erstaunlicher Kraft die Stimmbänder ab. Paul machte eine ruckartige Bewegung nach hinten und schmetterte sie an die Wand. Die Hütte erzitterte. Denise lockerte ihren Griff, Paul drehte sich um und holte zum Schlag aus, aber die junge Frau war buchstäblich an die Wand genagelt. Ein langer Haken, der als Halterung für die Taue diente, hatte sich durch ihre Flanke gebohrt. Denise hielt sich auf Zehenspitzen und starrte ungläubig auf das Stück Metall, das da aus ihrem Körper ragte. Blut rann über ihre matte Haut und verschwand unter dem Gürtel ihrer Shorts. Sie hob den Kopf. Sie sah verzweifelt aus, der Schmerz, den ihr das erbarmungslose Metall in ihrem Fleisch zufügte, stand ihr ins Gesicht geschrieben.

»Ich flehe Sie an«, keuchte sie.

Denise war nur eine Marionette, dafür aber eine grausame. Paul ging nach draussen zu ihrem Rucksack und zog ihr Telefon daraus hervor.

»Wo sind die Schuhe und die Handschuhe für die Taucher?«, fragte Paul.

Denise zeigte ihm den Mittelfinger.

»Ich dachte, Vulgarität ist eine zutiefst verachtenswerte Form der Kommunikation?«, sagte Paul.

Sie zog eine Grimasse, ihr Gesicht war aschfahl. Paul bedeutete ihr, dass er jederzeit ihr Handy fallen lassen könnte.

»In der … Kiste unter den Sauerstoffflaschen …«

Paul hob den Deckel an, wühlte in der Kiste, suchte nach seiner Grösse. Er griff seinen Anzug und gab Denise das Telefon.

»Sie … schaffen es sowieso nicht.«

»Aufgabenteilung: Sie versuchen, mich aufzuhalten, und ich versuche zu entkommen.«

Paul stützte sich schroff auf ihre Schulter, Denise stöhnte vor Schmerz auf.

»Mit freundlichen Grüssen von Stanislas Jensen«, sagte er und ging.

9

Zögern

Sie standen vor dem Eingang der Felsspalte. Keiner der drei traute sich, den ersten Schritt zu tun.

»Kennt ihr die Geschichte vom Supervulkan Toba?«

»Nicht jetzt, Hugo«, sagte Charlotte.

»Also, vor ungefähr vierundsiebzigtausend Jahren ist durch seine Eruption ein vulkanischer Winter hereingebrochen, der hat etwa zehn Jahre angehalten und die Temperatur auf der Erde um durchschnittlich drei bis vier Grad heruntergekühlt. Aber in den gemässigten Klimazonen war es plötzlich bis zu fünfzehn Grad kälter. Man sagt, dort habe der vulkanische Winter sogar tausend Jahre gedauert ...«

»Der *bottleneck*«, ergänzte Stan.

»Der was?«

»Der Flaschenhals.«

»Schon klar, Englisch verstehe ich«, sagte Charlotte.

»Eine so radikale Klimaveränderung hätten nur etwa tausend Hominiden überleben können.«

»Was bedeuten würde, dass alle Menschen danach von diesen tausend Individuen abstammen würden?«, fasste Charlotte fragend zusammen.

»Genau. Wobei man bedenken muss, dass sie ja auch noch andere Gene in sich trugen. Sie waren also nicht die *ersten* tausend«, erklärte Hugo.

»Okay, bist du dann fertig?«, erwiderte Charlotte.

»Ich weiss nicht, wie uns dein kleiner Vortrag dabei helfen soll, da runterzusteigen.«

»Ich wollte nur noch mal daran erinnern, dass wir uns in das Innere eines Vulkans begeben, das ist alles.«

»Ja? Und weiter?«

»Das hier ist kein stinknormaler Berg«, antwortete Hugo. »Und Stan, dein Vater hat wirklich Wasser in dem Krater gesehen?«

»Einen See, ja.«

»Also kommen wir vielleicht in geflutete Grotten, vielleicht wird es warm und feucht, vielleicht ist da Gas, so was alles.«

»Super!«, rief Charlotte. »Jetzt haben wir noch mehr die Hosen voll! Kannst du nicht die Klappe halten?«

»Ich denke, Hugo hat recht«, sagte Stan. »Besser, wir sind darauf gefasst, was uns vielleicht erwartet.«

»Ach ja? Und was genau machst du, wenn dann giftige Gase durch den Felsen strömen? Einen Rettungswagen rufen?«

Jetzt mussten alle drei lachen. Nervosität, Anspannung. Sie beruhigten sich.

Stan sagte: »Ich denke, wir sollten nicht noch mehr Zeit verlieren. Lasst uns lieber gehen, solange es noch hell ist.«

Charlotte warf einen prüfenden Blick in den Himmel und auf den Schattenwurf um sie herum. »Es muss so gegen Mittag sein …«

»Also, wer bleibt hier?«, fragte Stan.

»Vielleicht essen wir erst einen Happen und sehen dann weiter?«, schlug Hugo vor.

Stan musste schon wieder lachen, und auch Charlotte prustete los.

»Okay!«, sagte sie, nun wieder ernst. »Aber danach haben wir keine Ausrede mehr, dann müssen wir da runter.«

10

Auf der Flucht

Auch wenn er sich unter Palmen seinen Weg durch das Dickicht bahnte, schätzte Paul, dass die Sonne im Zenit stehen musste. Der Pflanzenwuchs wurde nie so dicht, dass er nicht noch einzelne Fetzen blauen Himmels sehen konnte. Die Luft blieb schwer und stickig. Das exzessive Schwitzen stellte ihn auf eine harte Probe. Er hatte so viele Wasserflaschen wie nur möglich mitgenommen. Das machte den Rucksack schwerer, aber wenigstens konnte er so sicher sein, nicht zu dehydrieren.

Irgendwann kam er an einen Fluss. Er kostete das trübe Nass und sagte sich, im Notfall könnte er sich auf die Suche nach der Quelle machen, um seine Flaschen aufzufüllen. Er durchquerte das etwa zehn Meter breite Gewässer. Warme Strömungen vermischten sich mit kalten, es strudelte um ihn herum, und winzige gelbe Fische glitten zwischen seinen Beinen hindurch. Das Wasser reichte ihm bis zur Hüfte, seine Füsse sanken in einen schlammigen Boden. Als er das andere Ufer erreichte, ruhte er sich für ein paar Minuten aus; er liess seinen Blick über die betörende Landschaft schweifen und musste an einen Film aus seiner Jugend denken, *Die blaue Lagune.* Es fehlten nur noch Brooke Shields und der Blondschopf, und man hätte die Fortsetzung drehen können, dreissig Jahre später. Die Landschaft war noch immer dieselbe, nur die Schauspieler wären gealtert.

Genau, Iris, welcher Track auf der CD ist eigentlich The Blue Lagoon?

Ihm entfuhr ein nervöses Lachen. Er suchte den Himmel ab: keine Drohne in Sicht. Paul erhob sich und machte sich wieder auf den Weg, er ging flussabwärts weiter. Seine Intuition erwies sich als richtig: Irgendwann tauchte ein Steg vor ihm auf, und an dem war das Gleitboot festgemacht.

Eine Blockhütte auf Pfählen stand daneben, ganz ähnlich wie die am Strand. Paul trat vom Flussufer zurück, setzte seinen Rucksack ab und hockte sich in die Büsche. Dann wartete er wieder ab. Das Wasser plätscherte sanft gegen den flachen Rumpf des Gleitboots, der von dem gigantischen Propeller am Heck und dem erhöhten Sitz überragt wurde. Nach weniger als dreihundert Metern wurde der Fluss breiter und ergoss sich in die Bucht. Paul zögerte: Konnte das alles Wirklichkeit sein? Plötzlich war er so unglaublich müde. Das Gelingen seines Plans hing von seiner Entschlossenheit ab. Er kam sich idiotisch vor, wie er sich so im Gebüsch versteckte. Anstatt es sich in diesem Augenblick mit einem Cocktail in der Hand neben Iris in einem Liegestuhl gemütlich zu machen, während die Kinder sich am Strand amüsierten. So hatte er sich seine Ferien ganz bestimmt nicht vorgestellt. Aber wer hätte das schon? Hier musste einfach ein Missverständnis vorliegen, all das war bestimmt ein einziger Witz, da war irgendwo eine Kamera versteckt, nicht wahr?

Aber abgesehen von den Überwachungskameras am Zaun sah er keine, nein.

Paul spürte wieder diesen Schmerz auf seiner Brust, da, wo ihn Denise erwischt hatte. Er biss die Zähne zusammen und schloss die Augen. Er unterdrückte Tränen der Wut. Der Albtraum war Wirklichkeit. Und ihm blieb nichts anderes übrig, als zu kämpfen. Ihm blieb nichts anderes übrig, als zu überleben.

Er schlich sich an den Schuppen heran und spähte durch die schmutzige Fensterscheibe ins Innere. Dann umrundete er die Hütte und klinkte die Tür auf.

Da standen offene Kisten mit Ersatzteilen für das Boot. Ein schwarz verdreckter Motor lag auf zwei Holzbalken. Alles roch nach Öl und Schmierfett. Verschiedenes Werkzeug und ein alter »Total«-Kalender hingen über der Werkbank. Paul griff nach dem Schlüsselbund, das an einem Nagel an der Wand hing, und verliess die Hütte.

Immer noch auf der Hut, ging er den Holzsteg entlang und sprang ins Boot. Die Zähne des Schlüssels glitten ins Zündschloss. Paul liess den Motor an, und auf dem Armaturenbrett gleich neben dem Steuerhebel ging eine rote Kontrollleuchte an. Er fuhr sich mit der Hand über die Stirn und stellte fest, dass er zitterte.

Er ging zurück zum Schuppen, überprüfte, ob nicht irgendwo noch ein anderer Schlüssel hing. Dabei stiess er in einer Ecke auf eine Harpune. Paul wog sie in der Hand, inspizierte den Zustand des Gummibandes. Der Pfeil war ein wenig stumpf, aber die Waffe funktionierte. Paul beschloss, die Harpune mitzunehmen. Dann fiel ihm der Kalender ein, er rollte ihn zusammen und steckte ihn in seinen Rucksack, dann ging er.

11

In der Felsspalte

Sie gingen der Grösse nach hinein: zuerst Hugo, dann Stan und als Letzte Charlotte. Es dauerte nicht lange, und sie waren von völligem Dunkel umgeben. Hugo war der Erste, der seine Taschenlampe anschaltete.

»Leuchte du auf den Boden«, sagte Charlotte hinter ihm. »Ich leuchte über unsere Köpfe.«

»Ich hab die Hosen voll«, gestand Hugo und blieb stehen.

»Wir haben alle Angst«, erwiderte Stan. »Wir sind ganz allein, im Dunkeln und unter der Erde. Viel schlimmer kann es wirklich nicht kommen …«

»Verdammt, Stan, du bist ja ganz gross darin, deine Truppen zu motivieren. Kommt schon, vorwärts marsch!«

Wenn man nicht gerade eine Leidenschaft für Höhlenkunde hat, ist es wohl für die meisten Menschen eine eher gruslige Angelegenheit, in ein Loch hinabzusteigen. Und auch wenn sie Kinder waren, ihnen drängte sich dadurch nicht weniger der Eindruck des Unabwendbaren auf: die Stille und die Finsternis als Allegorie für den Tod.

Hugo keuchte. Angst ist der Atemfunktion eines übergewichtigen kleinen Jungen nicht gerade zuträglich. Er tat sein Bestes, um in gleichmässigem Tempo voranzugehen.

Du bist ein Held, Hugo!, dachte Stan. Er hätte es am liebsten laut herausgeschrien, seinen Freund umjubelt, aber es erschien ihm klüger, konzentriert zu bleiben. Stan hatte den Rucksack mit ihrem Proviant und den Deckenponchos auf dem Rücken. Er blieb Hugo auf den Fersen und hatte die Daumen in die Träger eingehängt, so wie sein Papa es immer machte. Während sie so ins Dunkel vordrangen, musste Stan daran denken, dass sein Vater der einzige Mensch auf der Welt war, der eine ungefähre Ahnung davon hatte, wo sie gerade waren. Hugo und Charlotte hatten nicht mal mehr dieses Glück, jemandem noch etwas zu bedeuten. Stan fragte sich, ob sie wohl oft darüber nachdachten, ob ihre Situation sie so sehr belastete, wie er es sich vorstellte. Sie schlugen sich auf jeden Fall wacker und legten trotz der Umstände eine gesunde Portion Ironie an den Tag. Stan war stolz, auf ihrer Seite und ihr Freund zu sein. Wohin sie auch gingen, sie würden zu dritt sein.

Da war er sich sicher.

Doch er sollte nicht recht behalten.

12

Auf der anderen Seite

Der Neoprenanzug zog sich mühsam über seine feuchte Haut, riss die nicht verheilten Wunden auf. Er zog an der Lasche des Reissverschlusses an seinem Rücken. Schlüpfte in die Gummistiefeletten, zog die Handschuhe über, schulterte seinen Rucksack. Mit Taucherbrille und Schnorchel ging er den Zaun entlang ins Wasser und hielt auf das Korallenriff zu. Schnell befand er sich inmitten von Polypen und ihren empfindlichen Skeletten. Paul versuchte, sich mehr treiben zu lassen, als zu schwimmen, und nutzte den Rückfluss der Strömung, um über die Madreporen hinwegzugleiten. Er hatte Angst, sein Anzug könnte an den scharfen Kanten der Korallen hängenbleiben, die man oft fälschlicherweise für Pflanzen hält, obwohl sie den Tieren zugeordnet werden. Er wusste nicht, welche ihm zum Verhängnis werden konnten, auf jeden Fall wollte er sich keine Verletzung zuziehen, die sich eventuell infizieren könnte.

Im schroffen Kontrast zu der Beklemmung, die ihm die Kehle zuschnürte, glitt Paul behutsam und leicht dahin – und überwand so nach und nach das Riff, bis das Wasser tiefer wurde und er mit ein paar befreienden Kraulschlägen das Ufer erreichte.

Auf der anderen Seite des Zauns.

Als er auf dem Trockenen war, überprüfte er den Zustand seines Anzugs. Nirgendwo ein Riss, kein einziges Loch. Er hatte alles richtig gemacht, und er lächelte, dankbar für seinen Geistesblitz. Er blieb noch ein paar Minuten im Sand sitzen, legte seine neue Haut nicht ab, sondern befreite nur seinen Kopf aus der Haube. Dann steckte er Brille und Schnorchel in seinen Rucksack und nahm Kurs in die Richtung, die er für Norden, Nordosten hielt. Er sah sich um: Keine Drohne war ihm gefolgt.

Schnellen Schrittes ging er voran, die Harpune ragte aus seinem Rucksack. Er wollte all dem ein Ende setzen, einen Ausweg finden: so schnell wie möglich diesen unheilvollen Ort verlassen, in sein Leben zurückkehren – in ihr Leben –, das vielleicht von jetzt an nicht mehr dasselbe sein würde, aber das wäre nur ein Detail im Vergleich zu dem, was er hier ausstehen musste.

Er spürte, wie neue Kraft durch seine Muskeln strömte. Aktiv zu werden war für ihn schon immer der beste Weg gewesen, seine Sorgen abzuschütteln, auch wenn die, in der gegenwärtigen Lage, längst einem echten Unbehagen gewichen waren und das wiederum der nackten Angst.

Wenn ihn jemand so in seiner Gummihaut gesehen hätte, man hätte ihn für ein mutiertes menschenähnliches Ungetüm halten können. Aber da war niemand. Nur der Vulkan in seiner ganzen skulpturalen Grösse.

Den Anzug hatte er aus einer Intuition heraus anbehalten, die einen Platz verdient hatte unter den Top Five der bahnbrechenden Eingebungen, wie sie uns ein sehr undurchsichtiger Teil von uns manchmal bescheren kann. Die zweite Eingebung war, die Harpune mitzunehmen.

Zwei der fünf wichtigsten im Leben.

Bravo, Monsieur Jensen.

13

Abstieg

»Müsste die Hölle nicht eigentlich heiss sein?«, witzelte Stan.

Seine Stimme hallte von dem Gewölbe dicht über ihren Köpfen wider. Hugo entfuhr ein hysterisches Hyänengelächter.

»Sehr lustig«, sagte Charlotte. »Okay, lasst uns haltmachen und die Ponchos anziehen, bevor wir uns noch den Tod holen.«

Hugo platzierte seine Taschenlampe so in einer Vertiefung im Fels, dass sie den Gang beleuchtete, ohne zu blenden. Stanislas bat sie, Platz zu machen, damit er den Rucksack absetzen konnte; die Träger begannen ihm in die Schultern zu schneiden.

Sie legten sich ihre Ponchos um und banden sie auf Hüfthöhe mit einem Stoffstreifen zu, den sie ebenfalls aus den Decken herausgeschnitten hatten. Sie sahen sich an und mussten lachen, in ihrer Aufmachung wirkten sie wie ein paar dem Mittelalter entsprungene Landstreicher. Für einen kurzen Augenblick fühlte es sich wie ein Spiel an. Sie nahmen schnell noch einen Schluck aus einer Wasserflasche. Wirklichen Durst hatten sie nicht, aber ihre Münder waren trocken. Der Sauerstoffmangel, die Anspannung.

»Wie lange wir wohl schon unterwegs sind?«, fragte Hugo.

»Vielleicht etwas mehr als eine Stunde«, schätzte Charlotte.

»Meinst du?«, erwiderte Stan. »Wir sind bestimmt erst einen Kilometer weit gekommen. Dann bewegen wir uns ja im Schneckentempo!«

»Na los, weiter geht's«, unterbrach ihn Charlotte.

Hugo schnappte sich seine Lampe und setzte sich in Bewegung.

Die Felswände sonderten kalkiges Wasser ab. Es tropfte auf ihre Köpfe wie ein träger, lauwarmer Regen. Je mehr die Luftfeuchtigkeit stieg, desto mehr hatten sie das Gefühl zu ersticken.

»Scheisse!«, rief Hugo plötzlich.

»Was ist?«

»Ich bin in eine Pfütze getreten.«

»Du sollst doch auf den Boden leuchten, verdammt noch mal!«, rief Charlotte.

»Ja, gut, hab ich nicht gemacht ...«

»Dann leuchte eben jetzt auf den Scheissboden!«

Der Gang wurde breiter, das Wasser tiefer.

»Was machen wir jetzt?«, fragte Hugo.

»Wir gehen weiter«, entschied Stan.

Er setzte sich vor Hugo, indem er sich, nicht ohne Mühe, zwischen der Wand und dem vorstehenden Bauch seines Freundes hindurchzwängte. Das Wasser reichte ihm erst bis zu den Knöcheln, dann bis zu den Waden.

»Kommt schon! Das Wasser ist ganz warm, das ist super!«, rief Stan.

Schliesslich wurde der Gang zu einer Grotte und bildete ein Becken von etwa zehn Metern Durchmesser. Stan hielt inne, als er bis zum Oberschenkel im Wasser stand. Auf der anderen Seite ging der Tunnel im Trockenen weiter.

»Mist!«, rief Stan. »Wir müssen schwimmen.«

Schwimmen … immen … men … nnn …

Das Echo liess seine Worte widerhallen.

»Na und? Dank Denise sind wir doch Profis, oder?«, sagte Charlotte mit gedämpfter Stimme.

Sie lachten.

»Aber wie machen wir das mit dem Rucksack?«, warf Hugo ein. »Die Brote, die Taschenlampen …«

Lampen … ampen … pen … nnn …

»Nicht so laut, Hugo! Ich glaube, auf die Entfernung schaffe ich es, einen Arm aus dem Wasser zu halten«, flüsterte Stan.

»Ja, das könnte gehen«, erwiderte Charlotte und wackelte mit ihrem verkümmerten Arm. »Leider bin ich dir dabei wirklich gar keine Hilfe.«

Hilfe … ilfe … lfe … fe …

Immer wieder aufs Neue war Stan von Charlotte beeindruckt, davon, wie sie sich bei all den Hürden, vor die sie ihre Behinderung stellte, unverdrossen ihren Humor bewahrte. Kurz entschlossen lehnte er sich vor und gab ihr einen Kuss auf die Wange. Der Schmatzer hallte deutlich in der Grotte wider.

»He, was soll das denn?«, rief Charlotte.

»Nix …«

Nix … ix … ix …

Stan setzte den Rucksack ab, tat ganz normal. Er war

rot geworden, aber in dem Halbdunkel würde niemand etwas merken ausser ihm.

»Gehen … gehen wir mit unseren Klamotten rein?«, fragte Hugo.

»Stimmt, das ist vielleicht nicht die beste Idee«, antwortete Charlotte.

Bis jetzt waren nur ihre Schuhe und ihre nackten Waden nass geworden.

»Okay! Du hast recht.«

Die drei gingen zurück, um sich auszuziehen.

»Wir tun alles in den Rucksack«, sagte Stan. »So schwer ist der ja nicht.«

Als sie bis auf die Unterhosen ausgezogen waren, zögerten sie.

Charlotte ergriff die Initiative. »Mit 'nem nassen Schlüpfer holt man sich nur Durchfall.«

»Soll heissen …?«, stiess Stan hervor.

»Wir ziehen alles aus. Eure Schwestern habt ihr doch auch schon mal nackig gesehen, oder?«

Mit diesen Worten liess Charlotte ihren Schlüpfer herunter. Die Jungs taten es ihr gleich. Das fiel ihnen nicht ganz leicht, schliesslich hatten sie da diesen kleinen haarlosen Schlauch, mit dem sie sich verletzlich und ein bisschen dämlich vorkamen.

»Na also«, sagte Charlotte. »Auf geht's!«

Sie warfen sich ins Wasser und schwammen auf die andere Seite. Hugo half Stan mit dem Rucksack.

»Bravo, Kumpel! Du hast es geschafft!«

Sie warteten, bis sie einigermassen trocken waren, dann zogen sie ihre Shorts und ihre Hemden wieder an und setzten ihren Weg durch den neuen Tunnel fort. Dieser war so breit, dass sie fast nebeneinandergehen konnten.

»Wartet!«, rief Charlotte.

Die Jungs blieben stehen.

»Den Tunnel hier, den hat irgendjemand gegraben …«

Die drei sahen sich an.

»Ich hab Schiss«, entfuhr es Hugo.

»Haben wir eine Wahl?«, fragte Stan.

»Wenn wir hier rauskommen, dann gebe diesmal ich dir einen Kuss«, war Charlottes Antwort.

14

Urzeit

Ein paar einzelne Felsen säumten Pauls Weg, bis sich der sandige Untergrund ganz zu Vulkangestein wandelte. Die Wellen brachen sich an den natürlichen Dämmen, Gischt spritzte auf. Unter seinen Gummisohlen spürte er die Unebenheiten der von Wind und Wasser bearbeiteten erkalteten Lava. Tausende von Kratern hatten sich in den Stein gegraben, ob münzgross oder so tief, dass ein ganzer Mensch darin verschwinden könnte. Dieser Teil der Insel wirkte richtig ungezähmt und war von einer rauen, berückenden Schönheit. Fast hätte Paul darüber vergessen, warum er eigentlich hier war. Da waren die Luft und der Wind, der gischtschäumende Horizont, das wogende Wasser des Ozeans, der in der Ferne eins wurde mit dem Himmel, so weit das Auge reichte. Seit seiner Ankunft auf Nomad First fühlte Paul sich zum ersten Mal frei. Falsch. Das reichte noch viel weiter zurück, in die Kindheit, als er durch die Wälder tobte, bis ihm die Puste ausging. Vielleicht war dies eine Befreiung? Sich mit den Elementen messen, sich in ihrer Schroffheit, ihrer Pracht verlieren. Wahrscheinlich hatte er sich deswegen so verbissen in den Sport gestürzt, nicht um den Mangel an Sex zu kompensieren, wie er geglaubt hatte, sondern um sich sich selbst zu stellen, über die eigenen körperlichen Grenzen hinauszugehen, sich an einer Entfernung zu messen, an einer quantifizierbaren Anstrengung in Raum und Zeit. Es ging nicht mehr darum, die Natur zu zähmen, sondern darum, sich an sie anzupassen. Er fühlte sich frei, denn er spürte, dass er Teil eines grösseren Ganzen war.

Allerdings: So in Gedanken versunken, hatte Paul Jensen, im scheinbaren Einklang mit der Natur, seine eigentliche animalische Seite unterdrückt.

Denn der Mensch ist niemals allein.

Er hatte die dunklen Umrisse erst für ein paar Gesteinsbrocken gehalten. Paul hatte sich ganz auf das Laufen konzentriert, um sich nicht den Knöchel zu verdrehen oder in ein Loch zu fallen. Aber mit einem Mal wurde ihm klar, dass diese unbeweglichen Gesteinsbrocken Lebewesen waren.

Er blieb stehen. Die grössten unter ihnen massen bestimmt zwei Meter.

Warane.

Ihre aus winzigen Schuppen bestehende Haut hatte die vorherrschende Farbe ihres Biotops angenommen. Sie dösten in der Sonne, und Paul befand sich, Gott sei Dank, nah genug an der feuchten, von den Wellen besprengten Felspartie, damit diese monströsen Drachen nicht auf die Idee kamen, sich den zweibeinigen Eindringling einmal näher anzuschauen. Plötzlich, in etwa hundert Metern Entfernung, geriet eine der Echsen in Bewegung, sie stürzte sich auf einen Kormoran, der sich gerade erst im Sand niedergelassen hatte, und verfehlte ihn nur knapp. Bei dem Anblick des Tiers musste er an die kleinen Eidechsen denken, die er mit seiner Wasserpistole verfolgt hatte, als er ein Junge war. Er wusste nicht viel über Warane. *Legen wahrscheinlich Eier. Und sind Fleischfresser,* vermutete er, nachdem er gesehen hatte, wie der Waran auf den Vogel losgegangen war. *Fleischfresser heisst Zähne.* Bei diesem Gedanken lief es ihm kalt den Rücken herunter.

Er ging weiter und war froh, dass der Neoprenanzug seinen Geruch übertünchte, denn der würde ihnen bestimmt unbekannt sein. Tatsächlich war es wenig wahrscheinlich, dass Menschen überhaupt schon mal auf diese riesigen Reptilien gestossen waren. *Und die Einheimischen, Paul, was machst du mit denen?* Ein Punkt fürs Preisgericht. War das Ulitas »Wild«? Auf einmal schien der Zaun seine Berechtigung zu haben. Die wahren Einheimischen der Insel waren sie, die Warane. Sie waren ihre Seele, ihre ersten Bewohner, und zwar seit … der Urzeit? So wie das Krokodil oder die Schildkröte. Das wusste Paul, er wusste, dass die Echsen direkte Abkömmlinge dieser weit zurückliegenden Epoche waren, in der der Mensch noch um die eigene Haut zu fürchten hatte und die Urbarmachung des Landes noch eine unbekannte Losung im Reich des Brummens und des Knurrens war.

Paul hielt grösstmöglichen Abstand zu den Tieren. Ihr Auftauchen hatte seinen Ausreisserfreuden ein jähes Ende bereitet. Dafür rückten sie den einzigen und wesentlichen Punkt seiner wahnwitzigen Exkursion wieder in den Fokus: von dieser verfluchten Insel wegzukommen! Paul beschleunigte den Schritt, auch auf die Gefahr hin, sich dabei die Füsse aufzuschlitzen, alles war besser, als sich mit diesen Monstern herumzuschlagen.

Du wolltest Natur, Paul Jensen?

Bitte sehr, hier kam sie. In ihrer urtümlichsten, reptilienartigsten Erscheinung: Plötzlich stellte sich, auf seinen Schwanz gestützt, ein Waran von fast siebzig Kilo vor ihm auf, mit den krummen Vorderbeinen zum Angriff bereit.

»O mein Gott!«

Der Waran riss sein Maul auf und schnappte ins Leere. Paul fiel hintenüber, auf seinem Hintern wich er vor der Echse zurück, die ihn nicht aus den Augen liess. Sie züngelte mit ihrer gespaltenen Zunge, als versuchte sie, das bedrohliche Wesen ihr gegenüber näher zu bestimmen. Von einer weiteren Attacke blieb Paul verschont, da das Weibchen brütete – flüchtig hatte er die etwa zwanzig grossen weissen Eier unter dessen Bauch gesehen – und seine Nisthöhle nur im äussersten Notfall verlassen würde.

Paul wollte einen Bogen um das Ungetüm machen, als zwischen den Felsen ein zweites auftauchte. Das Tier bewegte sich langsam und lauernd auf ihn zu, seine gespaltene Zunge blieb unablässig in Bewegung. Paul tastete nach dem Harpunengewehr, das aus seinem Rucksack ragte. Dabei fiel ihm auf, dass sein Anzug am Ellenbogen einen Riss bekommen hatte, er blutete. War es der Geruch von Blut, der das Tier anlockte? Die reine Neugier? Die Bedrohung, die von ihm ausging?

Der Waran kam immer näher, bedächtig, stetig, und plötzlich durchzuckte Paul eine Erinnerung: Er musste an einen Artikel denken, den er in einer Pendlerzeitung gelesen hatte – wahrscheinlich auf einer seiner Zugfahrten nach Zürich. Der Titel hatte gelautet: »Schweizer Tourist von Waran gefressen«. Der Text hatte berichtet, man habe nur noch sein Fernglas und seine Brille gefunden. Aber Paul würde doch jetzt nicht gleich der zweite Eidgenosse werden, der von so einem Scheissteil verspeist wurde. *Warane lieben die Schweiz, das ist allgemein bekannt,* haha! Sein Gelächter schüchterte das Tier ein, es blieb plötzlich stehen. *Ich verliere den Verstand,* dachte Paul. Blut tropfte von seinem Ellenbogen. Er verspürte keinerlei Schmerz, und doch musste dieses Scheissblut aus seinem Arm laufen, als hätte er nicht schon genug Probleme, als wäre nach allem, was ihm seit einer Woche passierte – was einer Ewigkeit auf Nomad First entsprach –, das Mass nicht längst voll. Paul stützte den Gewehrkolben auf sein Brustbein, spannte den Pfeil, indem er mit beiden Händen am Gummiband zog.

Plötzlich nahm die Echse Anlauf, Paul drückte den Auslöser. Die Harpune durchbohrte den Hals des Warans, ging einmal vollständig hindurch. Das Tier wand sich, versuchte, den Schmerz und die Harpune abzuschütteln. Paul musste die Waffe fallen lassen, um nicht von den Füssen gerissen zu werden. Schliesslich rollte der Waran auf die Seite, seinem aufgerissenen Maul entfuhr ein heiseres Röcheln, gemischt mit dem Gurgeln des Bluts in seiner Kehle. Er liess schicksalsergeben den Kopf sinken, spuckte Blut, bis sich schliesslich seine Lider schlossen und er nicht mehr war als ein Haufen totes Fleisch.

Paul wartete, hob seine Waffe auf, zog an dem Nylonseil, um den Pfeil zu befreien, und dachte dabei nicht daran, dass sich der Widerhaken an der Spitze geöffnet hatte, um – normalerweise erlegt man damit stinknormale *Fische,* verflucht! – das Entkommen der Beute zu verhindern. Paul graute es davor, sich dem Tier zu nähern, aber es war keine Option, das Gewehr zurückzulassen.

Er zog noch einmal an der Schnur. Der Waran rührte sich nicht. Paul umrundete das Tier, fürchtete noch irgendeinen Hinterhalt, aber nein, nichts, es war wirklich mausetot. Er brauchte mehrere Anläufe, um die Harpune zu befreien. Das Blut aus seinem Ellenbogen vermischte sich mit dem des Tiers, beides leuchtete in demselben Rot, glänzendem Karmesin, fast wie Samt. Paul legte seine Hand flach auf den Bauch des Reptils. Er hatte sich die Haut nicht so weich vorgestellt. Er schloss die Augen. Die Wellen brandeten noch immer gegen die Felsen, benetzten sein Gesicht, brannten auf den sonnenversengten Wangen. Dieser Tod war ein Missverständnis, ein Zusammenstoss aufgrund eines Irrtums, der sich seit Jahrmillionen hartnäckig hielt.

Paul öffnete die Augen, versenkte seine Finger in der Wunde des Warans. Tatsächlich kannte er dieses Tier nur zu gut, das wurde ihm jetzt klar, er hatte gar keinen Zweifel daran, dass ihnen am Tag zuvor, als er mit seiner Familie zu Abend gegessen hatte, das Fleisch eines Warans serviert worden war.

15

Lüftung

Sie trauten sich kaum, Luft zu holen, als könnte ihr Atem sie verraten. Und doch konnten sie es sich nicht verkneifen, sich flüsternd zu fragen, wo sie wohl waren, was das für ein Gang war, wohin er sie führte. Sie waren Kinder, sicher, aber es wäre wohl niemandem wohl dabei, wenn er sich an einen Ort vorgewagt hätte, der ins Innere eines Vulkans geschlagen war.

Und dann, entgegen jeder Erwartung, endete der Tunnel.

»Echt jetzt?«, rief Hugo aus.

»Früher oder später musste das ja passieren«, erwiderte Charlotte mit gedämpfter Stimme.

»Okay, wartet, man gräbt doch nicht ohne Grund einen Tunnel, oder?«, sagte Stan und leuchtete mit der Lampe um sich herum. »Da!«, schrie er.

Der Lichtkegel fiel auf die Rotoren eines grossen Lüftungsschachts genau über ihnen.

»Wer auch immer da drinnen ist, braucht Luft!«

Und in diesem Moment, wie um seine Worte zu bestätigen, hörte man ein Klicken, und die Rotoren setzten sich in Bewegung. Mit einem gedämpften, metallischen Geräusch wie das einer Schneidemaschine in der Küche.

»Endstation unserer Reise zum Mittelpunkt der Erde«, sagte Charlotte.

»Ich bin nicht unfroh, wenn wir an die Oberfläche zurückkehren«, stiess Hugo erleichtert hervor.

Stan wendete den Blick nicht vom Ventilator ab.

Charlotte sah ihn an, und sie begriff. »Kommt nicht in Frage!«, sagte sie.

»Was denn?«, fragte Hugo.

»Stan will da hoch. Stimmt's?«

Er sah sie beide an, mit einem fast träumerischen Blick und einem verstohlenen Lächeln.

»Jap.«

»Gott im Himmel!«, seufzte Hugo.

»Ach ja? Bist du katholisch?«, fragte Charlotte.

»Sagen wir, ein bisschen.«

»Wenn es dir passt?«

»Wenn ich Angst habe.«

»Seid ihr zwei jetzt fertig?«, unterbrach Stan.

Er hatte seinen Poncho zusammengerollt und sich das Taschenmesser in die hintere Hosentasche gesteckt.

»Position ›Kokosnuss‹, los, Hugo!«

»Ach du Scheisse.«

Hugo hockte sich hin, wartete, bis Stan sicher auf seinen Schultern stand, und richtete sich auf. Diese »Kokosnuss«-Technik hatten sie entwickelt, als sie einmal ebensolche von Zwergpalmen gepflückt hatten.

»Und jetzt?«, fragte Charlotte.

Stan klappte sein Taschenmesser aus, zückte den Schraubendreher und nahm sich das Gitter vor.

»Da, wo ich herkomme«, sagte Stan, »ist dieses Messer der King of the Grill!«

Hugo fing an zu lachen und schüttelte Stan mit durch.

Charlotte blieb angespannt. »Du wirst dich noch schneiden!«

»Leuchte mir einfach weiter, ich hab's gleich geschafft. Achtung!«

Stan liess das Gitter los, das mit einem ohrenbetäubenden Scheppern auf den Felsboden fiel. Dann schob er die zur Wurst gerollte Decke in den Ventilator und blockierte so die Rotoren.

»Die Rolle ist so dick, dass die durch den Stoff nicht durchkommen, siehst du?«

»Ich sehe«, antwortete Hugo, »aber langsam wirst du echt schwer, Stan, Hänfling hin oder her.«

Stan sprang auf den Boden.

»Übrigens, wenn uns irgendjemand hört, dann war's das«, grummelte Charlotte missmutig.

»Kopf hoch, Charlie!«, sagte Stan.

Hugo fasste sich ins Kreuz und stand wieder auf. »Meinst du, du passt da durch?«

»Auf jeden Fall. Ich brauche einen Poncho, meine Taschenlampe, und los geht's.«

»Wenn du in einer Stunde nicht zurück bist, komme ich dich suchen«, sagte Charlotte.

»Und ich darf mir hier die Beine in den Bauch stehen oder wie?«

»Erst mal stehen wir ja beide hier.«

»Und wenn du auch nicht zurückkommst?«

»Dann gehst du zurück in unseren Garten Eden und feuerst die Leuchtpistole ab.«

»Sehr witzig.«

»Genug geredet«, sagte Stan und dämpfte seine Stimme. »Ich gehe …«

»Warte!«, flüsterte Hugo und zog aus seiner Tasche einen ihrer Kreidesteine. »Der könnte noch nützlich sein …«

»Gute Idee, Hugo!«

Die beiden gaben sich High five, Hugo und Charlotte wünschten Stan Glück.

»Hey, das ist ja kein Abschied für lange, verstanden?«

»Na los, Kommando ›Kokosnuss‹!«, wies Charlotte an.

Stan stieg auf Hugos Schultern, kletterte zwischen den Rotorblättern des Ventilators hindurch und verschwand im Lüftungsschacht.

Ganz so, wie man auch seinem Schicksal, seinem Lebensweg folgen würde.

Und genau das war hier der Fall.

16

Sonnenbad

Iris und Lou sassen mit Mike auf der Veranda und tranken Fruchtsaft.

»Steht alles zu Ihrer Zufriedenheit, Ladys?«

Iris lüftete ihre Schmetterlingssonnenbrille; sie war überrascht und gleichzeitig geschmeichelt von diesem vertraulichen Ton.

»Selbstverständlich, Mike. Alles ist perfekt. Nicht wahr, Lou?«

Lou nickte. Das Kokosöl liess ihren Körper in der Sonne glänzen. Schwer zu sagen, ob Tochter oder Mutter gebräunter war. Lou drückte den Rücken auf dem Liegestuhl durch, um ihre Brust zur Geltung zu bringen.

»Nicht alle scheinen Ihrer Ansicht zu sein«, sagte Mike, der sich ziemlich unbeeindruckt von den Bemühungen des Mädchens zeigte.

Iris nahm eine Zigarette vom Tisch.

»Haben Sie Feuer?«

Mike zündete ein Streichholz an und führte seine gewölbte Hand an Iris' Lippen.

Die Zigarette begann zu glimmen, und Iris stiess eine Rauchwolke aus, die wie ein Omen in den Himmel stieg. »Sie kommen zurück, das verspreche ich Ihnen.«

»Sollten Sie irgendetwas brauchen, lassen Sie es mich wissen.«

»Vielen Dank für Ihren Besuch, Mike.«

Kurz bevor er die Veranda verliess, drehte Mike sich noch einmal um. »Wir zählen auf Sie, Iris.«

Lou schlug sich die Hand vor den Mund und unterdrückte einen Schrei. Sie hätte schwören können, dass sich Mikes Augen plötzlich vollkommen schwarz gefärbt hatten.

Der junge Mann lächelte ihnen entgegen, und schon war wieder alles so strahlend und perfekt wie das Blau des Himmels.

17

Vorwärts

Paul lief so nah wie möglich am Wasser entlang, in ausreichendem Abstand zu den Reptilien, aber blieb jetzt auf der Hut. Er folgte weiter dem erkalteten Lavastrom, bis er schliesslich das Territorium der Warane hinter sich liess.

Sobald er sich sicher fühlte, legte er seinen Anzug ab und wusch die Wunde an seinem Ellenbogen mit Meerwasser aus. Die Blutung konnte er mit einem der Gummihandschuhe stoppen. Auf einem durch die Lavaströme vorgegebenen Pfad begann er mit dem Aufstieg auf den Vulkan. Sein Plan war, das Massiv in ausreichender Höhe zu umrunden, damit er nicht die Spitze überqueren müsste.

Paul hatte sein Bandana vergessen, deswegen brannte ihm jetzt die Sonne auf den Schädel. Er leerte seine zweite Flasche Wasser. Die Hitze flirrte über dem schwarzen Untergrund. Er stapfte langsam vorwärts. Der Weg über den scharfkantigen Schmirgelstein führte ihn auf und ab, immer wieder verschwand Paul vollständig in einer Senke und tauchte später an einer Anhöhe wieder auf, als würde er auf unbeweglichen Wellen reiten.

Aber er ging stur immer weiter. Und das war, worauf es ankam. Er war froh, in so guter körperlicher Verfassung zu sein. Er war aus Liebe zu seiner Familie in diese

Schlacht, in diesen Krieg gezogen. Zum ersten Mal in seinem Leben handelte er so durch und durch kompromisslos: War das, was es hiess, ein Mann zu werden?

Bald hatte er die Sonne im Rücken. Vor ihm erstreckte sich sein Schatten. Er war immer noch aus Fleisch und Blut, sein Körper existierte, er hatte seinen Platz in einem wohl unendlichen System aus Sternen, Raum und Planeten. Er war winzig, aber so klein er auch sein mochte, war er doch in der Lage, seinen eigenen Schatten zu werfen.

Er war der Sonne im Weg.

Sandkorn im Getriebe.

Nach einer tiefen Senke erreichte er endlich den Aussichtspunkt, den er sich erhofft hatte.

Bald würde er sehen, was sich hinter dem Berg verbarg. Was sich auch einer seiner Vorfahren einmal gefragt hatte, vor sehr langer Zeit.

18

Offenbarung

Stan rutschte mit seinem Oberkörper auf dem Poncho vorwärts. Mit seinen Sohlen hatte er guten Halt, was den Kriechgang erleichterte.

In seinem Hals kratzte es, seine Unterarme schmerzten, aber: Er gab nicht auf. Er hatte einen Rhythmus gefunden und konzentrierte sich auf seine Atmung. Jammern nutzte nichts. Die Taschenlampe in seiner Hand streifte durch den Tunnel, doch dem Lichtstrahl gelang es nicht, das Dunkel vor ihm vollständig auszuleuchten.

Dann bestätigte sich Hugos Vermutung: Der Schacht gabelte sich. Stan malte einen Pfeil in entgegengesetzter Richtung, um die Abzweigung zu markieren, die er auf dem Rückweg nehmen musste, und schlug sich in die Röhre zu seiner Linken.

Er kroch noch gute zwanzig Meter weiter, als er plötzlich Stimmen hörte. Er erstarrte. Versteinert wartete er ab, dass die Stimmen verschwanden. Vor sich konnte er nichts erkennen. Er schaltete seine Lampe aus, und als er den Blick senkte und leicht seinen Körper anhob, begriff er. Wegen der Taschenlampe hatte er ein kleines, rechteckiges Gitter übersehen, durch das Licht fiel. Er kroch zurück, bis sein Gesicht auf Höhe der Öffnung war. Der Luftschacht schien direkt über einem neonbeleuchteten Flur zu verlaufen, der aussah wie in einem Spital.

Stan hörte wieder Stimmen und drückte sein Gesicht

gegen das Gitter. Ein Mann in grünem Hemd und mit einer OP-Haube auf dem Kopf eilte den Gang entlang. Eine Frau in Schwesternkittel lief neben ihm.

»Ich gehe in den Desinfektionsraum. Sie schicken sie mir in fünf Minuten, okay?«

»Block 2, verstanden.«

Sie verschwanden aus seinem Blickfeld. Ihre Stimmen verklangen, sobald sie so etwas wie eine Doppelflügeltür passiert zu haben schienen, Stan konnte das nicht richtig erkennen.

Kurz darauf schob dieselbe Krankenschwester eine Trage unter ihm hindurch. Trotz der Sauerstoffmaske erkannte Stan Denise sofort; leblos lag sie da, in jedem Arm steckte ein intravenöser Zugang, Tropf und Blutkonserve waren am Bettgestell befestigt.

Stan lehnte seine Stirn gegen das kalte Metall des Lüftungsschachts und schloss für einen Moment die Augen. Als er sich mit Charlotte und Hugo in den Felsspalt vorgewagt hatte, hatte er sich einen Weg auf die andere Seite des Vulkans erhofft und keine unterirdischen Spitalgänge.

Er hörte Schritte, die von einem regelmässigen Quietschen begleitet wurden. Er öffnete die Augen und sah von hinten eine Krankenschwester, die einen Rollstuhl schob. Sie stellte ihn ein paar Meter weiter ab und verschwand in einer Seitentür. Stan kroch bis zum nächsten Gitter, so dass er den Stuhl und die Person darin unter sich hatte. Ihm stockte für ein paar Sekunden der Atem: Da sass, schlaff, ein Mädchen mit rasiertem Schädel. Ihre linke Hand wurde von einem nervösen Ticken durchzuckt, sie knirschte mit den Zähnen. Sie hatte ein weites Hemd an, das ihr bis knapp über die Oberschenkel reichte und darunter zwei weisse, von roten Flecken übersäte Beine freilegte. Ihre nackten Füsse rutschten in einem fort auf dem Fussbrett hin und her.

»Hey, du! Hey, pssst!«

Stan rief noch einmal nach ihr. Das Mädchen richtete sich langsam auf, allerdings schien das für sie eine enorme Kraftanstrengung zu bedeuten. Stan liess nicht locker. Ihm war selbst nicht klar, warum er ein solches Risiko einging. Aber dieses arme Mädchen war keine von denen, auf gar keinen Fall!

»Hier oben! Ich bin im Lüftungsschacht! Hier oben! Hier!«

Sein Flüstern hatte sich in ein Flehen verwandelt. Das Mädchen hob den Kopf. Stan erhellte mit der Taschenlampe sein Gesicht, damit sie ihn durch das kleine Gitter vielleicht erkennen könnte, und leuchtete dann in ihre Richtung.

»Ich bin hier! In der Lüftung!«

Stan begegnete ihrem leeren Blick, entdeckte die frischen rosa Narben auf ihrer Kopfhaut. Das Mädchen stiess einen Schrei aus, bei dem er eine Gänsehaut bekam. Er wollte weg, aber die Rückkehr der Krankenschwester kam ihm dazwischen: Auf keinen Fall konnte er riskieren, von ihr bemerkt zu werden. Stan machte sich fast in die Hosen, als er sie erkannte.

»Was ist denn, Jenny, willst du dich wieder wich… Du verdammtes Miststück! Das hast du doch mit Absicht gemacht!«

Vera verpasste Jenny eine Ohrfeige. Mit dem Fuss löste sie die Feststellbremse und setzte mit einer ruppigen Bewegung den Stuhl in Bewegung. Jenny biss sich in die Hand, um einen Schrei zu unterdrücken.

»Du willst es nicht anders, oder? Bitte, dann kriegst du dein Eisbad, du dumme Gans!«

Da, wo der Stuhl gestanden hatte, konnte Stan eine grosse Urinlache erahnen. Der Mund wurde ihm trocken.

Scheisse, so was von trocken.

Er machte kehrt und kroch, so schnell er nur konnte.

19

Hinter dem Berg

Sein Aussichtspunkt gab den Blick frei auf eine fruchtbare Ebene, die sich vom Fuss des Vulkans bis zum Meer erstreckte. Man sah bestellte Felder, Weinstöcke, weidendes Vieh, einen breiten Fluss und verstreute Häuser und Höfe. Nahe der Uferböschung standen ein paar Hütten, Fischerboote lagen im Sand. Paul konnte keinen Flughafen erkennen, keinerlei Infrastruktur etwa für einen Frachter und Containerladungen.

Und inmitten dieser lichtdurchtränkten, pastoralen Szenerie gingen lauter kleine Silhouetten, winzige schwarze Punkte zu Werke, waren stumm und emsig bei der Arbeit, ein effizient durchorganisierter Ameisenhaufen. Ein Netzwerk aus Arbeitsabläufen, in dem sich die Strukturen einer strengen Logistik abzeichneten. Strikte Aufgabenteilung, maximaler Ertrag.

Die Insel versorgt sich selbst, dachte Paul.

Resigniert liess er den Kopf hängen. Es war eine Erkenntnis ohne Notausgang.

Ihm kam der verrückte, ja absurde Gedanke, Nomad First könnte vielleicht nicht einmal auf einer Karte verzeichnet sein, dass alles, was er hier erlebte, blosse Illusion war, er selbst sich *in* der Illusion befand. Dass dieser Ort, die hier verbrachten Tage von der Wirklichkeit ausgeklammert waren. Eine Art vierte Dimension, der Abklatsch einer Zeit, die schon immer parallel zu ihrer existiert hat und von dieser beeinflusst wurde.

Als er sah, wie sich die kleinen schwarzen Menschlein von dem Panorama vor ihm abhoben, musste er an das Fresko in ihrem Wohnzimmer denken.

Das sind sie.

Plötzlich war alles wieder da. Er erinnerte sich daran, wie er nach der Arbeit nach Hause gekommen war, Iris hatte ihn aufgeregt und freudestrahlend begrüsst. Sie hatte dieses leichte rote Kleid getragen, das ihre Figur umspielte, ihre Weiblichkeit betonte. Sie hatte Citronnade gemacht, er hatte sich entspannt, den Knoten seiner Krawatte gelockert und seine Aktentasche neben das Sofa gestellt. Sie hatten nicht miteinander geschlafen, nein, das noch nicht, dafür war sie noch zu labil gewesen, aber sie hatte ihn ihre Schenkel, ihre Brüste streicheln lassen. Iris hatte das mit der Reise vorgeschlagen, hatte ihm von dem Angebot im Internet erzählt, davon, wie man alles vergessen sollte, was man bisher über Ferien wusste, um das *Paradies* zu entdecken. Iris hatte ihm die Zunge in den Mund gesteckt, war ihm mit der Zunge bis zum Ohr gefahren, hatte ihm hineingesäuselt, um ihn zu überzeugen. Aber erst als ihre Zunge tiefer hinabgewandert war und ihr Mund seinen Penis umschloss, hatte Paul eingewilligt.

Das Paradies.

Jetzt würden sie ihm nicht mehr entkommen.

Sie gehörten der Insel.

Sie waren auserwählt worden.

Gäste für immer.

Tag 6

1

Bericht

Stanislas schüttelte ihn energisch. Paul öffnete die Augen, setzte sich auf und vergass dabei seine Verletzung am Ellenbogen. Er verzog das Gesicht und rieb sich den schmerzenden Arm. Er hatte so fest geschlafen, dass er nicht gleich wusste, wo er sich befand, bis er die Kinder sah. An ihren Gesichtern war abzulesen, dass sie eine schlimme Nacht hinter sich hatten. Paul schloss seinen Sohn in die Arme. Aber auch die beiden anderen Kinder brauchten Trost, also tat er, was jeder wohlmeinende Erwachsene getan hätte. Sanft schob er Stan zur Seite und gab sein Bestes, um Charlotte und Hugo wieder aufzubauen. Die Kinder waren zurückhaltend, ihnen war seine Verletzung aufgefallen, das abgekämpfte Gesicht, der verdreckte schwarze Bart, das getrocknete Blut an seinen Händen – ein umnachteter Soldat in einem absurden Krieg.

Um sie nicht noch mehr zu beunruhigen, erwähnte Paul weder seine Begegnung mit den Waranen noch die blutige Auseinandersetzung mit Denise. Er erklärte seine Blessuren mit einem Sturz in den Felsen und erzählte ihnen, was er hinter dem Berg gesehen hatte: friedlich wirkende Menschen, die ihre Felder bestellten, ihren Fisch fischten, ihr Vieh hüteten. Kein Hafen, keine Schiffe, keine Spur von einer Landebahn für kleine Frachtflugzeuge, nichts.

»Wir sind also auf uns gestellt, richtig?«, fasste Charlotte zusammen. »Abgeschnitten von der Welt?«

Paul nickte.

»Aber wie konnten sie ... ich meine, alles, was sie gemacht haben? Haben sie ... haben sie das alles *ganz allein* gemacht?«, fragte Stan und schrie fast dabei.

»Ich glaube, wir dürfen nicht mehr versuchen, dem mit Logik beizukommen«, sagte Paul. »Es bringt nichts, das alles aufdröseln zu wollen. Es reicht, sich zu sagen, dass es einen Anfang gab, und aus diesem Anfang ist etwas entstanden, erwachsen und weiter gewachsen. Wir sollten uns davon verabschieden, das Unerklärliche erklären zu wollen ...«

»Und uns anschliessend von der Insel verabschieden«, warf Charlotte ein.

Paul lächelte über ihr Wortspiel. Er nutzte ein kurzes Schweigen zur Atempause, und dann fragte er sie schliesslich vorsichtig, was sie entdeckt hatten.

Charlotte fing an zu erzählen: von ihrem Abstieg in die Felsspalte, dem Wasser in der Grotte, dem angelegten Tunnel, der sie in den Lüftungsschacht geführt hatte.

Dann übernahm Stan und berichtete, wie er sich durch den Schacht gearbeitet und das unterirdische Spital entdeckt hatte. Von Denise am Tropf auf dem Weg zum Operationstisch. Vera, die Jenny im Rollstuhl durch den Gang schob ...

Stan verstummte. Die Kinder sassen auf glühenden Kohlen.

»Und was machen wir jetzt?«, presste Hugo hervor.

»Wir wollen hier weg, Monsieur. Und zwar um jeden Preis!«, sagte Charlotte noch.

Paul überlegte, dann fragte er: »Charlotte, Hugo, könnt ihr sicher sagen, welchen Tag wir heute haben?«

»Sie meinen, welches genaue *Datum?*«, fragte Hugo.

»Wir haben eine Art Tafel, auf der wir die Tage abstreichen«, erklärte Charlotte. »Die kann ich holen, wenn Sie wollen.«

»Ich bitte darum«, sagte Paul lächelnd.

Er holte eine Papierrolle aus seinem Rucksack hervor und überreichte sie den Kindern.

»Ein ewiger Kalender!«, rief Stan.

Hugo und Charlotte stürzten sich darauf, als hätten sie soeben Supermans Kryptonit entdeckt.

»Ich glaube, die eingekreisten Tage sind die, an denen das Wasserflugzeug kommt«, erklärte Paul ruhig.

»Wo haben Sie den her, Monsieur? Im ganzen Resort gibt es nichts, was die Zeit erfasst«, fragte Charlotte aufgeregt.

»Da, wo ich die hier gefunden habe«, sagte Paul und zückte die Schlüssel des Gleitboots.

2

Kalender

Mit Hilfe der Tafel stellte Charlotte eine erste Rechnung auf, deren Ergebnis kurz darauf von Hugo bestätigt wurde. Die beiden drehten sich zu Paul um und verkündeten etwas enttäuscht: »Das Flugzeug dürfte erst in ungefähr zehn Tagen wieder hier sein.«

»Geht das noch etwas genauer?«, fragte Paul.

»Wir haben ein paar Lücken auf der Tafel, deswegen ist das nur eine Schätzung.«

Paul überlegte. »Habt ihr noch zu essen?«

»Na ja, also …«, stammelte Hugo.

»Ja, Papa«, antwortete Stan. »Wir haben Obst und Wasser im Übermass. Das könnte sogar für Monate reichen.«

»Übertreib mal nicht!«, widersprach Hugo.

Die drei fingen an zu lachen. Paul fand, dass das ein gutes Zeichen war. Er nahm die kleine Aufheiterung zum Anlass, um sie in seine Pläne einzuweihen. Die Kinder waren hin- und hergerissen zwischen der Angst, den einzigen Menschen zu verlieren, der sie retten konnte, und dem Verständnis für seine Beweggründe.

Charlotte wagte trotzdem einen Vorstoss: »Und wenn wir zu viert flüchten, um Hilfe zu holen?«

»Ich kann nicht, Charlotte.«

»Und was machen wir, wenn … wenn die Sie kriegen?« Sie kämpfte mit den Tränen.

Paul konnte ihre Angst verstehen, aber er blieb trotzdem dabei: »Das würde heissen, sie aufzugeben, verstehst du? So oder gar nicht, Charlotte, es tut mir leid.«

Das Mädchen wischte sich schuldbewusst die Tränen weg. »Verzeihen Sie, Monsieur. Natürlich warten wir. Wir machen es so, wie Sie sagen, Sie können sich auf uns verlassen.«

3

Quelle

Nachdem er die Kinder verlassen hatte, machte sich Paul auf den Rückweg ins Resort. Er nahm nur das Allernötigste mit: Wasser, ein paar Früchte und sein Harpunengewehr.

Durch Zufall gelangte er an die Stelle am Berg, wo der Fluss entsprang, in dem weiter unten das Gleitboot vertäut war. Er zog sich aus und wusch sich in dem klaren Wasser. Dann füllte er seine Flaschen auf und stellte sich zum Trocknen in die Sonne. Er ass die letzten krümeligen Kekse, die er noch auf dem Grund seines Rucksacks fand, und starrte ins Leere. Vielleicht war es schon zu spät für Iris und Lou? Welche Zukunft hatte man ihnen zugedacht? In Wirklichkeit war sein Fluchtplan vollkommen dem Zufall ausgeliefert. Fest stand nur, dass er das Flugzeug in seine Gewalt bringen musste, alles andere war völlig offen. Angefangen damit, wie sie überhaupt dorthin kommen sollten. Er würde ad hoc vorgehen müssen, nur zunächst, als Allererstes musste er seine Frau und seine Tochter holen. Und dafür musste er die Dunkelheit abwarten.

»Paul? Paul, endlich!«

Paul schnappte sich die Harpune und drehte sich um, bereit zu schiessen. Als Christelle die auf sie gerichtete Waffe sah, erstarrte sie. Sie war wie für eine Wanderung gekleidet; in den klobigen Trekkingschuhen wirkten ihre Beine noch schlanker als ohnehin schon. Flacher Bauch unter dem T-Shirt mit Camouflage-Muster. Paul fand sie hinreissend.

Iris? Bist du das, Iris?

Eine hinreissende Schlange.

»Verschwinden Sie!«, rief Paul.

»Nehmen Sie die Waffe runter, bevor Sie noch etwas Dummes machen.«

»Was wollen Sie?«

»Denise hat Alarm geschlagen. Die suchen Sie.«

»Und wieso haben Sie mich vor denen gefunden?«

»Weil ich auch von hier wegwill. Ich verstelle mich schon sehr lange. Grundgütiger, ich bin auf Ihrer Seite, Paul! Nehmen Sie mich mit, ich flehe Sie an!«

Er senkte seinen Arm und liess sie näher kommen. Als Christelle bei ihm war, schmiegte sie sich an ihn. »Paul, Paul, ich bin da, ich bin hier, um Ihnen zu helfen.« Der Himmel um ihn herum drehte sich, er war der Mittelpunkt der Welt. Sie redete ihm zu, sie tröstete ihn, sagte ihm, was er hören wollte. Genau das hatte ihm so sehr gefehlt: Zärtlichkeit. Und das wusste Christelle, sie war ein vollendetes Wesen der schönen Worte.

Paul öffnete die Augen, sie war noch immer an ihn gepresst, hatte die pochende Brust an seinen nackten Oberkörper gedrückt, schien strahlend und frisch, als wäre sie gar nicht stundenlang auf der Suche nach ihm umhergeirrt.

Er befreite sich aus ihrer Umklammerung. Waren zum jetzigen Zeitpunkt Schuldgefühle noch angebracht? Hatten die gewöhnlichen Regeln des Anstands immer noch Gültigkeit? Paul wusste nichts mehr, er war verloren und hatte sich – paradoxerweise und ohne es so benennen zu können – noch nie so frei gefühlt wie in diesen Stunden, da sein Leben und das seiner Familie in Gefahr schwebte.

Er sammelte seine Kleidung und zog sich eilig an.

»Ich muss mit meiner Frau reden, Christelle.«

»Paul, das bringt nichts. Sie gehört jetzt zu denen.«

»Das glaube ich nicht. Sie ist ja nicht verhext, solchen Schwachsinn gibt es nicht! Und da ist auch noch Lou …«

»Ihre Tochter ist im Club. Sie ist bei den Jugendlichen. Da bekommen Sie sie niemals allein raus.«

»Dann werden Sie mir dabei helfen.«

Er nahm seinen Rucksack und steckte seine Arme durch die Träger. Das Harpunengewehr lag im Gras, er brauchte nur danach zu greifen. Da passierte etwas Merkwürdiges: Christelle rutschte auf den nassen Kieseln aus und fiel auf den Fels am Ufer des Flusses. Paul ging zu ihr und half ihr auf.

»Geht's? Seien Sie vorsichtig, jetzt ist nicht der richtige Zeitpunkt, um sich zu verletzen.«

»Alles in Ordnung, machen Sie sich keine Sorgen.«

»Wir können uns keine Fehler erlauben, verstehen Sie?«

»Wie gesagt, es ist alles in Ordnung. Vergessen Sie nicht, ich habe vorher auch ohne Sie überlebt.«

Paul sagte nichts weiter und liess ihren Arm los. Christelle hockte sich hin, um ihre aufgeschürfte Hand im Fluss zu waschen. Für einen Moment blieb sein Blick an ihrem Nacken hängen, sie hatte sich die Haare hochgeschoben, um sich zu erfrischen. Christelle stand wieder auf und rückte den Anhänger in ihrem Dekolleté zurecht.

Einen kleinen Elefanten aus Elfenbein.

Christelle trug die Kleidung seiner Frau.

Den Schmuck seiner Frau.

Er sprang zu seiner Waffe und drückte in dem Moment auf den Abzug, als Christelle sich auf ihn stürzte. Der Pfeil bohrte sich durch ihren Bauch und trat im Rücken wieder aus. Sie klammerte sich an Paul fest, dann gaben ihre Beine nach, und sie fiel auf die Knie.

»Du Mistkerl«, stammelte sie. »Du … du hast mir den Bauch zerfetzt …«

Paul riss mit einem Ruck an der Halskette.

»Die gehört mir«, sagte er.

Der Anhänger brannte sich ihm in die Hand.

Christelle hob ihr Gesicht und setzte ein schmerzverzerrtes Lächeln auf. »Iris … hat sie mir gegeben.«

Sie kippte auf die Seite. Ihr entfuhr ein dickflüssiger Furz. Paul wich zurück. Der Geruch von Blut vermischte sich mit dem ihrer entleerten Eingeweide, ihm wurde übel. Er erbrach seine trockenen Kekse. Was nicht lange dauerte. Denn mehr hatte er einfach nicht im Magen. Als er sich den Mund abwischte, hörte er ein Surren und sah sich um. Eine in der Luft schwebende Drohne hatte ihr Kameraauge auf ihn gerichtet. Paul nahm einen Stein und warf ihn nach ihr, er traf aber nicht und flüchtete sich hastig in den Wald, wohin die Drohne ihm nicht folgen konnte.

Er schlug sich ins Dickicht. Die Drohne flog über den Bäumen Patrouille, er kraxelte, so schnell er konnte, mehrere Hundert Meter den Vulkan hoch, um sie abzuschütteln.

Mit letzter Kraft fand er eine kleine Grotte im schwarzen Gestein, in der er sich verstecken konnte. Der Durst brannte ihm in der Kehle, aber er würde sich erst wieder versorgen können, wenn es dunkel wäre.

Er nutzte den Moment als Verschnaufpause. Dann ging er die Abläufe und Handgriffe durch, die vor einem Abflug zu erfolgen hatten. Er lachte bitter, zu absurd war seine Lage: Es ging um nichts weniger, als in einem begrenzten Zeitfenster ein Flugzeug zu kapern und es nach zehn Jahren ohne jegliche Praxis zum Fliegen zu bringen. Okay, er hatte etliche Stunden mit Stan am Flugsimulator verbracht, und wahrscheinlich war sogar sein Sohn in der Lage, eine Boeing 767 in die Luft zu bringen, aber das hier war das echte Leben, die Wirklichkeit.

Ach ja, sicher, Paul? Könntest du deine Hand dafür ins Feuer legen?

Das echte Leben, Paul.

4

Konfrontation

Iris durchschritt den Bungalow mit einem Glas in der Hand, einer Mischung aus Rum und Ananassaft. Frisch, süss: sehr viel wirksamer als ein Beruhigungsmittel. Sie zog an dem Bambusstrohhalm, bis ihre Wangen ganz hohl wurden. Sie ging auf die Veranda, stellte das Glas auf das Geländer und zündete sich eine der Mentholzigaretten aus der braunen Packung an.

Iris betrachtete den Horizont im Licht des Vollmonds, wie die Wellen träge an den Strand rollten. Die Stereoanlage drinnen spielte *Cinema Paradiso,* Track 18. Paul und Stan waren verschwunden, aber das war nichts weiter als eine kleine Komplikation. Lou war auf dem besten Weg, eine Frau zu werden und ihr Leben selbst in die Hand zu nehmen. Iris erfüllte ihre Aufgabe, und die Zeit, die da käme, würde ganz ihr gehören.

Sie atmete tief ein, als wäre die Luft so frisch, als plötzlich etwas unter ihr in den Büschen raschelte und die Vollkommenheit des Augenblicks störte.

Paul kam aus dem Gebüsch hervor, Iris sah ihn wenig überrascht an. »Da bist du also wieder.«

»Iris, bist du das?«

»Natürlich bin ich es. Was willst du?«

Paul zögerte, blieb auf der Hut. Er sah sich um, er wollte sicher sein, dass niemand da war. Aber wie konnte er das sein? Wie konnte er sicher sein, dass sie wirklich allein waren, nur sie beide und der Bund zwischen ihnen, der an sein Ende gekommen war, aus dem inzwischen jede Freundschaft, jede Vertrautheit gewichen war.

Paul setzte einen Fuss auf die erste Stufe, das Haus zeigte keinerlei Zeichen von Abwehr. Er lehnte sich noch etwas mehr seiner Vergangenheit entgegen, und es war, wie man sich den Schwindel vor dem Fall vom Dach eines Wolkenkratzers vorstellt. Konnte es sein, dass sie sich so getäuscht hatten? Dass sie sich so sehr voneinander entfernt hatten, wo sie doch jeden Tag zusammen verbracht hatten, zusammen alt geworden waren? War die Nähe am Ende nur Enge gewesen, Reibung und Anordnung zweier Körper in einem von der Gesellschaft vorgegebenen Gefüge?

Paul erreichte die Veranda. Iris hielt am ausgestreckten Arm die Hand hoch. Paul blieb stehen. Er kannte die Gestik seiner Frau, ihr Körper hatte schon immer mehr gesagt als ihre Worte. Ihr Körper drückte eine ganze Reihe stummer Dinge aus, sie stürzten auf ihn ein und taten ihm weh. Die Kette um ihren Hals war verschwunden. Aber wie stand es um ihre Erinnerung?

»Ich habe dir das hier mitgebracht«, sagte Paul und zeigte ihr den Anhänger.

»Wieso bist du gekommen? Um mir zu sagen, dass es dir leidtut?«

»Wir verschwinden von hier, Iris. Ich hole Lou. Stan ist schon in Sicherheit. Und dann lassen wir diesen unglückseligen Ort hinter uns.«

»Ich bin genau da, wo ich sein soll, Paul. Im Gegensatz zu dir stehe ich dazu, wer ich bin und was ich will. Ich wüsste nicht, wo es mir bessergehen sollte als hier.«

Paul ging auf sie zu. Sein Gesicht war eingefallen, er hatte abgenommen. Sein Bart war gewachsen, mit Aftershave verband er nicht mehr als eine vage Erinnerung. Aber irgendwie verlieh ihm sein wildes Aussehen eine gewisse Würde. Er hätte viel darum gegeben, sich neben seine Frau setzen zu können, ihre Hand zu halten, die Augen zu schliessen und dem Rauschen des Meeres zu lauschen. Er hätte viel dafür gegeben, aber nicht seine Freiheit – oder zumindest das, was davon übrig war.

»Komm keinen Schritt näher!«, herrschte sie ihn an.

»Wach auf, Iris. Ich flehe dich an. Noch können wir zurück, noch können wir uns in die Augen sehen, verstehst du?«

Paul legte ihr den Anhänger zu Füssen. Iris verschränkte die Arme, als wäre ihre Antwort endgültig, als würde alles, was sie bis jetzt getan hatte, in diesem einzigen Moment zusammenlaufen.

»Ich habe alles vergessen, Paul. Ich bin jetzt eine andere. Die Vergangenheit zählt nicht mehr.«

»Später, Iris. Ich werde am Strand auf dich warten. Du musst nur kommen. Ich werde mit den Kindern da sein.«

»Es ist zu spät. Wir sind Teil dieser Welt. Es gibt keine andere.«

»Was ich tun konnte, kann ich ungeschehen und dann anders machen.«

»Du willst, dass ich das hier aufgebe, um dir zu folgen? Dass ich in dieses Flugzeug steige, das du vielleicht nicht mal fliegen kannst?«

»Du hast es immer gewusst, nicht wahr? Du hast immer gewusst, dass es so enden wird?«

Sie hatte ihn jetzt so nah an sich herangelassen, dass er sie berühren konnte. Er presste sich an sie, schloss die Augen, zog den Duft ihrer Haare ein. Iris erschauerte, sie erkannte seine Arme, seinen Oberkörper, seine Hände. Für einen Augenblick hatte sie den Eindruck, alles wäre noch in Ordnung. Sie sah ihn wieder vor sich, mit dem Piloten-Headset auf den Ohren, dem dröhnenden Motorengeräusch im Cockpit, seiner Fliegerbrille, sie sah den blauen Himmel und den Montblanc, den sie knapp über dem Gipfel überflogen. Paul hatte sie gefragt, ob sie ihn heiraten wollte, und sie hatte ja gesagt. Er hatte ihr das Steuerhorn der Piper überlassen, die Maschine hatte zum Sturzflug angesetzt, und er hatte geschrien: »Mein Leben liegt jetzt in deinen Händen!« Dann hatte er das Flugzeug wieder hochgezogen. Sie erinnerte sich an diesen langen Kuss in der Höhe, mit dem sie ins Wanken gekommen waren, bis Paul wieder auf Kurs ging und den Funkanweisungen vom Boden Folge leistete.

Iris liess sich gegen den Körper ihres Mannes sinken. Das Haus begann zu erzittern, Paul löste sich abrupt von ihr, und Iris fragte sich, ob sie ihn jemals geliebt, wirklich geliebt hatte, dafür, wie er war, und nicht dafür, was er repräsentierte: die Absicherung dessen, was sie nie aus eigener Kraft hätte erlangen können.

Ein Mittel. Einen Schutzwall. Eine Festung.

Gegen die Einsamkeit. Die Angst. Den Tod. Gegen die Leere in ihr, die sie versucht hatte zu füllen, so gut sie konnte. Mit Kindern, Dingen, Gewissheiten. Dieses Loch in ihrem Bauch. Dem Bauch, auf den Paul nie wieder seine Hände oder sein Ohr legen würde, wie er es damals getan hatte, um das Herz seiner Kinder schlagen zu hören. Dem Bauch, der so kalt war, während Paul zum Gehen ansetzte und nicht aufhörte zu sagen, dass er auf sie warten werde.

Bis zum letzten Moment.

Weil er sie liebte.

Ja, er liebte sie.

Bevor es zu spät war.

5

Ähnlichkeiten

Die Begegnung mit Iris hatte ihn aufgewühlt, und er war gegangen – nein, er war geflüchtet –, ohne an sich selbst zu denken beziehungsweise daran, was ihm in dieser Nacht noch bevorstand. Er hätte wenigstens etwas zu essen mitnehmen oder sich für den Fall eines Angriffs mit einem Küchenmesser bewaffnen können.

Er versuchte, sich möglichst im Schatten zu halten, was angesichts der spärlichen Aussenbeleuchtung nicht weiter schwierig war. Hin und wieder musste er sich wegen eines herannahenden Clubcars im Gebüsch oder hinter dem Pfeiler eines Bungalows verstecken, auch wenn er sich sonst von den Häusern lieber fernhielt, da ihn in ihrer Nähe wieder diese Lähmung befiel. Wie immer lag das Resort wie ausgestorben da. Die Gäste waren im Club, unter sich, und tranken ihre Cocktails, und genau dorthin war er auf dem Weg.

Paul hob den Kopf, als würde er zum ersten Mal den Unterbau eines Bungalows sehen, und da fiel es ihm wie Schuppen von den Augen – wie konnte er so blöd sein! Er ging an den Pfählen entlang bis zur Veranda. Dann schlich er die Stufen hinauf, bereit, sich bei der kleinsten Regung aus dem Staub zu machen. Er hockte sich hin und wartete ab: kein Licht, alles still. Also presste er sein Gesicht gegen die Scheibe und erspähte den Obstkorb auf dem Tisch. Er schob die Glastür auf und trat ins Haus. Ihm fiel auf, dass der Bungalow haargenau wie ihrer aussah. Da hing das gleiche Gemälde mit den Gnomen an der Wand. Als er näher heranging, erkannte er alles wieder, was er mit eigenen Augen gesehen hatte: wie die kleinen Männchen den Boden beackerten, wie die Landschaft aussah, das Vulkanmassiv, gewaltig wie ein stummer Moloch …

In diesem Moment, als er mitten im Raum stand, ging das Licht an.

Er liess das Obst fallen, aber die kleine Familie, die jetzt ins Wohnzimmer trat, nahm von ihm keinerlei Notiz. Ein Mann, der ihm nicht nur ähnelte, sondern offensichtlich sein Doppelgänger war, wies seinen Sohn an, die Früchte aufzuheben, und Stan – beziehungsweise der, der Stan sein sollte – leistete eilfertig Folge. Paul machte einen Schritt zur Seite, der falsche Stan wich ihm sofort aus.

»Lou, heute Abend bist du mit Tischdecken dran«, sagte Iris' Zwillingsschwester und schaltete den CD-Player ein.

Lou fügte sich und steckte den Kopf in den Geschirrschrank.

»Was hast du denn für heute Abend bestellt, Liebling?«, fragte Iris Paul Zwei.

Pauls Doppelgänger schloss seine Frau in die Arme und knabberte an ihrem Ohr. *»Dich, mein Liebling«,* säuselte er. Iris machte einen auf kokett und küsste ihn auf den Mund.

Voller Entsetzen über diese geklonte Version seiner Familie ging Paul rückwärts in Richtung Veranda. Er stolperte in die Wand neben dem Ausgang und stiess eine Vase um, die auf dem Boden zerschellte. Während der Rest der Familie ihn immer noch nicht zu bemerken schien, sagte sein Doppelgänger plötzlich: *»Wir brauchen Sie nicht mehr, Paul.«*

»Wer in Gottes Namen sind Sie?«

Der Klon starrte ihn weiter an, aber die Stimme in Pauls Kopf war die von Vera: *»Wir sind glücklich, verschwinden Sie. Es gibt für Sie hier keinen Platz mehr. Sehen Sie nur, sehen Sie nur, worauf Sie verzichten.«*

Paul wollte auf seinen Doppelgänger losgehen, als die Blase auf einmal lautlos zerplatzte.

Es war wieder dunkel, die Früchte rollten immer noch über den Boden. Paul flüchtete, wie in Trance. Er rannte durch den Garten, scherte sich nicht um die Sprinkler, die inzwischen angegangen waren und ihn durchnässten. Er sah das Scheinwerferlicht eines Wägelchens herankommen und kauerte sich hinter eine Bougainvillea, sein Herz war plötzlich viel zu gross für seine Brust.

Wenn man seinen Doppelgänger trifft, so besagt es die Legende, muss einer von beiden sterben.

6

Bauchschmerzen

In ihrem Rausch begehrte Lou einen Mann. Ein vierzehnjähriges Mädchen denkt in Wirklichkeit an nichts anderes. Und so wird die Liebe zu der grossen Sache in ihrem jungen Leben. Sie spürt sehr wohl, dass das Ganze von einem Geheimnis umgeben ist. Dass da etwas Unheimliches, Verstörendes unter der glatten Oberfläche der Welt brodelt. Wie die Angst anziehend und abstossend zugleich. Lou fühlte sich elektrisiert, und als Dave den sich zwischen den Kissen räkelnden Mädchen einen Besuch abstattete, beschloss sie, dass es heute Abend so weit sein sollte. Sie würde die Schwelle überschreiten, in die Tiefen der Erde hinabsteigen, und endlich würde sich diese unheimliche, verstörende Sache ihr offenbaren und damit auch sie sich selbst.

Aber vorher hatte die kleine, von Joy angeführte Truppe Teenager einer Jenny zu Ehren abgehaltenen Zeremonie beigewohnt. Es war Vollmond, und Jenny war reif für den Grossen Schritt. Die Gäste hatten beim Eintreffen des jungen Mädchens applaudiert; Jenny fuhr den Rollstuhl aus eigener Kraft, ihr wirrer Blick und der kahle Schädel brachten die Schönheit ihres rotfleckigen Gesichts noch mehr zur Geltung. Sie applaudierten, ihre weisse Kleidung umschmeichelte ihre schlanken Körper und unterstrich ihre sonnengebräunte Haut. Voller Enthusiasmus klatschten sie im Takt, während

Jenny sich aus ihrem Stuhl erhob und ihr Hemd auszog, ihren nackten Körper für die Blicke der Umstehenden freigab, die beifällig nickten.

Die Frauen durften Jenny die Hände auf den Bauch legen und ihr die Stirn küssen, bevor sie, von Vera eskortiert, im Inneren des Berges verschwand.

Selbstverständlich redeten die Mädchen über Jenny und den Grossen Schritt, ohne zu wissen, worum es dabei genau ging, aber jede von ihnen hatte da so ihre eigene Theorie. Erregt fingen sie an – der Alkohol tat sein Übriges –, miteinander zu flirten. Aber Lou hatte schnell genug von ihren Fingern, ihren Mädchenmündern, ihren Brüsten.

Sie stand auf und verliess das Zimmer und ihre hingefläzten Freundinnen.

»Komm zurück, Lou!«, schrie Joy. »Vergiss die Männer, Bitch. Bleib bei *uns!*«

Ihr drehte sich der Kopf, Lou war dabei, sich in der Insel zu verlieren, ihr eigenes Ich zu verlieren. Sie war leichte Beute, sie wartete auf einen Mann. Damit ihr Körper endlich Befriedigung hätte. Damit sie ein Leben hätte. Damit er sie mit sich fortnähme.

Und der Mann kam.

*

Sie rang nach Luft. Irgendetwas schien sich in ihrem Bauch abzulösen. Krämpfe durchzuckten sie, sie atmete langsam aus, um das Stechen zu lindern. Das Resort erschien ihr nicht länger wie dieser idyllische Ort, an dem es reichte, die Hand auszustrecken, um sich alles zu nehmen, was man nur wollte. Lou torkelte durch den Garten. Die Flammen der Fackeln warfen ihren Schatten hierhin und dorthin, sie war eine puddingweiche Gummipuppe, nach Belieben verformbar. Noch konnte man aus ihr machen, was man wollte. Sie hatte einen biegsamen Körper. Ihr Ich war ein Kaugummi, den man zur Blase zerplatzen lassen konnte. Danach wäre es zu spät, dann wäre sie daran gewöhnt, und die Insel hätte eine Verbündete gefunden, um sich innerhalb einer Generation fortzupflanzen.

Aber der Aufschub nahte. Ein Moment, in dem alles zusammenzulaufen schien.

Denn der Mann kam.

Die Hand auf ihrem Mund unterdrückte ihren Schrei. Die andere Hand verdrehte ihr den Arm auf dem Rücken und zog sie in die Büsche. Sie hatte sich etwas abseits der Lichter und des bläulichen Widerscheins des Pools gehalten. Diese Welt war nun verschwunden, da war nur noch Dunkelheit und das schwere Atmen des Mannes in ihrem Rücken.

»Ich bin es, Lou, dein Vater. Hast du verstanden? Es tut mir leid, anders kam ich nicht an dich heran. Ich werde jetzt die Hand wegnehmen. Ich weiss nicht, ob du anfängst zu schreien, aber wenn du das tust, dann muss ich fliehen, und alles wird vorbei sein. Hast du das verstanden, Lou?«

Mit steifem Nacken versuchte Lou zu nicken.

Jederzeit zur Flucht bereit, lockerte Paul seinen Griff. Lou hustete und drehte sich zu ihrem Vater.

»Papa … ich … ich blute, Papa …«

Paul schloss sie in die Arme, und sie schmiegte sich an ihn. Erst begriff er nicht, dann war ihm völlig klar, was ihre Worte bedeuteten. Er hatte immer gedacht, sie würde es zuerst ihrer Mutter sagen.

»Das heisst nur, dass du lebst, Lou.«

Paul hatte Angst, und gleichzeitig wollte er die Zeit anhalten: seine Tochter in seinen Armen, seine Tochter, die dabei war, eine Frau zu werden.

»Es tut mir leid, Papa. Ich weiss nicht, was passiert. Mir tut der Kopf weh, ich will hier weg.«

»Deswegen bin ich ja hier. Ich bin da, um dich wegzubringen, Lou.«

Lou fasste sich und sah ihren Vater an.

»Mich wegzubringen?«

»Ich erkläre dir alles auf dem Weg.«

»Und Stan? Und … Mama?«

»Stan ist schon in Sicherheit. Und Mama … Mama kommt auch. Wir müssen jetzt los, Lou.«

Er wischte ihr die Nase mit seinem T-Shirt ab.

»Bereit?«

»Wir gehen … wir gehen von all dem hier weg?«

»Wir gehen nicht weg, Lou. Wir fliehen. Fliehen, bevor es zu spät ist.«

»Aber Mama sagt …«

Er wartete nicht mehr ab, was sie erwiderte, er packte ihre Hand und zog sie mit sich durch das Loch im Zaun.

7

Moonlight

Das Bild, das sich bot, war der Traum, der einem von den Reiseagenturen verkauft wurde. Von Liebesfilmen. Und Heiratsvermittlungen. Der Vollmond, das Meer, ein Strand, Palmen. Der Traum war eine wunderschöne fleischfressende Pflanze, sie lockt einen, sie verführt einen, sie verschlingt einen. Der Traum von der Insel und ihren immer gleichen Verheissungen, wie sie von der Werbung und zahlreichen Parfumproben angepriesen wurden: Nelke, Zimt, Vanille … betörende Düfte, Versprechen von samtiger Haut und ewiger Liebe. Denn man will, dass es andauert, man will es so sehr, dass es zur Bedingung, zum Imperativ wird. Die Insel passt sich an, formt sich um, und das Mittel wird zum Zweck. Tatsächlich war es so, dass die Insel ihrem Meister gehorchte, ihn verkörperte; die Seele der Insel waren ihre Gäste selbst. Es gab keinen Unterschied mehr zwischen Schöpfer und Schöpfung.

Paul wartete auf sie, er hielt sich versteckt in der Böschung zum Strand. Er hatte diese Frau vor fünfzehn Jahren geheiratet. Sie hatten sich so sehr miteinander verbunden, dass sie sogar zwei Erweiterungen ihrer selbst geschaffen hatten. Was bedeutet es, Kinder zu haben? Was wird von da an aus dem anderen? Paul tastete nach seinem Ehering, er hatte das Gefühl, seine Finger waren schlanker geworden, dass sich der Ring leichter drehen liess. Er zog ihn ab und hielt ihn zwischen Daumen und Zeigefinger. Er schob ihn vor den Vollmond, bis die runde Scheibe den Ring ausfüllte. Ja, selbst wenn die Kinder fürs Erste in Sicherheit waren, selbst wenn sein Plan aufginge, in diesem Augenblick wurde ihm klar: Er könnte die Insel niemals ohne Iris verlassen.

Das bedeutete es, Kinder zu haben. Eine Verbindung für die Ewigkeit, ob man wollte oder nicht.

Er lauerte auf seinem Wachposten, liess den Strand nicht aus den Augen, spähte in die Dunkelheit. Er wartete nur darauf, dass die Silhouette seiner Frau im Mondschein am Ufer auftauchte. Und darauf hoffte er so lange, so sehnsüchtig, dass sie schliesslich kam. Er wäre ihr gern entgegengerannt, um den Traum wahr zu machen, wie in der Werbung, als wäre das Leben im Grunde und im besten aller Fälle nur ein Klischee, blosser Schein, eine billige Illusion, bevor es sich schliesslich in nichts auflöste.

Als sie nah genug dran war, gab Paul ihr zweimal ein kurzes Signal mit der Taschenlampe. Iris änderte ihren Kurs. Eiligen Schrittes lief sie durch den tiefen Sand, und als er sie küsste, war ihr Gesicht schweissüberströmt.

»Das Flugzeug kommt morgen, Paul.«

»Bist du sicher?«

»Küss mich.«

Und wie in einem fleischgewordenen Traum liebten sie sich direkt auf dem weichen, wurzeligen Sandboden.

»Lass uns Liebe machen, Paul. Ich glaube, ich kann wieder.«

Das Fleisch ist alles, was bleibt, wenn der Rest längst unter die Räder gekommen ist.

Die Liebe zum Beispiel.

Tag 7

1

Lagebesprechung

Bei Sonnenaufgang trafen sie sich wie verabredet am Ausgang der Grotte. Iris schloss ihren Sohn in die Arme. Sie redeten abseits unter vier Augen, und Paul war sich sicher, dass sie einander noch nie so nah gewesen waren wie in diesem Moment. Er hörte nicht auf, den Himmel abzusuchen, auch wenn es laut Charlotte wenig wahrscheinlich war, dass eine Drohne zu diesem Teil der Insel vordringen würde.

Danach rief Iris Lou zu sich heran, und für einen Moment nahmen die drei einander in die Arme. Iris redete ihren Kindern zu, in dem Ton, der in der Kindheit die Dunkelheit und ihre bösen Geister fernzuhalten vermochte.

Paul wandte den Blick vom Himmel ab und machte ein kleines Feuer vor dem Eingang zur Grotte. Die Kinder schlotterten vor Kälte nach ihrer Nacht in der feuchten Höhle. In einem hohlen Stück Holz erhitzte Paul Wasser über der Glut und mischte etwas Kokosnusssaft dazu. Es wurde fröstelnd geschwiegen, beklommen und bange. Der Schlaf war nicht erholsam gewesen, sondern angefüllt mit Albträumen und nervösen Zuckungen. Wie sie so im Halbkreis sassen, konnte man die kollektive Anspannung förmlich greifen, fast wie eine elektrische Ladung messen.

Paul klopfte die Erde vor sich platt. Mit einem Pflanzenstängel markierte er, wo sie sich ungefähr befanden, und zeichnete den Fluss ein, der zu dem Gleitboot führte und damit schliesslich zum Flugzeug.

»Ich schalte Jamar aus. Stan, Charlotte und Hugo, ihr steigt als Erste ein und nehmt die Rücksitze, dann kommen Iris und Lou. Ich verlasse mich auf euch, dass das alles so schnell wie möglich geht und alle ruhig bleiben.«

»Und der Treibstoff?«, fragte Iris.

»Die Caravan hat eine Reichweite von tausendvierhundert Kilometern. Und als ich sie letztens beobachtet habe, haben sie nicht vollgetankt, bevor sie losgeflogen sind.«

»Und apropos … losfliegen«, brachte Lou zaghaft an, »schaffst du das, Papa?«

Ängstliches Schweigen machte sich breit.

»Ich brauche ein bisschen Zeit. Aber wenn wir erst mal in der Mitte der Lagune sind, sind wir in Sicherheit. Ich bezweifle, dass sie noch ein zweites Gleitboot haben.«

»Glauben Sie, dass die vielleicht auf uns schiessen?«, fragte Charlotte.

»Und die Drohnen?«, fügte Hugo hinzu.

»Und … und was ist, wenn wir es einfach lassen?«, stammelte Lou plötzlich panisch. »Wäre es denn … wäre es denn so schlimm hierzubleiben? Wir … wir haben doch alles, oder?«

»Lou, du hältst jetzt die Klappe, okay?«

»Aber, Mama!«

»Wir steigen in dieses Flugzeug, und damit hat sich's«, sagte Iris scharf.

»Alles wird gutgehen«, beruhigte Paul sie.

»Es gibt da noch etwas, was ihr wissen solltet. Sag's ihnen, Paul.«

Die Kinder sahen ihn an.

»Eventuell kommen morgen neue Gäste an. Wir müssen … wir müssen die Möglichkeit miteinberechnen, dass sich noch weitere Passagiere an Bord befinden …«

»Wie viele Plätze gibt es in der Caravan?«, fragte Stan.

»Acht. Aber die zwei Plätze hinten sind fürs Gepäck.«

»Wir sind schon sechs«, sagte Lou …

Eine drückende Stille senkte sich über ihre kleine Versammlung. Sie konnten einander kaum in die Augen sehen, aber niemand erhob Protest.

2

Fluss

Paul und Iris versteckten sich in den Büschen. Sie hatten mit den Kindern ausgemacht, dass die noch zurückblieben, für den Fall, dass die Sache schieflaufen würde.

Und tatsächlich lief die Sache von Anfang an nicht gut.

Dave war in der Hütte. Er suchte die Schlüssel für das Gleitboot. Paul und Iris konnten hören, wie er fluchend das Innere des Schuppens auf den Kopf stellte. Dass Dave hier war, bedeutete, dass das Flugzeug wirklich gleich landen würde. Das Problem war nur, dass Paul es jetzt mit einem Fünfundzwanzigjährigen im Vollbesitz seiner Kräfte aufnehmen musste.

Paul spürte, wie sich Iris' kalte Hand auf seine Schulter legte: Er musste es versuchen. Paul sah auf den Boden, griff einen Stein, der ihm spitz genug vorkam. Das Überraschungsmoment hätte er auf seiner Seite, und das war alles. Er sah seine Frau an und gab ihr einen flüchtigen Kuss auf die Lippen. Er zog den säuerlichen Geruch von Angst hinter sich her.

Das Knarren der Stufen verriet ihn. Dave reagierte sofort und stürzte sich auf ihn. Paul konnte sich nicht gleich überwinden zuzuschlagen. So absurd es auch schien: Er war wie gehemmt, diesem perfekten Körper Gewalt anzutun. Die Kraft des Jüngeren übermannte ihn; der Kampf wäre schnell vorbei, wenn er keinen

Weg finden würde, sich zu befreien. Daves todbringender Atem schlug ihm entgegen, dass ihm die Luft wegblieb; und da kam Paul der Gedanke, dass Dave, genauso wie Christelle, womöglich nur eine Fassade war, nur eine Hülle und sein Körper nichts als eine Illusion. Daves Kopfstoss brach ihm die Nase, der Schmerz wurde zu einem Flackern vor den Augen. Paul kassierte noch einen Faustschlag in die Schläfe; anders als auf dem Rechtsweg und mit Hilfe von Berufungen hatte er eben bisher nie gekämpft.

Paul rollte sich über die Stufen. Er hörte das Rauschen des Flusses und plötzlich … und plötzlich, wie das Brummen eines Motors näher kam.

Das Flugzeug. Das Flugzeug kommt, und es ist zu spät.

Dave stürzte mit ihm hinunter. Er kniete sich hin, hob den Arm, um ihn erneut zu schlagen. Obwohl sein Lid schon geschwollen war, sah Paul noch, wie die Kante eines grossen Steins auf den Schädel dieses griechischen Gottes niederfuhr. Leicht benommen schien Dave orten zu wollen, wer ihm da eins übergezogen hatte. Mit dem Stein in beiden Händen schlug Stan ihm ein zweites Mal auf den Kopf, Dave verlor das Gleichgewicht. Er ruderte mit den Armen in der Luft. Er setzte ein gezwungenes Lächeln auf, als würden ihm die Schläge nichts weiter ausmachen, aber sein Gesicht verdunkelte sich, und seine Züge bekamen Risse – Nähte von den unzähligen Liftings –, verzerrten sich zu einem schrecklichen Grinsen, und Paul konnte gerade noch ausweichen, bevor Dave mit dem Gesicht auf den Boden fiel. Paul strampelte seine Beine unter der zusammengesunkenen Masse hervor, deren Bewusstsein sich indes längst vom Acker gemacht hatte.

Hinter Dave stand jetzt Stanislas. Leichenblass und zitternd. Paul erhob sich, Blut rann seinen Augenbrauenbogen hinab. Das Flugzeug am Himmel setzte zur Landung an, die Zeit wurde zum Trichter, und bald würden sie alle die Luft anhalten müssen, um noch hindurchzupassen.

»Du hast mir das Leben gerettet, Stan. Hast du verstanden? Du hast deinem Vater das Leben gerettet. Das ist alles, was zählt. Stan, hörst du?«

Stan nickte, etwas schimmerte in seinen Augen, Paul versuchte, ihn auf sich zu fokussieren.

»Hörst du mir zu?«

»Mama hat nichts gemacht, um dich zu retten.«

»Mama ist weiter hinten versteckt, alles ist gut. Stan, hör mir zu, verdammt!«

Paul gab ihm eine Ohrfeige, er musste wieder zu sich kommen.

»Es tut mir leid, Stan, ich flehe dich an, geh, hol die anderen, und bring sie hierher. Okay, Stan? Hast du verstanden?«

Stan rannte los. Paul zog Daves Körper an den Füssen ins Gebüsch und rollte ihn in die Farne. Er lief über den wackligen Steg und sprang ins Gleitboot. Das Boot schwankte. Er hockte sich hin, schöpfte Wasser mit der Hand und wusch sich das blutverschmierte Gesicht. Die gebrochene Nase tat höllisch weh. Durch das Blattwerk sah er das Flugzeug, das sich jetzt nur noch ein paar hundert Meter über der Lagune befand, es war so nah, dass man sein Kennzeichen auf den Tragflächen hätte entziffern können.

Paul steckte den Schlüssel ins Armaturenbrett des Boots, ging zum Heck und betätigte die Handpumpe des Benzintanks. Er ging zurück zum Steuer, kletterte auf den Sitz und überprüfte, ob der Schalthebel in der Neutralstellung war. Er zog an der Luftzufuhr und wartete einen Moment, bevor er den Zündschlüssel herumdrehte. Der Motor stotterte, der riesige Propeller in seinem Rücken drehte sich einmal um sich selbst, dann stand er still. Paul hörte, wie jetzt das Flugzeug auf der Wasseroberfläche aufsetzte und die Turbinen auf Hochtouren liefen, um die Luftbremsen zu aktivieren. Er unternahm einen weiteren Versuch, den Motor anzulassen, ohne Erfolg. »Verdammte Scheisse, wirst du wohl angehen!« Er versuchte es noch einmal, dann sah er, dass der Benzinhahn auf »off« gestellt war. *Ganz genau, Paul, du machst einen auf schlau mit deinen Derivaten, aber hier stellst du dich so was von dämlich an!* Er ging zurück zur Pumpe am Benzintank und wiederholte die ganze Prozedur. Dann drehte er den Schlüssel um, und diesmal sprang der Propeller sofort an. Das Boot fing an, nach vorn zu drängen. Er verliess seinen Posten und zog die Vertäuung an dem Metallring im Steg fester. Das Holz erzitterte, der Anleger war nicht dafür ausgelegt, dass das Boot bei laufendem Motor so lange daran befestigt blieb.

Er sah sie aus dem Wald auftauchen, sie rannten so schnell, dass es ihnen fast peinlich voreinander war. Lou stolperte über Charlottes Füsse und fiel der Länge nach hin. Iris half ihr auf, während sich Hugo, hintenan, bemühte, nicht den Anschluss zu verlieren.

Das Tau schnürte Paul die Hände ab. Das Boot war wie ein unbändiges Tier, das sich losreissen will. Endlich erreichten sie den Steg und sprangen ins Boot. In einem plötzlichen Geistesblitz brüllte Paul seinem Sohn über das Motorengeräusch hinweg zu: »Stan, in der Hütte: Mütze und Sonnenbrille!«

»Was?«, schrie Stan.

»Hol die Mütze und die Sonnenbrille! Auf dem Boden! Schnell!«

Stan sprang auf den Steg. Der aus Benzinkanistern und schlecht zugeschnittenen Brettern geschusterte Anleger ging unter dem Zug des Boots langsam aus dem Leim. Das wurmstichige Holz um den Metallring gab nach, und das Boot setzte sich in Bewegung. Paul fiel fast ins Wasser und begrub Charlottes Fuss unter sich, die vor Schmerz aufheulte. Er stürzte zum Armaturenbrett. Das Gleitboot hatte angefangen, sich um sich selbst zu drehen. Lou verfiel in Panik, und da, plötzlich, streifte Paul mit einem Blick auf Iris ein flüchtiger Gedanke: *Sie wirkt abwesend.* Paul nahm auf dem Sitz Platz, packte den Schalthebel und versuchte, das Boot, so gut er konnte, ruhig zu halten. Seine nautischen Kenntnisse gingen über Segelregatten auf dem Genfersee nicht hinaus, aber immerhin war das genug, um das Boot daran zu hindern, noch mehr abzutreiben.

»Ins Wasser, Stan, spring ins Wasser!«

Sein Sohn tat wie ihm geheissen und schwamm zu ihnen heran. Hugo half ihm hinein, und sobald er an Bord war, gab Paul Gas. Zu viel. Es riss seinen vor Überraschung aufschreienden Passagieren die Füsse weg. Paul bremste ab, fand die richtige Geschwindigkeit und steuerte stromabwärts. Er wartete, bis alle sich beruhigt hatten, dann schrie er über das Dröhnen des Motors hinweg: »Ihr müsst euch jetzt hinlegen und unter der Plane verstecken. Kommt alle nach vorn. Iris, wenn ich deinen Namen rufe, kommt ihr raus, verstanden? Okay, Iris? Das ist das Zeichen!«

Iris stand wie neben sich, sie musste all ihre Kraft aufbringen, um sich zu konzentrieren und Paul zu beruhigen. Der bedeutete Stan, dass er jetzt Daves Mütze und Brille brauchte. Iris reichte sie ihm und versuchte, unter dem Zickzackkurs des Gleitboots nicht das Gleichgewicht zu verlieren. Als sie den Arm ausstreckte, griff Paul sie am Handgelenk. »Kann ich mich auf dich verlassen, Iris? Das muss ich, verstehst du?«

Iris lächelte ihn an, und Paul fand darin alles wieder, was er an jenem Tag gesehen hatte, als sie den Montblanc überflogen hatten: das Versprechen einer Zukunft, die wieder ihnen gehören würde.

3

Lagune

Der Fluss ergoss sich in die Lagune, eine Öffnung zum Horizont und hin zur Flucht, und Paul konnte es am ganzen Körper spüren. Schauer überliefen ihn, das Vibrieren des Motors war vom Zittern seiner Hände nicht mehr zu unterscheiden. Das Gleitboot näherte sich dem Flugzeug. Sein Schlingern wurde durch den leichten Tiefgang ausgeglichen, und so surften sie geradezu auf der Lagune. Von seinem erhöhten Sitz aus umschiffte Paul Korallenriffe und Sandbänke. Ihre Rettung war zum Greifen nah, das Ziel fast erreicht, und wie so oft stand genau jetzt das Schwierigste noch bevor.

An seinen Umrissen erkannte Paul Jamar, der gerade den Anker auswarf. Im Inneren der Maschine liessen sich noch weitere Silhouetten erahnen. Paul war gewappnet, seine Skrupel über Bord zu werfen und die anderen Passagiere zu opfern, um seine Familie zu retten. Wenn alles gutging, würde sehr bald die Polizei dieser Insel voller Geisteskranker einen Besuch abstatten. Vielleicht würden sie gleich eine Fregatte schicken. Angesichts des Wahnsinns, der auf Nomad First herrschte, wäre das auf jeden Fall nicht übertrieben. Paul fragte sich, wie weit er heranfahren könnte, bis Jamar erkennen würde, dass nicht Dave das Gleitboot steuerte.

Er schaltete in den Leerlauf und liess das Boot die letzten Meter treiben, damit sie nicht mit dem Flugzeug kollidierten. Er stieg von seinem Sitz herunter und beugte sich vor, um nach dem Bootshaken zu greifen. Erst im letzten Moment richtete er sich auf.

Dann schlug er mit dem Haken Jamar ins Gesicht. Der Pilot verlor das Gleichgewicht und fiel ins Wasser.

»Jetzt, Iris!«

Iris und die Kinder schüttelten die Plane ab und machten sich bereit, ins Flugzeug zu klettern.

Paul sprang auf einen der Schwimmer, umklammerte den Griff der Passagiertür und riss sie auf. Fast hätte er sie wieder losgelassen, als er sah, was er sah.

Mike und Vera.

Die ihm entgegenlächelten. Sichtlich erfreut über ihr geglücktes Täuschungsmanöver.

Paul drehte sich um und sah sie an. Er konnte es in ihren blauen Augen lesen, alles war so klar.

»Iris, nein!«, wimmerte er.

»Du hast verloren, mein Liebster.«

Seine Faust schnellte durch die Luft, überwand den Raum, der sie trennte, diese unvereinbaren Welten voller Groll und Enttäuschung. Iris wich aus. Vom eigenen Schwung mitgerissen, fiel Paul auf die Knie. Er versuchte noch, sich am Schwimmer festzuhalten, aber der Stoss ins Kreuz liess ihn nach vorn fallen, letzte Demütigung in einer Farce, die nun zum Ende kam. Sein Blick streifte die Kinder, die ihn fallen sahen, hilflos, schon gefangen in einer Zukunft, in der sie nicken und ja sagen würden.

Sein Kopf schlug an der Kante des Gleitboots auf. Er wurde ohnmächtig, noch ehe er das Wasser berührte.

4

Strand

Er war immer noch bewusstlos, als man ihn auf den Boden legte. Die restlichen Resortbewohner waren gekommen, um sein Gesicht zu sehen; starr war es, das Meerwasser hatte die Schwellungen und die blutenden Wunden freigewaschen. Stumm und mit gesenkten Köpfen folgten die Kinder Vera. Die kleine Menge teilte sich, um sie durchzulassen, bevor sie sie wie ein einziger Körper verschluckte. Die Frauen nahmen Iris der Reihe nach in die Arme. Man gab ihr zu trinken, jemand bot ihr eine Zigarette an. Ein Clubcar fuhr vor, um sie nach Hause zu bringen. Man hörte die Worte »sich ausruhen«, und das war alles.

Paul schlug die Augen auf, als man ihn auf eine Trage hievte. Von Mike angeführt, brachten vier Einheimische ihn zur Ladefläche des Pick-ups. Sie sprachen kein Wort; unmöglich, zu sagen, ob einer von ihnen hinter seiner Sonnenbrille ihn auch nur ein einziges Mal eines Blickes gewürdigt hatte. Paul sah in die Baumwipfel. Zwei Kormorane glitten gleichgültig durch den Himmel.

Mike und die Einheimischen verschwanden aus seinem Blickfeld. Paul hörte, wie Mike kurz mit der Gruppe am Strand sprach, er hörte Lachen, gedämpftes Gemurmel, allgemeine Erleichterung.

Er drehte den Kopf: Ulita beobachtete ihn, schweigend. Er, der liegende Mann. Sie, der stehende Berg.

Paul spürte, wie ihm schon der Verstand entglitt.

Ulita verzerrte den Mund, versuchte zu lächeln. Sie führte ihre riesige Hand an ihr Gesicht und setzte ihre Sonnenbrille ab.

Was er sah, liess ihm das Blut in den Adern gefrieren.

Sie waren in den Fängen der Zeit.

Epilog

Resort

Das Baby wurde herumgereicht, und Iris war froh, dass man es ihr wieder abnahm, ihr taten die Arme weh, und sie war müde. Sie wollte nur eins: einen dieser köstlichen Cocktails trinken, die sie in einen sanften Rausch versetzten wie eine wehmütige Melodie.

Ihr Bungalow war voll mit Gästen, die sich nach Lust und Laune im Wohnzimmer und auf der Veranda verteilten. Der CD-Player sprang auf *Die Sommerinsel* (Track 3). Man knabberte ein paar Cracker, man trank, rauchte Mentholzigaretten. Christelle und Denise schienen keinerlei Schäden von ihren Verletzungen davongetragen zu haben (ausser höchstens eine leicht schiefe Haltung bei Christelle), sie lachten so herzhaft mit ihren Freundinnen, wie man in ein saftiges Stück Ananas beissen würde.

Mit einem Holzbecher in der Hand schlenderte Paul umher. Während sich das bunte Treiben in ihren Sonnenbrillen spiegelte, huschten die Angestellten zwischen den Leuten hin und her; reihum organisierte jeder Gast einen kleinen Begrüssungsempfang zu Ehren von Jennys Babys: eineiige Zwillinge, beide vollkommen. Zwei neue Resortbewohner, auf der Insel geboren, die Vorreiter der ersten Generation von Nomad First. Iris kam eine besondere Aufmerksamkeit zu, da sie höchstpersönlich das Erzeugerpaar ausgewählt hatte, und ihre Wahl hatte sich als ausgezeichnet erwiesen.

Paul wurde von den Babys ferngehalten – ebenso wie die anderen Männer – und bekam von den geheimen Gesprächen der Frauen nichts mit. Er hätte gern mit seinem Sohn geplaudert, ihn nach seiner Schulung zur Begrüssung neuer Gäste gefragt, aber Stan hatte sich lieber mit seinen neuen Freunden, Ludovic und Jonathan, zu einer Partie Beachvolleyball verabredet. Ein Clubcar hatte ihn abgeholt und würde ihn später zurückbringen. Stan wurde jeden Tag schöner. Diszipliniert arbeitete er an seinem Körper, und er wurde dabei nach Kräften unterstützt, Mike leistete phantastische Arbeit als Coach. Hugo und Charlotte waren aus seinem Leben verschwunden, und das war auch besser so. Was Lou anging: Seit sie mit Dave in Bungalow 32 gezogen war, sah man sie eher selten. Die ersten Monate ihrer Schwangerschaft verliefen so weit gut, aber wie konnte es auch anders sein? Das Resort kümmert sich um Ihre Kinder und nimmt sie Ihnen ab. Sie müssen sie nur bekommen, der Rest wird für Sie erledigt. Es war eine echte Erleichterung, diese Verantwortung nicht mehr tragen zu müssen.

Als Paul der kleinen Zeremonie den Rücken zudrehte, musste er sich plötzlich am Geländer festhalten, um nicht zu fallen. Er fuhr sich durch sein neues Haar, dicht und füllig war es jetzt, spürte die wulstigen Narben auf seinem Schädel. Für einen Moment glaubte Paul sich zu erinnern, wie in einem Anflug von Nostalgie, aber was für Nostalgie noch gleich?

Iris' wachsamem Auge war der Schwindelanfall ihres Mannes nicht entgangen; sie entschuldigte sich bei ihren Freundinnen und eilte zu ihm hinüber.

»Geht's, Schatz? Ist alles in Ordnung?«

Paul fing sich wieder und strich sich zur Beruhigung über seine Bauchmuskeln. »Alles ist bestens, Liebling. Ich bin glücklich.«

AFP 23. August – Noch immer keine Neuigkeiten bezüglich des Leichtflugzeugs Cessna Stationair, das am Samstag, 17. August, vor der Küste von La Réunion verschwunden ist. An Bord hatte sich neben dem Piloten eine vierköpfige Familie aus der Schweiz befunden, die in der Region ihre Ferien verbringen wollte. Die Maschine war mit Kurs auf Mauritius in Saint-Denis gestartet und dann plötzlich vom Radar verschwunden. Flugzeugteile konnten bisher nicht gefunden werden. Die Suche dauert an. Die französischen Behörden wollen mit den mauritischen kooperieren und ihre Ressourcen und Informationen bündeln, um die Hintergründe des Verschwindens so schnell wie möglich zu ermitteln; bisher fehlt jeglicher Erklärungsansatz.

Joseph Incardona im Lenos Verlag

Joseph Incardona
Asphaltdschungel
Roman
Aus dem Französischen von Lydia Dimitrow
339 Seiten, Softcover
ISBN 978 3 85787 494 9

»Ein ausserordentlicher Kriminalroman. (…) Joseph Incardona bringt, was sehr selten gelingt, einen vollständig fremden, neuen Ton in die Kriminalliteratur. (…) Wie er den Wettlauf zwischen Polizei, zerstörtem Vater (›ein Raubtier‹) und dem sowohl mörderischen als auch traumatisierten Pascal beschreibt, sucht seinesgleichen.«
Tobias Gohlis, Die Zeit